「——柳生宗次朗。
本大爺乃是地球最後的柳生。」

來自異於這個世界的「彼端」之人。
他們傳播「彼端」的文化，
時而帶來繁榮，時而召來災厄，
是身負罕見使命的訪客。
那位劍豪則是伴隨著最糟糕的災厄而來。

柳之劍宗次朗

來自異世界的最強劍豪。
具有一眼就能找出殺戮對手手段的
超強直覺與登峰造極的劍技。

「你四處逃竄了真久呢，三隻手的阿魯斯？」
夕輝之翼・雷古聶吉
利用其天才般的頭腦，
將手下鳥龍群落培育成一國軍隊的鳥龍英雄。

「……你說了句
很無聊的話呢……雷古聶吉。」

星馳阿魯斯

能同時以三隻手臂使用其獨力蒐集而來的
傳說武器的鳥龍英雄。

席蓮金玄的光魔劍一口氣掃過三隻鳥龍，
蒸發了牠們的肉體。
手中的鞭子則以極快的速度伸長，
宛如具有自我意志般砸中周圍的鳥龍兵。
兩隻鳥龍挨了這記猛烈打擊，
身體遭到那股衝擊劈裂，內臟噴濺四散。
星馳阿魯斯僅靠一己之力就擋住了
對牠糾纏不休的軍隊，
還反過來無情地殲滅對方。
然而，率領鳥龍兵的夕輝之翼雷古聶吉
卻是一副老神在在的模樣。
彷彿己方的死也包含在牠的戰術之中——

「戰端將由我挑起。
如此能充分發揮才能與武力的修羅世界，
正是你們這群傢伙所冀望的吧。」
即使在「真正的魔王」已逝的今日，
殘留下來的諸多勢力仍在蠢蠢欲動。
警戒塔蓮
統一國家，黃都的前任將軍。
在「真正的魔王」已死的今日，
率領最強單兵崛起，
意圖再次以恐懼支配世界。

異修羅 I

新魔王爭霸戰

珪素

ILLUSTRATION
クレタ

Kadokawa Fantastic Novels

CONTENTS

第一節 修羅異界

第二節 新魔王爭霸戰

ISHURA

AUTHOR: KEISO
ILLUSTRATION: KURETA

第一節

修羅異界

一◇柳之劍宗次朗

這是第一個人的故事。

對於遠方鉤爪的悠諾而言，事情得從她對同窗好友——琉賽露絲的記憶開始說起。

琉賽露絲是位美麗的少女。有頭宛如陽光流洩而過的銀髮與端正睫毛蓋住的細長碧眼。雖然她是人類(minia)，卻比森人(elf)或血鬼(vampire)更有魅力，連在同為女性的悠諾眼中也是如此。她渾身散發出比養成學校裡的人——甚至她所居住的拿岡市裡的任何人都更加耀眼的光輝。

所以當分級後，琉賽露絲在詞術課向她請教時，悠諾簡直難掩內心的喜悅。

對於稍微擅長詞術中的力術的悠諾而言，琉賽露絲在眾多同學中看上自己，認同悠諾唯一的長處，是她第一個值得誇耀的事。

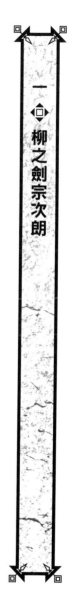

於是天生沉默寡言的悠諾努力開口與她對話。

一聊之下，她發現琉賽露絲雖然外表絢麗動人，實際上卻是一位出乎意料地膽小，也會擔心自己成績不好的普通少女。但她的言談中總是充滿了深思熟慮的智慧與溫柔，因此並沒有讓悠諾感到失望。後來，她們還發現雙方在植物學出奇地意氣相投。

不知不覺間，她們變得經常待在一起。兩人暢談新發現的星星名字與王國合併的話題，也互相交換自己傾慕的男候補生名字。

拿岡市是一座以大迷宮為中心發展而成的新興學術都市。這裡住著許多出身複雜的人。主動離開親人身邊、離鄉背井，以探索士養成學校為志願的琉賽露絲身上或許藏著某種悠諾不知道的隱情吧。

然而即使不深究這點，兩人仍然能保持友誼。

魔王自稱者齊雅紫娜所創造的拿岡大迷宮裡，蘊藏著兩人長大後也掘之不盡的無數祕密與遺物。在這座城市，無論身懷怎樣的過去，無論身分與種族，誰都能開拓一條獲得榮耀的道路。

「真正的魔王」已死，恐怖的時代過去了。在這個不必懼怕毀滅的時代，她們可以放心夢想著那樣的未來。

——那個未來就是現在。

「咳！」

琉賽露絲的身體被踩在遭到大火吞噬的拿岡市的石地上。

俯視她那纖細的背的是一具帶著綠色金屬光澤的空洞巨型鎧甲。四肢粗壯沉重，整個頭幾乎埋在胴體之中，只看得到藍色獨眼發出的光芒。那是齒輪驅動的機魔golem。

「啊、噫。」

琉賽露絲美麗的手臂在悠諾眼前被機魔隨手扭轉兩圈後扯了下來。

「琉賽、琉賽露絲……」

被害者之所以不是悠諾而是琉賽露絲，僅僅是個偶然。琉賽露絲逃跑時位在左側，才會被從石子路左邊冒出來的機魔捉住。

包覆著刀槍不入重金屬裝甲的機魔據說擁有撕碎馬匹身體的力量。只憑兩位尋常的少女，別說對付機魔，連逃生都不可能。

已經沒救了。

「不要啊！不要那麼做！」

悠諾大聲尖叫。她只能望著美麗的琉賽露絲肩膀露出的醜陋骨肉。肋骨和肺臟一起被壓碎的琉賽露絲似乎連瀕死的哀號都發不出來了。

琉賽露絲吐出氣若游絲的聲音。

「好痛……痛……啊啊……」

這個世界上，有比眼睜睜看著閨密死去，自己卻無能為力更絕望的事嗎？

——啊啊。或者，那並非絕望呢？

琉賽露絲最後並沒有說出「救我」的哀求，難道沒有讓她稍微鬆了口氣嗎？

她最喜歡的琉賽露絲，每個人都憧憬的琉賽露絲……

琉賽露絲的左腳被連根扯斷，宛如食用肉般連接著脂膜。剛才還在掙扎的膝關節此刻已頹弱無力地垂了下來。

機魔沒有展現絲毫情感。就像對其他市民所做的那樣，它將悠諾所崇拜的美麗的琉賽露絲活生生地肢解。

那曾是一位外表華麗，內心卻意外膽小的普通少女。

悠諾聽著琉賽露絲的痛苦慘叫，逃離了一片狼藉的拿岡市。

「啊啊……！嗚啊啊啊啊啊啊啊啊啊！」

一閃即逝的景色融入扭曲的熱氣中流洩而去。

在她自暴自棄，連意識都捨去的逃跑路途中，竟然一次也沒被城市裡徘徊的機魔逮住。這或許是上天賜給她的不幸吧。

當滿是傷痕的腿終於停下腳步時，她就站在曾在假日與琉賽露絲來過，充滿回憶的山丘上。

她讓汙血順著下巴落到地上，散亂的麻花辮也無暇整理。

——拿岡迷宮都市。由粉刷成黃銅色的商店和學校圍繞，聳立於城鎮中心，以鋼鐵與齒輪打造的機關迷宮所形成的學問與工藝城市。

她還記得從山丘上這片翠綠茂密的林木間看到的市容，與周圍的大自然宛如兩個世界，兩者卻又不可思議地保持和諧，呈現一片美妙的景色。

但如今已經什麼也不剩了。都市與花草全都在燃燒。在殘酷的火焰之中，仍還有影子四處走動。那是不會燃燒的無情機魔集團。

「……掉，就好了。」

望著面目全非的一切事物，悠諾神情恍惚地低語。

琉賽露絲就在那場大火裡。還有開麵粉店的米菈阿姨、臣度同學、實力高強的其維拉老師、森人梅諾夫、盲詩人西魯，大家都在那裡。

她瘋狂地抓頭。

「要是我、我也……被撕碎，一起死掉，就好了……！」

她根本什麼都不知道，也根本沒人知道。

即使因為那位「真正的魔王」出現而顯得遜色，過去自稱魔王的人們——魔王「自稱者」仍是對人類有害的最大威脅。

……魔王自稱者齊雅紫娜製造出的拿岡大迷宮裡，一定殘留著她們兩人長大後仍掘之不盡的祕密與遺物。

這句話一點也沒錯。就在這一天，拿岡市在中午前就被開始生產機魔的大迷宮以從未有過的龐大規模摧毀了。

連讓人思考原因和目的的機會都沒有。能思考這些事的教授們根本來不及步出教師樓，就先被燒死了。

對於悠諾和琉賽露絲而言，高不可攀的正規探索士們在面對多如蟲群的機魔大軍時，全都令人難以置信地白白死去。悠諾也看到一級生、二級生，甚至是身高不到悠諾一半的二十四級生被活生生地肢解、死亡。

「我已經……已經……受不了了……」

樹叢裡出現了機魔之眼的藍光。即使位置如此偏遠，即使對象是悠諾這樣內心崩潰的少女，它也不會放過。

走在悠諾左側的琉賽露絲此時已經不在了。她體悟到自己也會以同樣的方式死去。

「不要……『悠諾號令於菲圮凱箭鏃。軸為第二指（uno io shyipice un2 line）——』。」

「嘰。」

伴隨著單調的摩擦聲，機魔刨挖著地面突擊而來。

她在這時大喊：

「『——格子之星，爆破火花，旋轉吧（corro enuha 8dihine viradma）！』。」

她的袖子裡彈出磨亮的小鐵塊。鐵塊迅速地沿著圓形的軌道插進機魔的裝甲空隙。

現場響起了金屬摩擦，有如鳥兒啼鳴的攻擊命中聲。啾，嘰嘰哩。

「嘰、嘰哩、嘰……嘎。」

鐵塊擊中機魔內部某處關鍵的位置，巨大的身軀停止了運作。

雖然機魔是精巧的機械人偶，但賦予其生命的卻是刻印於每台不同位置的生命詞術。她曾在課堂上學過這個知識。

……悠諾剛才所做的把戲是僅限一次偶然的奇蹟，並非她刻意為之。那只是她在極度自暴自棄下迫不得已施展的力術。

她能對自己研磨的鐵塊施予速度的力量。其別名為遠方鉤爪的悠諾。

「為、為什麼……為什麼？」

然而靠著自身的技術保住一命的悠諾反而因困惑與絕望而拖著腳步往後退。

在各種詞術中，她只是在力術的領域稍微厲害了一點，她只有這個長處。

「為……為什麼，用這招就打死了？……那麼當時，噫，我……我不就能救她了嗎！」

琉賽露絲遇難時她明明沒有出手。

悠諾甚至打算以與她相同的死法償還罪過，卻又為了求生使用了詞術。

多麼可恥又卑劣啊，遠方鉤爪的悠諾。妳對琉賽露絲的友情只有這點程度嗎？

「我受夠了……啊啊啊啊啊……！琉賽露絲……」

悠諾雙手掩面，踏出滿是傷痕的赤足，再次逃離現場。

如果她躲在火勢逐漸延燒過來的這座森林，肯定會再撞上恐怖的機魔。但背負著這份罪孽與後悔苟活下去，不也形同置身於地獄嗎？

……結果，即使她穿越了樹林，還是有六台鋼鐵巨兵在廣場上等著她。

她在哀號聲中射出了鐵塊子彈。可惜奇蹟沒有再次出現，鐵塊全數被鎧甲的曲面彈開。悠諾已經沒有任何對抗它們的手段了。

「嘰。」

「嘰嘰嘰。」

「殺、殺了我吧……吶……反正不管我說什麼，你們都會殺了我吧！那就讓一切都照著我的想法進行吧！我想死！沒錯，我……！」

想當然耳，死神們沒理會悠諾顛三倒四的話語，逕自開始行動。

刻在拿岡大迷宮機魔身體裡的行動指令很單純，那就是衝向視野中會動的物體，將之解體。

六台機魔前傾身軀，準備執行指令。

——就在同一時刻，最右邊的個體上半身突然滑落至地面。

沙沙——

燃燒的落葉四散飛舞。

機魔的下半身仍直挺挺地站在原地。它那又厚又重，理應刀槍不入的裝甲竟然從腰際被漂亮地橫向劈開。

「咦……」

似乎有什麼東西在林木之間搖曳。那宛如錯覺般的速度究竟是光，抑或是影？

當視線從那無法理解之物拉回來時，剩下的五台機魔也被砍倒了。

有一台從正中間被縱向一分為二，有一台的肩膀被刺穿一個洞，有一台的頭部不見了。切斷面如鏡子般光滑，清晰地反射出火焰的赤紅。

那手法太過俐落了——緊接著。

「喂。」

「噫！」

悠諾的旁邊突然傳來一道聲音。

此人究竟是什麼時候出現在那裡的呢？只見一位弓著身子的矮小男子正蹲在她的腳邊。

他的右肩上扛著單刃長劍——候補生的練習劍。八成是倒在這片殺戮之海的某個人的劍。

「啊啊……怎麼了，妳喜歡去死嗎？」

詭異男子背對著悠諾，繼續說道。

（全部。）

存活至今的悠諾所擁有的常識否定了眼前的現實。

（全部都是夢。）

多達六台的機魔瞬間被砍倒。

別說候補生的劍，連正規探索士的劍都無法劈開的裝甲，不可能被練習用劍以那麼俐落的方式切開。

對於遭砍頭斷手也不會停止行動的機魔，那些連悠諾都不明白自己如何擊倒的不講理之物，根本沒道理用這麼理所當然的方式全數擊斃。

（從大迷宮展開行動，機魔出現的那時開始，全部就是一場夢。）

「吶，我在問妳是不是喜歡去死啊。」

「嗚，是的……不是。」

「那算什麼回答。」

男子一邊笑一邊低語，並且伸直了腿。

「妳真是個怪人呢。」

那名男子站起身後仍維持異常駝背的姿勢，連不滿十七歲的悠諾都比他稍微高了一點。

他毫無疑問是人類。不過那張具有強烈印象的平滑臉龐，加上靈活轉動的雙眸，卻讓人隱約聯想到蛇或其他爬蟲類。

「死掉就太可惜嘍。妳……往後的人生會很有趣喔。」

更重要的是，他身上穿的衣服相當異常。布料是黯淡的紅色，具有柔軟的彈性，帶著光滑的質感。還沿著手腳繡上了白色的線條。

「什、什麼東西有趣？」

「……嗯，這是根據我的『經驗』啦。從一無所有出發才好。要去哪裡，想做什麼都是妳的自由……這種滋味很不錯喔。」

悠諾一邊呆愣地聽著男子的話，一邊想起在課堂上學到的那套服裝的名稱。那是比這世上任何一處地點都還要遙遠的異文化服裝。

——其名為運動外套。

「……『客人』。」

「啊……在這個城市也叫那個名字喔？算了，隨便妳怎麼稱呼都行。」

來自與這個世界在文化、生態系、每月日數上都完全不同的「彼端」之人。

他們帶來「彼端」的文化，時而帶來繁榮，時而召來災厄，是身負罕見使命的訪客。

那些從遙遠異世界轉移至此的人們，被稱為「客人」。

「那個，你……剛、剛才把機魔……」

「喏。」

男子只是轉頭望向山腳下，悠諾隨著他的視線望去。

她見到了散落於該處的物體。

「怎、怎麼可能……！那、那些……全部都……」

「打起來真沒意思啊。」

客人扛著劍，挑起一側的嘴角笑道。

那是一片廢鐵殘骸之海。

從山丘上看不到的凹陷處堆滿了無數遭到劈開，停止運作的機魔。那些將生命核心藏於裝甲內側，位置各不相同的生命體似乎全都被俐落的手法一刀斬殺。

機魔的弱點位置無法從外表判斷。哪可能存在那種技術呢？

「這個世界也有機械呢。那東西叫啥，機魔？不管砍了多少，也看不出有啥了不起的呢……」

「——你說它們……沒什麼了不起？」

悠諾低頭看著殘骸，愣怔地低語。

居住在這座城市的所有人——為了挑戰能不斷自行重組結構的機械迷宮而鍛鍊至今的人們，全被這支鋼鐵軍團擊潰。

這並不是因為他們不懂機魔的生態。那些挑戰以無止盡生產機魔當成防衛機制的拿岡大迷宮的挑戰者們甚至比其他都市的戰士更擅長與機魔戰鬥。就算是最大的中央國家黃都的正規兵，面對這場災厄時應該也會落入同樣的下場。

既然如此，這名獨力憑著一把劍超越了毀滅一座都市的恐怖惡夢的男子，是真正的怪物嗎？

帶著火焰熱度的風吹在悠諾濡濕的臉頰上，反倒讓她感到一股寒意。

「嗯。」

另一方面，「客人」含著隨手摘下的野草，隨即吐了出來。

「這不是能吃的草嘛。」

「那、那個……如果是根束草，那就是毒草。」

「我也這麼覺得。妳有沒有帶吃的啊？」

「你……你還是趕快逃走比較好喔……！」

就算目睹了超乎世界常理的強大力量，悠諾依舊只能說出這句話。因為她知道了，知道魔王自稱者齊雅紫娜造出的拿岡大迷宮，她和琉賽露絲居住的這座城市已化為等同地獄的魔境。

「不管你再怎麼強……在這個城市都是沒有用的……！」

「怎麼啦、怎麼啦，別生氣嘛。是對什麼東西沒用？」

「對什麼……你難道看不見那個嗎！」

悠諾指向山丘底下的拿岡市。

她指的不是大肆破壞城市、無窮無盡的機魔。

而是指向城市大火的另一端。

「你敢說只憑一把劍殺死那個東西嗎？」

一個比城市裡任何建築還更巨大，高聳如山的巨大影子正在晃動。

它具有人的形狀。

……啊啊，這才是惡夢。朝她長大的城市望去，放眼所及皆是一場瘋狂的夢境。

拿岡大迷宮展開行動，出現大量機魔。那才不是什麼譬喻。

她根本什麼都不知道，也根本沒人知道。

那是用來誇耀強大軍力的結構體嗎？或是傳說中的機魔製作者——魔王自稱者齊雅紫娜為了嘗試打倒讓世界不分表裡都陷入恐懼的「真正的魔王」，因而造出了那樣的東西呢？

隔著城市的大火，拿岡大迷宮正發出有如低沉海潮聲的咆哮。

——沒有人知道。這座都市繁榮了十年，深耕於此的魔王自稱者齊雅紫娜的拿岡大迷宮正是那個巨大的迷宮機魔(dungeon golem)。

「唔。」

……男子沒有答話，只是將劍對準了悠諾。

悠諾渾身上下的寒毛都豎了起來。

經驗不足的她沒有感應殺氣的能力，卻仍能感受到那把劍上蘊含的駭人死亡預感。

劍尖模糊地閃動。

「——嘿啊！」

「嘰。」

悠諾身後的機魔被一劍刺穿。

他蹲低原本就很低的姿勢並往前一踏，穿過悠諾的兩腿間，對準了照理來說從外表看不出來的機魔生命核心猛力一刺。

接著再一腳踹向了劍柄。

「竟、竟然有……這種招式……」

她沒有任何一絲被人穿越胯下的羞恥感。她根本來不及意識到這一點。

那不是正常的劍術。

別說在這個世界，在任何其他世界都不可能存在這種劍術體系。悠諾感到恐懼，那是對於超乎認知之外的存在所感到的恐懼。

「客人」靈巧地用足尖挑起劍柄，再次扛起了劍。

「妳沒帶食物啊。雖然吃草吃蟲也行啦，不過我還沒吃早餐呢。」

「如、如果要乾糧的話……我……我有帶。不過這個沒什麼味道。」

「妳好麻煩耶。那就來交換吧。妳把食物給我。」

劍士注視著火焰的另一端。

「——我就幫妳收拾掉那個大傢伙。我覺得是時候動手了。」

「你……辦不到的。」

悠諾看著劍。那是一把陳舊的輕型練習劍，和配發給悠諾的劍一模一樣。男子攜帶的武器確實就只有這麼一件。

這名男子究竟能做到什麼呢？是有優秀的智略嗎？還是有強大的夥伴？或是能使用至少一種攻擊性詞術？

「我就來大幹一場吧。如何，很有趣吧？」

「……」

「似乎會很好玩呢。」

這名男子享受著戰鬥、享受著殺戮、享受著死的極限。

她看著故鄉化為地獄。然而這位長相奇特的矮小男子卻是來自更加險惡地獄的惡鬼。

「你到底……到底……是什麼東西？那個技巧是什麼？你是從哪裡來的什麼人？」

面對悠諾慌亂的詢問，男子的嘴角歪成不對稱的形狀。

然後他如此回答：

「柳生新陰流。」

知道這名男子在異世界的來歷後，又能怎麼樣呢？

那個自稱究竟是否為真，悠諾根本無從而知。

「——柳生宗次朗。本大爺乃是地球最後的柳生。」

來自異於這個世界的「彼端」之人。

他們帶來「彼端」的文化，時而帶來繁榮，時而召來災厄，是身負罕見使命的訪客。

那位劍豪則是伴隨著最糟糕的災厄而來。

◆

「喂，我問妳一個問題。剛才那個招式就是詞術吧。怎麼做到的？」

「呃……」

「妳剛才不是施展過嗎？就是射出鐵塊的那招。教教我也沒差吧。」

悠諾想起了「客人」與他們的不同之處，她曾經在課堂上學過這點。

在異界的劍豪眼中，她行使的力術應該相當稀奇。悠諾之所以得到他的搭救，或許就只是因為這個原因罷了。

「那個，學校告訴我，那是『客人』……不在這個世界出生的人無法使用的力量……因為在『客人』的世界裡，是以聲音的語言進行溝通，你們無法跟上這裡的認知。」

「聲音的語言？啊啊～對喔，這裡的語言不是日語嘛。」

「……你我之間之所以能正常溝通，是透過詞術辦到的。力術或熱術……則是利用詞術，對空氣或物體……拜託他們移動或燃燒。」

宗次朗所說的「日語」並非悠諾他們定義的語言，應該是種運用空氣傳遞聲音的技術吧。

聲音確實是對話必要的媒介。無論是什麼樣的聲音，哪怕是獸族的吼叫也好，都能向其他種族傳達蘊含其中的意思。

這個世界具有智慧的任何種族都能做到這件事，但悠諾聽說「客人」的世界似乎並非如此。

「這樣啊。那就算了。雖然很有趣，但太麻煩了。我有刀就夠了。」

他只做出了這樣的回應。看來他不過是純粹出於好奇問一問罷了。

這名男子非比尋常。他不說大話，也並非虛張聲勢……真的打算僅憑一把練習劍挑戰無窮無盡的迷宮機魔。

「你、你會死喔……！」

「沒差。」

「騙人……！你砍倒那種東西也得不到任何好處！擊敗那東西也不會有人感謝你！你只是外來的人！逃走才是最好的決定吧？」

「為什麼？」

「因……因為……如果死掉，一切就結束了啊。」

「結束？」

宗次朗簡單地問了一句。

「……」

「因為敵人是打不贏的怪物，就決定放棄嗎？」

「可是，那我又能做到什麼呢……！面對那種、那種災害般的傢伙……我沒辦法開口拜託你去戰鬥……」

「這和妳沒關係。我只是因為好玩才出手。和那傢伙打起來一定會很愉快喔。妳說是吧？」

他圓睜的眼珠中倒映著火焰的赤紅。

那股瘋狂的戰鬥意志太過濃烈，使悠諾處於絕望深淵的意識清醒過來。

「我走了。」

宗次朗他——踏著彷彿上市場買菜般輕鬆的步伐，在悠諾還來不及勸阻前走進火海。

矮小的身軀跨過了山丘，機魔的身影瞬間圍了上去。但它們卻盡數在散射光芒般的刀刃軌跡下被砍倒。

渺小的人影融入複雜的城市街道中，一下子就看不見了。而在人影消失的地點又聚集了更多的機魔。不過悠諾明白，它們完全碰不到宗次朗。

他斬斷敵人、斬斷火焰、甚至斬斷空氣，衝向有如一座大山的巨型怪物。

他劃開明亮的火焰，開闢出一條陰暗窄細的筆直道路。

即使是悠諾所知的腳程最快的探索士，也無法以那種速度穿越街道——哪怕尋遍這整個世界，真的能找到在厚重黑煙遮蔽視線，火焰轟響掩蓋聽覺之下，仍然有辦法穿越燃燒瓦礫堆地形的人物嗎？

宗次朗向前直衝。巨大的影子也隨之晃動改變形狀。迷宮機魔揮下了它的手臂。

「HWOOO——OOO——」

低吠的震動撼動了山丘。光是砸向宗次朗的所在地之拳頭的猛烈力道所產生的風壓餘波，就在瓦礫堆中轟出一個圓形的空洞。

那麼，體型遠小於機魔的人類宗次朗就這樣化為塵土消逝了嗎？

不。宗次朗已經衝上了此刻正插入大地的巨大左臂。

那並非不可能辦到的事——理論上是如此。

然而手臂的坡度在人類的感知裡應該形同一座懸崖。渺小的影子以手臂表面的凹凸處為支點展開衝刺。他絲毫沒有放慢速度，此人究竟有著多麼高超的技術啊。

「ＨＷＯＯＯＯＯＯＯＯＯＯ——」

一道令城市中的火焰為之顫動的惡夢海潮聲壓過了城市裡的所有聲音。

黑色雲朵瞬間覆蓋了抵達機魔肩膀的宗次朗身影，從遠方望去就像一群飛蟲。然而卻並非如此。那是從迷宮機魔全身打開的機關所射出的迎擊箭矢，以及企圖以怒濤般的數量吞噬宗次朗的機魔軍隊。

迷宮機魔並非只會使用蠻力的怪物，更是包含了其巨大身體內部大量的兵器的一種災害。

它既是具有人型，帶來災厄的一台機魔，同時也是將近十年來不斷阻礙探索士前進，不可能被突破的大迷宮。阻擋攻勢的城牆、發動射擊的箭塔、產出機械兵的軍營全都包含在那具高聳天際，必須抬頭仰望的軀體之中。

宗次朗的身影被黑雲抹去了。超乎常理的劍士向無法理解的怪異之物發動挑戰，最後什麼也辦不到然後死去——看似如此。

然而事實卻不是這樣。迷宮機魔仍維持著迎敵狀態。

巨大的藍色單眼發現了自己手臂上的異常。那裡有著長長的黑色斬痕。迷宮機魔的左上臂被刻出了一道明顯的斜向傷痕。

「唔。」

在斬痕的末端，宗次朗握著插在機魔身上的練習劍，發出野獸般的冷笑。剛才那一瞬間，他從左肩一躍而下避開潮水般的軍隊，並利用落下的力道對迷宮機魔的巨大手臂揮劍一斬。

那已經超越了人類智慧的領域。

箭矢、槍砲，還有機魔。宗次朗在轉瞬之間左跳右閃、拔腿奔馳。在那股朝他落下的殺意風暴中，孤身的影子以閃電般的速度變換著位置。

迷宮機魔的輪廓出現巨大的變化。宗次朗所攀住的左臂——以符合那巨型身軀，同時對那上頭的當事者而言相當駭人的速度開始揮動。

「COOOOOOO——」

「……！」

猛烈的離心力將宗次朗連同機魔大軍甩向死亡的半空中。那是只要身為一介人類，無論身懷什麼樣的絕技與神速都無法抗衡，以莫大的質量差距發動的攻擊。

「LLLL——LUUAAAAAAA——」

迷宮機魔的咆哮與先前海潮般的低吼有著明確的差異，那是有如銅管樂器的音色。

由鋼鐵與岩石以複雜結構所構成的胸部裝甲大大地敞開，裡頭滾燙沸騰的藍色超自然熔鐵發出的光芒照亮了拿岡的廢墟。

「『拿岡號令於拿岡內魯亞之心臟。令夜晚化為白晝』。」
luulaaal lel leee luolaue eeolu

悠諾帶著一種看破人生的心情眺望著這場終結。

（……啊啊，是「那個」啊。）

燒盡拿岡一切的光輝。

迷宮機魔濃縮了魔王自稱者齊雅紫娜的所有魔法和技術，是用來打倒「真正的魔王」的兵器。那東西會思考，還能應對使用著超越人類領域技巧的宗次朗。它的智能甚至能讓它如人一般使用熱術。

銅管的音色就是詠唱。

「『角雲的流動。天地之際。溢流的大海——燃燒吧』。」
lea leloore looau luuaao leeo luouu laaa

毀滅之光一閃，火焰衝上了雲霄。

光的軌跡扳開雲朵，將其撕裂。

強風與灼熱向外擴散，地上的火焰反而被這股衝擊所撲滅。

劈開天空的光束正下方的河川化為蒸汽消失，燃燒的天空猶如黃昏，全都看在站在遠方山丘上的悠諾眼裡。

——究竟。

來自異界的「客人」宗次朗是否也已經化為那一絲蒸汽了呢？

悠諾望著眼前高聳入雲的機魔身影。

望著沒有敵人的荒野，望著只知蹂躪的鋼鐵機關。

其眼眸如宣示滅亡的星辰般，隔著爆焰發出精光。

那盞亮光。

那盞亮光「簌」地一聲——滑落至地。

迷宮機魔的頭掉下來了。

「……唔。這樣啊、這樣啊，這就是詞術嗎？」

在其頸部斷面的後方。

理應被拋至空中，遭到滅殺熱衝擊而消滅殆盡的奇特劍士不知用了什麼手法站穩在那裡。

若非透過宗次朗本人的視角，大概就無法掌握這一連串的發展吧——當藍色熔鐵的熱術發射的前一刻，宗次朗究竟做出了什麼樣的行動？

然而，事實的真相與「使用不可思議的魔術閃避那道死亡爆焰」之間，又有什麼樣的差別？

踩著與自己同樣被拋至半空中的無數機魔，如飛石般橫跨天空——甚至瞬間掌握了通往迷宮機魔頭部的跳躍軌道。這種事除了他本人以外還有誰會相信？

利用那種超乎常人的技術，他破解了從悠諾那邊聽來的詞術所具有的特性。

詞術透過命令產生現象。就算是製造破壞的熱術也必須指定方向與範圍。

因此施術者不能對會影響自己的方向發動攻擊，包含自己的頭部後方。

如神殿柱子般粗壯的石製頭部被砍下，斷面染上一片橘色，彷彿鏡子般反射著火光。切斷面平整光滑到不合理的程度。

那種猶如超越了物理法則的現象，該說是劍之魔技所造成的嗎？

「WWWWOOOOOOHHHHH——」

當宗次朗重新揹起劍時，一陣來自機魔胴體深處，宛如哀號的地鳴撼動了空氣。那道聲響連死前的慘叫都不算。即使具有超出常識的巨大體型，迷宮機魔仍是透過生命刻印驅動的機魔。沒有生命的巨兵是不會死的。

「也是呢。不在這裡……」

怪物朝站在脖子斷面上的宗次朗揮出了右掌。

同時，劍士再次縱身一躍。若把巨兵比喻為人，那位劍士就是一隻小蟲子。而那閃過機魔大手一揮的迅捷速度，也和小蟲子能對人類做出的反應一樣。

失去頭部這個重要器官的巨兵在看不到的狀態下，打算以左手拍落站到自己右肩上的敵人。

無論使用什麼樣的絕技與神速都無法顛覆的莫大質量差距——

「——那裡，才是命脈之所在。」

◆

永祿八年。

被譽為當代劍聖的上泉信綱在門下首席弟子神後伊豆守的陪伴下造訪了柳生之鄉。

當時，柳生新陰流的開山祖師——柳生宗嚴與神後伊豆守進行了一場對決。他在對方以實劍揮向自己時奪走對方的劍——使用了所謂的「空手奪刀」，獲得信綱授與新陰流的印可狀。

據說高手等級的劍士揮砍實劍時，劍尖的速度可達時速一百三十公里。而平均的打刀刀身長度約為零點八公尺。

那麼空手之人於實戰中真的有辦法在這零點八公尺的半徑內閃過時速一百三十公里的刀刃，控制對方持刀的手指，瞬間奪走刀嗎？

現代的「空手奪刀」並不是指這項技巧，而是在空手狀態下制伏持刀者的綜合防禦技術……或是單純解釋為活人劍的心理準備。

甚至有人認為前述的「空手奪刀」只是誇飾過的創作故事。

——以比揮刀更快的速度閃過攻擊，在兵器所及的距離制伏對手，這種事真有可能做到嗎？

◆

「我看到你的命脈嘍。」

剎那之前還站在迷宮機魔右肩上的宗次朗，此刻已置身於空中。他知道那隻打算拍落自己的左手的動向，並且往前一跳，與手臂擦身而過。

——藉由超強跳躍能力讓自己化身為子彈，使出了斬擊。

「在那裡。」

現場響起「啪」的一聲。

那是龜裂的聲音，是從刻在迷宮機魔左上臂的溝槽所發出的聲響。他從一開始的目標就是迷宮機魔的武器——左臂。

他分毫不差地……將最初一擊所刻下的左上臂傷痕再次延長。

那只稍微切開了表層。

以練習劍的長度，不可能砍斷比塔還粗的巨人手臂。

但唯有在左臂揮動的這一刻不同。加諸於那條直線切痕上的負荷乃是與巨大體型成正比的絕大離心力——

「HOO——O」

炸裂聲響起。

自右肩起跳的宗次朗所擊中的巨兵左臂在自身莫大的質量作用下從切痕處斷裂。拉斷的左臂脫離了身體，猶如轟炸般插進機魔自己的右肩，粉碎了內部結構。

宗次朗真正的目標並不是他斬斷的左臂，而是位於刀刃無法直接碰觸之處，深藏於內部的生命刻印。也就是遭到左臂的巨大質量炸毀的右肩裡頭。

——他奪下了敵刀。

關於劍的傳說真的全都只是幻想創作嗎？

當體積遠大於自己數十倍的巨大手臂企圖以高速打死劍士的時候。

以更快的速度閃過揮擊，在攻擊範圍內制伏對手。這種事有可能做到嗎？

「——『空手奪刀』。」

「有可能」。

奇特劍士頭也不回，從搖晃的上臂直接往下滑。經過胴體、腰部，就像是理所當然般從異常巨大的結構物上毫髮無傷地一步步跳下去。

在那個渺小的影子移動後，過了一會兒，巨大的影子渾身的構造開始裂解、崩毀，逐漸垮向地面。失去生命詞術刻印的機魔……即使是魔王自稱者齊雅紫娜的迷宮機魔也會淪為這副模樣。
以不到一天的時間摧毀拿岡迷宮都市的迷宮機魔，在不到一天的時間之內就死去了。

◆

塵土如逆流的瀑布噴上天空。
遠方鉤爪的悠諾茫然地望著整件事從頭到尾的發展。
「……真的打倒了。」
若無其事般回到山丘上的宗次朗看起來就是個人類，不是巨人(gigant)也不是龍(dragon)。他似乎和悠諾一樣，是個普通人類。
「砍死它啦。比砍『M1』那傢伙還有趣呢。」
「為什麼，宗次朗……你能夠做到那種事呢……！那種東西……我以為誰都打不倒……」
「哦，只要站在製作者的角度思考就行了。不能是從地面碰得到的腳部，腰部的負擔太大，胸部有噴火武器，而它一開始是用左手攻擊。那就剩下右臂的頂端了。」
「……」
這名男子肯定是用那種判斷方式猜中今天斬殺的所有敵人的弱點。他用的不是推論或直覺，而是可怕的凶猛殺戮者本能。

——不知不覺間，悠諾又學到一項與「客人」相關的知識。

詞術在他們來自的「彼端」毫無作用。那是一個不靠言語，必須單獨以物理法則維繫一切，極度脆弱的世界。

「宗次朗，『愛母萬』是……」

「唔，M1艾布蘭？反正妳也聽不懂吧，是我那邊的東西啦。」

漂流到這個世界的「客人」的真實身分，正是有著過度超脫於「彼端」法則的力量，無法待在那個世界的人。

有人說生活在這個世界的森人、山人（dwarf）、大鬼（orge），或是龍——他們最早的祖先或許就是出生於「彼端」的世界，突然變異的「客人」。

「那我走嘍。」

「……等一下。」

悠諾從背後叫住了「客人」。

與普通少女悠諾有著天壤之別，超脫世界的劍士。

具有人類外表，卻凌駕於毀滅拿岡的迷宮機魔之上的怪物。

「宗次朗，這裡有些乾糧。」

「啊……這麼一說我正餓著肚子呢。打得太開心都忘記這件事了。謝啦。」

充滿不祥氣息，駭人非常，令人懼怕。

「唔，真好吃啊……嘿嘿，比蟲子雜草好太多了。這個世界也不差嘛。」
即使如此，在看過那場戰鬥，多次蒙他搭救以後，悠諾終於體會到一種感情。
（原來是這樣，我——）
對於在她無法觸及的領域，恣意破壞一切，連悲劇都遭其蹂躪的那副模樣所浮現的感情。
（無法原諒這個男人。）
那就是憤怒。
無論是迷宮機人或這位「客人」，本質都是一樣的。
毫無道理，有如上天在開玩笑的那股力量，將她至今的人生貶為渺小又微不足道之物。像悠諾這樣的缺乏力量的少女連否定的權利都沒有。
「換下一個吧。下次得找個更有趣的傢伙。要去哪裡好呢……」
「……黃都。」
「啊？」
「如果你要找強者……去黃都應該比較好。因為那裡現在是最大的國家。」
「這樣啊，看起來會有很強的傢伙呢。」
「……有的。黃都的議會為了決定某件事，從世界各地召集許多英雄。所以……一定有，一定有和你對決也不會輸的敵人。」

「哈，那就好。」

她有股非常不確定的預感。

——為什麼拿岡大迷宮會在今天啟動呢？

假設從外面來了一位不合常理的異界劍士。那麼這不就是迷宮在面對足以與魔王匹敵的強大威脅時發動的自動防衛機制嗎？

又或者……這個宗次朗若是一位心中只盼望與強者戰鬥，為達目的不擇手段的徹頭徹尾戰鬥狂，就有可能僅僅為了取悅自己而親手啟動那座迷宮。

（——我要報仇。）

她只剩下這個念頭了。

無論那是找錯對象的憎恨，或是依賴著虛幻的可能性……失去一切的悠諾此刻都必須要有某種眼前可及的事物來支撐她。

殺了這個男人。

是的，這個世界上存在做得到這件事的強者。

能造出拿岡大迷宮這種東西……承接所有由「彼端」孕育出的超常之物的這個世界裡，仍然留存任何人都掘之不盡的無數威脅與真實。

有名滿天下的黃都第二將——絕對的羅斯庫雷伊這號人物。她還知道潛伏於遙遠的歪伊特山岳中，駭人的托洛亞這個名字。據說深諳無人所知的第五詞術系統的真理之蓋庫拉夫尼魯。九年前解放大冰塞的「客人」，漆黑音色的香月。甚至是誰也沒見過的冬之露庫諾卡。

她必須展現出抵抗的意志。

她必須知道這名男子是什麼人，「彼端」的世界又是什麼。

並且找遍整塊大地，尋求能夠殺死無敵穿越者的強者。

「宗次朗。我來……幫你帶路吧。雖然我只是拿岡的學者，但光憑這個就不會讓黃都起疑。」

「唔，妳的表情很不錯嘛。」

「……什麼？」

「哎，謝啦。妳接下來就能隨心所欲、自由自在啦。」

「……這樣啊。我也要謝謝你。」

面對那張歪起嘴角如蛇一般的笑臉，悠諾也回了個冷冷的笑容。

身邊的琉賽露絲已經不在了，她所生活的城市也被徹底燒燬。

她自由了。在失去所有之後，此刻她似乎反而有了那種荒謬的東西。

「妳叫什麼名字？」

「悠諾……遠方鉤爪的悠諾。」

她在憎恨的支撐之下跨出步伐。

他們的旅程就此開始。

——那麼。

各位看倌應該已經知道了。

「此為第一個人的故事」。

他是於這片大地上蠢動的無數百鬼魔人之中的一位修羅。

是「真正的魔王」死去的這個世界裡，仍然追求爭鬥的第一個人罷了。

這不是他所涉入的故事，而是他被捲入的故事。

此人僅憑隻身孤劍，就能擊敗史上最大的機魔。

此人揮動登峰造極的劍技，使一整個傳說淪為單純的事實。

此人理解所有生命的致死弱點，具有殺戮的本能。

他是無法滯留於世界現實的最後劍豪。

劍豪（blade），人類。

柳之劍宗次朗。

二　利其亞新公國

位於黃都西方，鄰接巨大運河的利其亞新公國是一處只能以西側與北側的陸路對外通行的要衝之地。水產資源豐富的這座城市在經濟方面相當安定，鋪著石板的道路上，商隊成天絡繹不絕。

不過就在這天，商隊裡其中一台馬車卻運載了布料或鋼鐵以外的貨物。

「鳥龍（wyvern）靠近了，不會錯的。」

嬌小的女子將探出觀察窗的上半身縮回客艙裡。雖然她的身高看似小孩，實際上早已成年了。其名為月嵐拉娜，是一名人類女子。

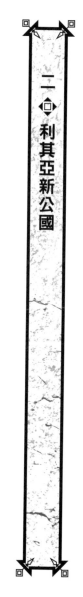

「那些傢伙打算襲擊人族時，就會像那樣成群結隊出現。那肯定是鳥龍。應該是哪個商人不小心洩出貨物的氣味吧……若是在軍中，這可是會被處死喔。」

從這個距離望去，藍色天空中的細小模糊影子看起來就像鳥群。每一隻鳥的體長也只有人類的兩倍。

然而鳥龍與鳥完全不同。他們沒有羽毛或鳥喙，毫無疑問是龍族，同時也是稱霸這個世界的天空的最快種族。雖然目前只能隱約在地平線上看到牠們，但以這批商隊的馬車速度，應該一下子就被追上了。

拉娜朝車棚外的駕駛大喊：

「喂，能不能在鳥龍來之前抵達利其亞啊？已經近在眼前了吧。」

「既然已經目視到鳥龍群，那就不可能了！倒是拉娜小姐您能不能請那邊的傭兵大人處理啊？」

拉娜看著其中一位共乘者。包含她在內，搭乘這台客車的人總共只有三名。

「以防萬一，我先問一下。希古爾雷，你有把握嗎？」

「當然有，我能全滅對方。」

坐在後頭的物體動也不動，平淡地回答。

被稱作希古爾雷的傭兵不是人類，而是以密密麻麻的樹根般物體遮掩其真面目的古怪之物。糾纏在一起的植物集結體以人類的姿勢坐著。

在樹根的縫隙中，位置相當於臉的陰影處掛著有如眼睛的光點。生活於森林深處的智慧植物——被稱為根獸(mandrake)的獸族在人族的生活圈中屬於極為稀有的存在。

「不過在那之前，可以問個問題嗎……是關於魔王自稱者這個稱呼。」

「我已經聽聞治理利其亞的塔蓮大人的事蹟。我也知道關於『真正的魔王』帶來的恐懼與慘劇。那麼我的下一位主人是否為惡人呢？」

「什麼啊，你連那些事都不知道就跟過來喔？」

希古爾雷是拉娜招聘至新公國的其中一名傭兵。身為魔王自稱者塔蓮向世界各地放出的諜報兵——拉娜在即將於今日歸國的部隊之中有特別傑出的斬獲。

「魔王自稱者是王國那邊的稱呼。沒什麼人會故意自稱為魔王吧。」

「是的，我在邊境也聽過這件事。我記得人類的社會是由三個王國所支配。」

「……你的消息太過時了。現在只剩黃都啦，其他全都滅亡了。都是『真正的魔王』害的。以黃都的角度來看，只有他們自己是『正統之王』。不具正統王族血統又自稱為王的傢伙都算是『魔之王』——也就是魔王自稱者。」

擁有強大組織或詞術之力的個人、創立全新種族的變異者們、帶來異端政治概念的「客人」。

過去曾有過具有實力者紛紛自立為王，主張領地與自治權的時代。像那種胡亂成立的小國之王、那些不具正統性的王——被稱為「魔之王」。即使那是叛離黃都，使其領地獨立的猛將——警戒塔蓮也不例外。

……直到短短的二十五年前，那些魔王自稱者就是所謂的魔王。直到「真正的魔王」出現。

「『真正的魔王』不是自稱者嗎？」

「那個……因為那個才是『正牌的』。除了那傢伙以外的魔王都不該稱為魔王。雖然我知道你的身手不錯，不過你還真是個疏於世事的人呢。要不要在利其亞上學啊？」

在那之前存在的魔王不過都是「自稱者」罷了，如今誰都能明白這點。那是危害人族、鬼族，甚至是獸族與龍族的恐懼與惡意。

「真正的魔王」純粹是一種邪惡。

面對「真正的魔王」帶來的威脅，持續慢性對立的三王國被迫解體與合併。大部分的魔王自稱者都順服於秩序，或是挑戰「真正的魔王」後消失。

邪惡什麼也不生產，只會散布毀滅與悲慘——然後來到如今的時代。

「……你叫希古爾雷嗎？」

車裡另一位乘客插嘴道。

「看起來邊境的生活還滿和平嘛。」

此人也不是人族。坐在地上，弓起一邊膝蓋的那個存在沒有皮膚和血肉。外觀看起來就是披著破衣服的人骨。

事實上他在過去應該是沒有生命的人骨才對。這種以生物骨頭為材料，被稱為骸魔(skeleton)的詞術創造物也不算生於自然界的「正常生命」，因此他和機魔之輩統稱為魔族。是動亂時期的魔王自稱者所創造出的一項時代產物。

「『客人』懂得還比較多呢。你這樣竟然敢當傭兵，真是太有勇氣了。」

「是的。我是出於某些原因而過著只能揮劍的生活。人們稱呼我為……大海的希古爾雷。你呢？」

「……斬音夏魯庫。」
夏魯庫不悅地回答。
即使稍微受到挑釁，希古爾雷回話的語氣仍維持著平穩。話說回來，由植物演變而成的生物身上存在與人族相近的情緒嗎？
「雖然不是什麼重要的事，不過麻煩你們好好相處喔。萬一抵達目的地前就打起來，我就沒臉面對塔蓮大人了——而且在那之前我會先有危險。哈哈，人家只是個弱女子嘛。」
「誰知道呢。」
「像人家這樣的人看起來能做什麼嗎？」
拉娜聳了聳肩，這是不爭的事實。
大海的希古爾雷、斬音夏魯庫。這輛馬車運載的兩位傭兵正是月嵐拉娜探索整片大地後找來，身懷不為人知無雙絕技的高手。是拉娜的實力遠比不上的真正強者。
利其亞的主人，魔王自稱者——警戒塔蓮所尋求的士兵正是這種屈指可數的強者。
「拉娜大人。」
「怎麼了？」
「似乎有不是鳥龍的傢伙從另一個方向過來了。」
希古爾雷才剛說完，馬車外便響起清脆的聲響。此時馬車距離城市只剩一點路程。

「停下馬車！誰想留著貨物我們就開槍斃了誰！」

「抵抗的人會被我們綁在馬後面拖死！把你們的東西全部交出來！」

拉娜透過車蓬的縫隙往外瞧，只見一列馬隊正跟在商隊的後面。他們遮住臉，帶著弓箭或鳥槍（musket），看不出其身分。

「……是來搶貨物的強盜。」

城市已近在眼前。正因為如此，人們容易在這個地點鬆懈防備。對方應該對自己的騎乘技術很有自信，有把握在利其亞的士兵趕來前就解決事情。

「又是鳥龍，又是強盜。這下子走投無路啦。」

當然，夏魯庫只是開玩笑。就算對普通的商隊而言這是非常絕望的狀況，對斬音夏魯庫來說就是個笑話。

「不說笑了……他們就是會使用這種手段的傢伙。從旁擾亂被鳥龍追殺的商隊，襲擊脫隊的馬車……就是那些人從前一個投宿地點盜取貨物，丟進鳥龍巢裡吧。鳥龍之所以會追尋氣味而來，也是這群傢伙搞的鬼。」

「那些強盜不也會被鳥龍襲擊嗎，他們要怎麼處理？」

「哈，這很簡單吧？……只要製造出能吸引鳥龍聚集的新鮮屍體後逃走就行了。」

「原來如此，他們就像會使用那種手段的傢伙呢。」

外頭響起爆炸聲。強盜團以炸藥驚嚇馬匹。拉著拉娜等人腳下馬車的馬也開始步伐紊亂。車蓬在劇烈搖晃中左搖右傾。她緊抓著車艙的皮繩，穩住差點被晃倒的嬌小身軀。

「……唉呦！不過兩位大可放心……！對付這群傢伙——」

一匹強盜騎的馬已靠過來與被擾亂的馬車並排同行，強盜拿著十字弓對準了駕駛。

「不需要你們出場。」

在強盜扣下扳機射出箭矢之前，他的馬已經從地面上消失了。

至少在常人的肉眼中看起來是如此。

坐在車內地板上望向外面的根獸希古爾雷低聲說道：

「——在上面。」

正如牠所言，強盜此時置身於半空中。一隻急速俯衝，連影子都來不及出現的鳥龍伸爪將強盜連人帶馬擄至高空。

「嗚噁，啊……喔！」

「咕嚕。」

那隻咬斷男子喉頭，吞噬他最後一口氣的大型鳥龍不是來自後方追殺商隊的鳥龍群。牠就像人類一樣穿戴板金鎧甲，背後的布上畫著所屬陣營的紋章，而且——牠是從「利其亞都市的方向」飛來的。

「這……這太扯了吧！」

「搞什麼！鳥龍已經在後面……呃啊！」

發動襲擊的強盜胯下的馬匹陷入混亂，人人都發出了紛亂的咒罵。
一群從利其亞新公國方向現身，列隊整齊的神祕鳥龍沒有攻擊運載貨物的商隊，而是專門找尋盜賊下手。
成群結隊的鳥龍發出鳴叫。
「咕嗚！咕嚕嚕……下一個。下一個肉……肉！」
「是鳥龍！鳥龍是從城市來的！」
「鳥龍士兵？不……不可能吧！」
聽著外頭傳來的困惑悲鳴，馬車裡的夏魯庫也驚訝地低聲詢問：
「拉娜，這群傢伙是什麼東西？」
不只是遭到襲擊的強盜，這個狀況也超出了無雙的傭兵——斬音夏魯庫的常識範圍。連種族與人類相去甚遠的他都大感疑惑。
「難道人族『馴服』了鳥龍嗎？」
「呵，如果正是如此呢？」
「那就太瘋狂了。」
這個世界的詞術可以讓人族與其他智慧種族溝通無礙。就算是大海的希古爾雷這般模樣與人族差異甚大的獸族，只要是能互通詞術的存在，就和拉車馬那種如字面所述的「野獸」之間有明確的區別。

——不過有個不言自明的事實，能溝通與能交涉完全是兩回事。

鳥龍是極為凶猛的種族，只會聽從率領鳥龍群之統率個體的指揮。對於所屬群體外的生命體，就算同為鳥龍也會被當成捕食對象。

因此牠們是這個世界唯一支配天空的種族。

也是所有地面生物的空中大敵。

「別愣在那邊！開火！壓低身體！」

「要、要怎麼朝正上方射箭——噫！」

穿戴鐵甲的鳥龍毫不間斷地俯衝攻擊。有的強盜想要拉弓射箭，有的打算投擲石塊。然而一群以超低空滑行而來的鳥龍對準了目標，以爪子輕鬆割斷了他們的手臂或身體。

強盜警戒著來自上空的襲擊，而鳥龍從仰望視角的死角發動奇襲——這是因為牠們判斷對占有空中優勢的軍隊而言，遠程武器是最大的威脅。

一隻鳥龍鳴叫著：

「沙……全、全滅……全滅射手！」

剩餘的強盜無法抵抗從天而降的龐大軍力。不是因恐懼而落馬，就是被其他逃竄的強盜踩死。

這是單方面的蹂躪。血液的紅與裸露人骨的白在慘叫聲中散落一地。

那並非順從野性的攻擊，牠們的行動裡明顯存在著戰術。

「——第二隊繞去山丘後方。」

有一隻從高空中下達指令的指揮者存在。但從地面上無法辨別出那隻言語遠比其他鳥龍清晰的個體。

「從襲擊路線判斷，那裡藏著賊人運走貨物用的馬車。絕對不許吞吃他們的肉。把所有人大卸八塊，全塞進一台車裡。讓人們看清楚膽敢與新公國作對的笨蛋有何下場……無論男女老少全數殺光，誰也不准放過。第四隊、第五隊以及第七隊，準備與『野生族群』交戰。反正那不過是一群因為餓肚子而追到人類城鎮，處於飢餓狀態的下賤垃圾。以我方的軍力，派出三隊便足以應付。隨便削減一下數量後，把牠們交給年輕人練習殺戮技巧。我允許你們現場吃掉鳥龍的死肉。」

從鳥龍軍現身的那一刻起，那道聲音就不斷下達指令。牠指揮著高效率的奇襲作戰，在強盜即將射擊獵物的瞬間立刻出手。在此之前沒讓強盜發現牠們從上空接近。宛如一支人類的軍隊。

「第一隊的艾魯蓋，你後腳受傷了吧，真沒出息。第四隊米羅的翼膜上還插著流矢的箭鏃。別愣在那兒，給我撤退。你們沒肉可吃了。」

拉娜聽著從馬車外傳來的尖銳嘮叨話音，低聲道出一個名字。

「……雷古聶吉。」

一度因襲擊而混亂的商人車隊在降落至地面的鳥龍帶領下朝利其亞新公國行進。馬車的兩側響起鳥龍的鳴叫：
「咕嚕嚕。」
「嘰……庫嚕嚕嚕嚕。」
無論是對尚有呼吸的盜賊……或是早就死去的強盜，組成軍隊的鳥龍群都順從牠們的本能，撕裂其肉體、挖出他們的眼球。現場呈現一幅令人不忍卒睹的景象。另一方面，牠們卻對商人看也不看一眼，明顯能區別何者是獵物。
以鳥龍來說那些舉動都十分異常，違反了自然的常理。
「月嵐拉娜。」
被喚作雷古聶吉的鳥龍在傭兵馬車的附近喊道：
「——妳到現在才回來嗎？真是動作慢吞吞。妳不在的時候，我已經解決掉七批垃圾強盜集團啦。」
諜報兵隔著車篷回答。
「那些耗費的時間應該是值得的。我呢……雷古聶吉，帶來了會讓你大吃一驚的人物喔。他們是『斬音』和『大海』。」
「……哼，妳沒帶來『世界詞』嗎？」
「『世界詞』不過是謠言罷了，沒有這個人喔。」
「那這些傢伙就沒什麼了不起的。」

骸魔維持坐姿默默聽著雷古聶吉的嘲笑，拿起了身旁的長槍。

「……」

「哎呀……喂，快住手，夏魯庫。別打起來。」

拉娜連忙制止他。斬音夏魯庫是一位性格好戰之人。

「該住手的是我嗎？應該得有人來教育一下那個叫雷古聶吉的傢伙，讓他知道自己所說的評價究竟是否正確。」

「他就是這種人啦。雷古聶吉對誰都是這種態度。」

另一方面，另一位傭兵——大海的希古爾雷則是一直注視著地板。雖然他與夏魯庫完全不同，非常安靜，卻也讓拉娜感到坐立不安。

雷古聶吉對軍隊發佈號令。

「咕嚕嚕……野生的傢伙來了。別休息，你們剛才不過只是收拾垃圾盜賊罷了。」

牠似乎已經失去對馬車上的傭兵的興趣。

「愚笨，愚笨的垃圾族群——出擊！準備空對空戰鬥！」

「啪」地一聲震響。那是同時起飛的鳥龍整齊劃一的振翅所產生的，宛如雷鳴的衝擊聲。

地面的人們看到天空中有兩大群鳥龍交錯飛過。一群是野生鳥龍，一群是軍隊。就像同為人類的士兵與普通人之間有著顯著差異。兩群鳥龍的戰力差距從一開始就相當明顯。

打算挑戰領頭幾隻鳥龍兵的野生鳥龍只是與對方擦身而過，就立刻被數量上處於壓倒性劣勢

的鳥龍兵以爪子割斷了頸部。

有些野生鳥龍無視鳥龍兵，企圖吃掉地面上的人族。然而牠們在降落的途中就遭到來自上方死角的攻擊，頭部被鑿破而摔落地面。

幾道赤紅楔形閃光穿過鳥龍群之間，軌跡上的鳥龍焦黑墜落，切開了聚成一團的鳥龍群。被擊落的都是野生的個體。那是在高速戰鬥之中施展的超精密詞術。

「那些紅光是雷古聶吉的熱術喔。」

「……雷古聶吉大人是鳥龍嗎？」

在傭兵馬車裡的希古爾雷向拉娜詢問。

「是啊。每個鳥龍群一定有統率的個體，雷古聶吉就是那個角色。」

「我剛才就在想，牠似乎相當謹慎呢。牠一直待在軍隊的最密集處，不讓人發現自己的正確位置。」

「……希古爾雷，你不是根本沒有往外看嗎？」

「是的。我是靠聲音知道的。」

拉娜只看到靜靜坐著的根獸體表的稀疏葉子微微晃動。

「總而言之，只要有他們的把守，新公國的防衛——」

一陣燒灼空氣的巨響打斷了她的話。拉娜將嬌小的上半身探出車篷，瞇起眼睛盯著天空。正好看到雷古聶吉發出的熱術之光從背後燒死了企圖逃跑的野生個體。

月嵐拉娜是利其亞新公國的諜報兵，早已知道雷古聶吉的這種做法，了解牠這種嚴酷不留情的手段。

「……防衛就萬無一失。畢竟歷史上從未有過將鳥龍當成航空戰力運用的都市呢。面對能從天空俯視一切，無論敵軍朝哪邊移動都能繞到其前方的部隊……組成軍隊的每一隻士兵還具有龍族的力量，敵人要怎麼對付？根本是無敵嘛。」

「……為什麼強盜會襲擊商隊？」

骸魔夏魯庫插嘴道。

「那些傢伙的腦袋和我的頭蓋骨不同，應該有裝腦子才對。如果新公國真的無敵，強盜們就不會以那點程度的人數發動襲擊吧。」

「……是啊。這正是……夏魯庫、希古爾雷，新公國之所以需要你們的原因。」

「真正的敵人並非強盜那種程度的傢伙，妳的意思是這樣吧。」

有人誘使強盜誤判情勢，策動盜賊攻擊利其亞新公國，間接從中獲取利益。

希古爾雷再次低聲說了句：

「這與利其亞的主人……塔蓮大人是魔王自稱者的事有關吧。」

名為警戒塔蓮的將軍叛離了人族唯一的王國——黃都。擁其領地，位處運河沿岸的豐饒地方都市獨立，改稱利其亞新公國。此舉威脅了黃都的邊境統治，也是一項嚴重的軍事挑釁行為。

在「真正的魔王」死後的時代出現的新魔王。

「原來如此，我聽懂了。」

白骨傭兵的語氣聽來就像是預期即將到來的戰火的嘲笑。

利其亞擁其無敵的軍力，企圖對抗人族的最大勢力。

「我們的對手就是黃都。」

三 ◆ 黃都二十九官

距離王宮東邊不遠處，有著被當成臨時政府機關的中樞議事堂。與黃都其他建築物相比，這棟建築物更新更醒目。

黃都雖是擁戴人族最後之王的最大都市，不過在這座都市中實際運作政治的主體並非國王本人，而是長期以來抵禦「真正的魔王」威脅的二十九位官僚。

從外觀與態度來看，在這有限的席次中占有一席之位的黃都第二十卿——鍋釘西多勿都像個傲慢無禮的年輕大少爺。不過他卻是一位具有與地位相稱的才學，並且頗富人望的青年。

「——我聽說了利其亞的事。」

西多勿一邊毫不客氣地拿著盤子上的燻肉，一邊這麼說。雖然他正在中樞議事堂裡進行一對一的晚餐會，卻沒有脫下頭上的帽子。

「畢竟對方的將領是警戒塔蓮。無論進行交涉或派兵攻占，都不是一朝一夕就能解決的事。難道不能花多一點時間慢慢對付他們嗎？」

「就是因為已經不可能那麼做，我才會找你談啊。」

「哦？」

西多勿抬起頭。坐在對面的男子，是位給人利刃般的犀利印象，符合文官形象的男人。那副他經常戴著的薄片眼鏡與蹙起的眉頭，恐怕到王國滅亡的那一天都不會有所變化吧。

他是黃都第三卿──速墨傑魯奇。雖然年齡比西多勿大了十歲以上，不過全體黃都二十九官在名義上無關序列前後，所有人都處於同等的地位。

傑魯奇扶著眼鏡中間的橫梁。

「……選出『勇者』的預覽比武將會是前所未有的偉大功業，我們不能更動這項安排。然而關於如何應對此刻公然與黃都敵對的利其亞新公國，是將這個世界整合為一的過程中最值得擔憂的問題。現在沒有時間以挑撥離間或經濟制裁的手段搞垮對手了……我認為新公國的人正是知道這點，才會採取如此強硬的態度。」

「那麼要打仗嗎？應該不可能吧，傑魯奇。」

「當然，那是最後才能使用的手段──畢竟我們沒有餘裕花費更多被『真正的魔王』所損耗的國力。考慮到用在御覽比武的資源，就更得謹慎行事。然而新公國那邊卻不然。」

擁有在地表上獨一無二優勢的鳥龍大軍；派遣調查部隊招攬底細不明的傭兵。

利其亞新公國明顯開始進行戰爭的準備。黃都這種不願涉入戰爭的心態，從敵國來看就是最適合發動攻擊的時機。若是保持現狀對他們的行動置之不理，即使黃都的國力大幅優於對方，也不免得付出莫大的犧牲。

「以利用強盜攻擊通商活動那種程度的騷擾，到頭來還是來不及奏效。有什麼解決根本的手段嗎？」

「……我認為新公國在體制上有諸多弱點。其一，仰賴警戒塔蓮一人的號召力所運作的政治。由於他們的國家還很年輕，尚未培養出充足的官僚與繼承者。」

「哈哈，和我想的一樣呢——那就是以少數刺客針對塔蓮發動暗殺吧。」

「既然目的是避免戰爭，就不能投入大規模兵力。另外，如果我們要下手，事情就必須暗中進行。你覺得有可能成功嗎，西多勿？」

「原來如此。不過我認為應該增加一項例外。」

西多勿用叉子將盤子上的烤蔬菜全部叉起來。

「只要對方『先』出手，我方就能名正言順地開戰嘍，傑魯奇。」

「我不想積極採用對人民造成損害的手段，收拾戰後殘局很花錢的。」

「我明白。必須想個將派到前線的士兵數量壓到最低程度，並且讓他們穿透有如銅牆鐵壁的新公國防禦，直接取下塔蓮首級的辦法。第十七卿……愛蕾雅妹妹的暗殺部隊已經出動了嗎？」

由於西多勿年紀尚輕，在黃都二十九官之中，他尚未擔任領導特定部門的職位。不過在這二十九席裡，已經有人專門負責暗殺與諜報的部門。

「那傢伙的密探從很久之前就潛伏在裡面。第十七卿本人……則正在調查另一項同樣重要的案件。但若是等她回來才開始行動就太晚了。至於討伐鳥龍的任務，雖然那應該是第六將哈魯甘特部隊的專業——」

「不，你不用說我也知道。讓哈魯甘特大叔負責其他工作反而比較好。」

「我也是這麼想的。他目前正在組織討伐龍的部隊。」

「龍？……那一定辦不到啦，他是笨蛋嗎？」

西多勿呼出一道近乎嘆息的笑聲。

第六將明顯走下坡了。他根本不期望哈魯甘特能在這場攻擊裡發揮功用。

「所以事情就落到我的頭上。」

而剩下的兩人——西多勿與愛蕾雅在二十九官之中顯得特別年輕。年紀輕也意味著他們累積的實績不夠多。

只要建立攻下利其亞新公國的實績，在之後進行選出「勇者」的御覽比武時，肯定能掌握很大的發言權。而且他知道眼前的第三卿傑魯奇對第十七卿愛蕾雅很冷淡，不打算把功績讓給她。

鍋釘西多勿並不是追求那些權力或功績，他甚至認為即使獲得比現在更高的地位，也只會徒增麻煩。

（……但是，如果要實現我的想法，就得利用這個機會。）

他斜眼望著傑魯奇那反射著夕陽光芒的眼鏡。

「只要使用表面上與黃都『無關』的人就行了吧？」

「……我會盡量斟酌。你打算用誰？」

「就算要暗殺，也沒必要一定得悄悄地進行。像是讓對象被捲入嚴重事故死亡。只要追查不到主謀就行了。」

這是絕對不容許失敗，必要時將由年輕的他承擔全部責任，複雜且重大的任務。不過從某方面來看，此事的牽涉範圍也僅止於此。

然而西多勿明白政治就是如此運作的。

從他今天被找來之前，他就一直在思考最適合處理這種狀況的戰力。而這也是最適合投入平常不能運用的危險力量的局面。

「——可以釋放『濫回凌轢』嗎？」

四 ◇ 星馳阿魯斯

即使是黃都第六將——靜寂的哈魯甘特這樣的男人，偶爾也會思考邪惡的定義。

思考著在任何人都認定為唯一絕對惡的「真正的魔王」死去的這個時代裡，他應該相信的邪惡定義。

——答案就是背叛自己。

哈魯甘特這麼想著。即使是遭到毀滅的三王國在黃都的名義之下合併，政治體制發生大幅變化的此刻，他仍沒有捨棄個人的欲望。現在正是再次建立新功績的大好機會。

就算大家私底下譏笑他是只會處理小角色的男人；就算對權謀詭計感到身心俱疲。更多的財富、更顯赫的名聲、更安定的生活——為了維持他那與實力不符的權力，這些都是必要之物。

只要不顧顏面蠻幹下去，就能多少提升那股自己配不上的力量。

——因此，他現在必須在不借助其他將領幫助的前提下，完成這場討伐任務。他要對付的敵人正是貨真價實的傳說——古老黑龍，燻灼維凱翁。

配置於北方邊境，提利多峽谷的討伐隊總人數為三十六名。乾燥空氣吹拂而過的這座野戰陣地也是為了這場仗而建立。

「辛苦您了，團長閣下。」

哈魯甘特抬頭，一杯溫熱的琥珀茶剛好遞到他的面前。參謀長的臉上一如往常，不帶絲毫倦意，還掛著與那中性的五官相稱的溫柔笑容。

那副表情想必與哈魯甘特帶著黑眼圈的疲勞神色形成了強烈對比。

「──您有稍微睡一下嗎？幸好沒被士兵看到您這副模樣。」

「嗯，皮凱。那是理所當然的。」

他啜了一口琥珀茶，淡淡的甜味滋潤了全身。

哈魯甘特皺著眉頭，盡可能裝出嚴肅的表情。

「畢竟從黃都到這裡，花了整整五天在行軍啊。途中……甚至還得寄宿於一間濟貧院。大家都承受了很大的負擔吧。」

「正如您所說。要加水果香料嗎？」

「實際試著走過一趟後會讓人不禁這麼想：這個距離就是『燻灼』在幾百年裡躲過討伐的主因吧……嗯……好，加一點吧。」

「驅趕部隊已經照您的指示就定位。他們不像團長閣下，每個人都身強體壯。不必擔心疲勞的問題。」

參謀長說的一點也沒錯。雖然哈魯甘特野心龐大，他自己的體力卻隨著年齡逐漸衰退。

「……嗯，很好。通信兵的巡邏人數呢？」

「人員分成三組。每組隨時都有兩人在峽谷的山上巡邏，並且輪流由待在陣地休息的四人接替，其中一人負責收訊。」

「太少了。獵龍時斥候人數不夠多就不行。從明天開始把三人也派出去。以半天制輪班。」

「遵命。」

靜寂的哈魯甘特過去獲得了「拔羽者」的外號。那是對他討伐數百隻鳥龍功績的敬稱──或是一種篾稱。

哈魯甘特獵殺鳥龍的手法與一般的方式有點不同。他不會在獵物還在巢裡時出手，而是當鳥龍群飛離巢穴後以箭矢與詞術封死其退路，再由潛伏於山谷間的射手消滅目標。

他認為強行攻擊巢穴的手段看似安全，實則不然。鳥龍的智力在不同個體之間有明顯的差異。曾經發生過狡猾的個體以設置於巢穴的陷阱反過來消滅討伐隊的情況。鳥龍也可能會對巢中的物品施展詞術。

既然對手是以準備周到與強大而聞名的邪龍──燻灼維凱翁，採取比對付鳥龍時更高的警戒等級也是理所當然的。

「──『燻灼』確實受了傷嗎？我活了二十年，從沒聽過那種傳聞。」

「我是五十五年。由於多次懷疑調查部隊的說法，我在取得確切保證後才展開這場遠征。這是我在其他將領獲得情報前搶先掌握到的大好機會。」

「右眼混濁、左前肢被砍斷、腹部被疑似長槍的武器貫穿、尾巴腐爛。實在令人很難相信……就算那全部都事實，您認為牠會現身嗎？」

提利多峽谷的惡夢。心血來潮就會焚燒人居住的城鎮，噴出吐息即能屠殺千軍萬馬，獨占無盡財寶的燻灼維凱翁。

其存在形同災害。那是若非獲得這種千載難逢的大好機會，否則勝利可能性微乎其微的對手。只要這場討伐成功，想必就能名留青史吧。

接著他就能憑藉這項功績，在政體合併之後的黃都獲得重要職位。不會再被人揶揄是微不足道的鳥龍屠夫，而是真正的屠龍者。

「皮凱，這場戰鬥與攻城戰無異。黑龍的手臂與眼睛所受的不是輕易能痊癒的傷。而且牠的巢穴物資並非無限。牠因飢餓而飛離巢穴的時刻一定會到來。」

「只要情報正確確實是如此。」

此外，哈魯甘特之所以刻意展現大量兵力，也是為了對維凱翁施加壓力。使其因不知何時巢穴會受到攻擊的緊張情緒而無法休息，最後逼迫以傲慢出名的龍受不了壓力，主動離巢踏入狩獵區。

皮凱擔心這會是一場長期戰，因此繞個圈子提出建言，希望能減輕對斥候的過度負擔。不過哈魯甘特不認為這場仗會拖太久——或許很快就結束了。

◆

在太陽下山之前，他的想法便獲得了證實。

衝進作戰本部的通信兵臉上的表情一片蒼白。

「參謀長！團長閣下！現場發來緊急聯絡！六名射手陣亡！」

連找到維凱翁的跡象都沒有，就傳來了令人難以置信的噩耗。

「……你說什麼？」

「先建立通訊聯繫部隊。動作快！」

在參謀長的指示下，士兵啟動了通信機。那是以形狀複雜的金屬絲纏繞透明礦石所形成的機器。在哈魯甘特的戰術之中，能進行遠距離通訊的通信兵乃是特別重要的兵種。

「我是哈魯甘特。立刻回報狀況！內容要正確詳實！」

『我是正在監視右岸的迪歐！現場出現大量黑煙……！籠罩峽谷下方！無法確認配置於山崖底下六名射手的安危！「燻灼」恐怕正沿著地面……沿著地面爬行，朝閣下的陣地方向前進！』

「你說牠在地上爬行……！」

從天空中噴出黑煙燒灼一切，居高臨下傲視地面萬物……喜好如此作風的傲慢之龍，燻灼維凱翁竟然不是用飛的離開巢穴，而是沿著峽谷的地面爬行移動。

畏懼人類的對空射擊，偷偷摸摸地如蛇或蜥蜴般在地面爬行，並以吐息從士兵注意力的死角發動奇襲。這是以龍的習性而言不可能發生的狀況。

「為、為什麼……！為什麼會發生這種事！燻、燻灼維凱翁——你拋棄了身為龍的自尊嗎！」

哈魯甘特仔細調查過提利多峽谷的地形。他原本打算從空對地的死角以火力引誘獵物的注意，用最小的犧牲解決巨龍。同時也準備好因應敵人動向的撤退路線。這是哈魯甘特透過數十年經驗規劃而成的完美對空陣形。

正因為長期以來的豐富經驗，他一點也不會對這種確實的戰術產生疑問。要怪就只能怪哈魯甘特太過無能，沒考慮到所有的可能性。

「團長閣下，請您撤退吧。我們徹底失敗了。雖然沒有人知道龍的爬行速度有多快，但目前這座陣地很危險。只能說我們的運氣不好。」

「那、那點小狀況……就只有那點小狀況嗎！怎……怎麼可能會出這種錯誤……！不合理的錯誤就應該被更正！」

哈魯甘特也心知肚明。他的士兵沒有愚笨到作假或因誤解而做出如此的報告。他們和不肯承認失敗的哈魯甘特不一樣。

皮凱說的沒錯，這場討伐已經以失敗收場。多達六名的士兵白白被黑煙燒死。而此刻最危險的是他自己的性命。

「現在不是猶豫的時候，必須——『皮凱號令於哈魯甘特。傾斜之陽。飛吧！』（pike io hargent himal walmirl）」

參謀長話才說到一半，突然喊出了力術的詞句。哈魯甘特還來不及搞清楚狀況，就被力術以肉眼不可見的力量撞出去。

「你幹什麼……」

強風呼嘯而過。

那是比暗影更陰沉的黑煙。

被轟出指揮部營帳的哈魯甘特目睹了宛如黑布的漆黑。

那是龍行使的詞術吐息，燻灼維凱翁的吐息乃是挾帶著濃煙，燒盡一切的超高溫熱術。指揮部的士兵連著火都沒有，直接從體內被徹底焚燒成焦炭。

參謀長皮凱、通信兵萊尼、近衛射手米利多、西凱亞。

「你就是——領頭的將軍嗎？」

瞬間製造出那場屠殺的存在分開了煙霧，從中現身。

燻灼維凱翁。讓牠不必在意自身吐息所帶來的高熱，幾乎能阻擋一切攻擊手段的漆黑龍鱗。高聳矗立、與一座黃都大型軍營不相上下的巨大身軀。

「我本來沒打算留下任何活口，不過這樣正好。」

兩者間隔著被燒得灼熱的空氣，傳說中的惡夢此時堵住了峽谷。雖然空氣中帶著高溫，生物的本能卻讓一股寒意竄遍了哈魯甘特的神經。

憑其存在即能壓制一切的靈魂，地表上真正的最強種族。

「……『燻灼』……！你這個混帳！」

即使右眼混濁、左前肢被砍斷、腹部遭到長槍貫穿、尾巴腐爛。牠仍與哈魯甘特過去所狩獵的鳥龍在地位上有著根本性的差異。

「我允許你開口回答，除了你們還有其他討伐隊伍嗎？」

「你說什麼……！難道你懼怕人類的討伐者嗎，燻灼維凱翁！那就成為龍族之中永遠的笑柄吧！你的靈魂已經跟你的肉體一樣墮落於地了！」

「『提利多之風聽令（go gipyaeis），燒乾蒙煙之月（jyguegyuorg）——』。」

致命的黑煙掠過了哈魯甘特的上方。

牠是故意射偏的。

「回答我。討伐軍只有你們嗎？若不回答，我不會燒了你，而是將你折磨至死。」

「……怎麼回事？」

黑龍的語氣中帶著焦躁之色。

以一頭龍來說，維凱翁一連串的行動全都十分異常。

牠渾身上下都是傷。那明明是一頭數百年間都無人能成功討伐的凶惡古龍。

孤身與黑龍對峙的哈魯甘特問道：

「……你、你的身上到底發生了什麼事。『燻灼』……！讓我……靜寂的哈魯甘特蒙受此般羞辱與屈辱，卻想掩蓋自己受到的屈辱嗎！是誰……是誰擊敗了你！」

「……英雄。」

邪龍縮起了化膿的左臂，發出黏稠的水聲。

牠是對自己的傷勢感到羞愧嗎？

「你那雙眼睛可曾看過……英雄嗎！弱小的哈魯甘特。從數量龐大的群體——人類之中，依循大數法則出現的罕見變異種。那東西……憑著無窮無盡的欲望磨練自己，隨心所欲地收集力量。在那股欲望的盡頭，讓他擊敗了遠遠強過自身的生命——」

「難道是人類的英雄擊敗了你嗎……」

「少自以為是了！」

維凱翁充滿憎恨地咆哮。

——不對，現在的哈魯甘特也聽得出來。那不是憎恨，而是恐懼。

「人、人類英雄那種東西……！我已經殺到膩了！走遍世界，向我挑戰……那些人太過傲慢，最後只能向我獻上自己的生命與收集的寶物……以其欲望為傲，卻反遭獵殺而亡，那就是所謂的英雄！那些人都淪為了我的食物……他們不過是愚蠢的食物罷了！」

「維凱翁！」

「啊啊，人類。愚蠢的人類啊！你的想法正是比龍更加無藥可救的傲慢！能產生英雄的群體，難道除了你們人族之外別無他者嗎？受到祝福擁有才智與力量的強者，除了你們人族，就不會出現於其他族群中嗎？」

受到傷口痛楚折磨的維凱翁一邊低語著恐懼的記憶，一邊以燃燒般的獨眼瞪著哈魯甘特。

提利多峽谷的惡夢。隨心所欲焚燒城鎮，噴出吐息就能屠殺千軍萬馬，獨占無盡財寶的燻灼維凱翁。

已經有人打敗了那形同災害的存在。

不管怎麼說，哈魯甘特都已經無法避免死亡的命運。維凱翁之所以坦白，只是失勢的古龍最後僅存的自尊心作祟，想要表現出自己沒有膽怯到連一個渺小的人類都會令牠害怕。

「一切在那個面前都是軟弱無力。告訴你真相吧，人類！受到命運寵愛的英雄並非只有人類……在鳥龍之中也有『同樣的存在』！」

哈魯甘特知道那個名字。但為什麼之前都沒有想到呢？就他所知能辦到這件事的人物，從頭到尾就只有那一隻，此外別無他者。

他之所以沒想到……是因為對於消滅上百群鳥龍的將軍而言，那是他最忌諱的名字。

「鳥龍的『英雄』——星馳阿魯斯。」

是那隻鳥龍下的手嗎？是牠奪去了遠比鳥龍巨大的古龍一隻眼睛，砍下其左臂，刺穿其腹部，使其尾巴腐爛嗎？

與非得成群結隊才能對負傷巨龍發起挑戰的人類不同，那隻在同一群弱小種族中特別突出的個體……已經能辦到這件事了嗎？

「我已經說出了自己的恥辱……！靜寂的哈魯甘特！」

「我……我是討伐隊的最後一人。除了我的部隊外，黃都不會再派兵來殺你了。一切都是被功利沖昏頭的我愚蠢的專斷獨行。我回答你的第一個問題了，燻灼維凱翁。」

「──很好。那我就將你的性命送入火中，以此饒恕人類的愚行。」

「休想。你這傢伙根本無法想像我拔下了多少羽毛……！我頭頂上的天空將完全陷入寂靜！嚐嚐黃都第六將的力量吧！」

在詞術的詠唱聲中，熔化的鐵架開始自行組合。那些直到剛才還是臨時指揮部的建材是哈魯甘特從故鄉黃都帶來的鋼鐵，能聽令於組裝武器的工術。

哈魯甘特的別名是靜寂。由他所自傲的工術所組裝而成之物，乃是具有馬車般質量的固定式機械弓。必殺的對空武器──屠龍弩砲(dragon slayer)。

至於那東西是否能殺死維凱翁，根本不用試也知道。

即使如此，哈魯甘特仍覺得背叛自己的意志對他而言就是一種邪惡。

黑龍張開了下顎。

「吼嚕嚕嚕……軟弱無力。太軟弱無力了！」

牠只要呼出一口氣就能結束這場戰鬥。維凱翁呼氣之舉本身就能轉為燒燬萬物的熱術吐息。

「──」

然而邪龍卻吞回了那口氣。

牠的視線越過了脆弱的人類，望向後方的峽谷。

那是一片暮色的赤紅。

在地平線的邊緣──膨脹太陽的輪廓因殘留的熱氣模糊搖曳，顯現落日的光景。

一個背對沉落夕陽的影子就在那裡。

「為什麼，牠又來了……為什麼……」

那細瘦飄渺的影子就站在一座岩石山丘上。

牠默默地張開了雙翼。

那道充滿陰森氣息的影子宛如傳說裡的惡魔。

同時……對於最古老巨龍之一，燻灼維凱翁而言，那隻生物亦是如此。

「『星馳』──」

◆

鳥龍與龍最大的差別在於前肢的有無。

說到底，除了翅膀外還具有雙臂的龍在身體構造上已脫離一般生物的範疇。而鳥龍可說是龍類在小型化的過程中，透過骨肉的減輕與前肢的退化，在飛行能力方面取回正常進化的種族。

就如同古時候的「彼端」鳥類接替大型爬蟲類站上舞台的歷史。在這個世界裡，歌頌著族群繁榮的不是龍，而是鳥龍。

即使龍在個體能力上是最強的種族，鳥龍卻擁有比牠們更優秀的長距離飛行能力、會積極捕食、能積極適應環境進行繁殖。

——並且就像人類一樣，繁盛的種族中必定會出現例外的個體。

那隻鳥龍天生長著多達三隻的前肢。

那些手臂一開始如同蟲子般孱弱。其中一隻甚至在牠出生後過了三年的歲月仍無法活動。

這或許是一種反向進化的諷刺吧。

如與祖先不同，開始以兩腳走路的人類。牠天生就能碰觸物體、操作物品，對觸覺的刺激進行思考。

因此牠並沒有割捨那只會對飛翔與生存造成不利影響的軟弱器官。

後來，牠的手臂變得更有力氣，可以握住、搬運物體了。

在長期使用武器與道具後，手臂獲得了技術。

手臂追求著新鮮的事物。

當太陽高掛於天空時，那隻鳥龍拋下所屬的族群，飛離牠出生的濱海斷崖。

鳥龍這種生物的範疇已經容納不了牠那受到手臂影響而膨脹的欲望。身處於如同其名，近似鳥類的鳥龍群之中，唯一擁有智慧的牠反倒更接近龍族。

牠既無維持存活的捕食欲，也沒有繁衍族群的繁殖欲。

牠的手臂想要抓住尚未見識過的事物。想要向自己證明牠不是平凡的鳥龍。想要利用只有牠獲得的這股力量創造無比的榮耀。想要在這對翅膀所能到達的世界各地達成如此偉業。牠心中隱約有著這樣的欲望。

沒有加入同類族群的隻身鳥龍，渴望著超越那細瘦身軀所能承受的一切。

不知不覺間，小小個體的那股欲望得到了一整座城市的財寶。

打倒了一個敵人、戰勝了一座迷宮、征服了一塊土地。

而牠現在——

◆

「星馳阿魯斯……你、你到底還想要什麼……！」

「…………」

——逼迫一頭傳說陷入恐懼。

「我所有財寶全被你奪走了！我的高傲自尊也全被你奪走了！為什麼你還要繼續搶奪！」

「……你問為什麼……？」

仍站在岩山上的鳥龍微微傾斜了那纖細的脖子，露出無法理解的模樣。

「我只是在做理所當然的事罷了……」

「砰」一聲響起。

阿魯斯輕微側身就閃過了冷不防射向牠的巨型箭矢。

「——『星馳』啊！」

那是靜寂的哈魯甘特以屠龍弩砲轟出的必殺一擊。

他沒有對「燻灼」使用無法連續射擊的弩砲，而是射向了闖入者。

「你、你這個混帳……你這個混帳不准出手！」

「……」

鳥龍只是慵懶地對男子的話搖了搖頭，展翅起飛。

牠的身上有如人類旅行者般掛著行囊。

「可惡……可惡、可惡的『星馳』……！」

維凱翁帶著與哈魯甘特同樣的恨意望向天空。剛才起飛的鳥龍已不見蹤影。想追也追不上。牠的飛行速度已經遠遠超過了一般的鳥龍。

龍似乎打算以致死的灼熱黑煙吐息展開迎擊。

這就是牠的答案。

這頭黑龍和人類一樣。

牠只能待在地形錯綜複雜的山谷底下……躲避來自天空的強者，進行迎擊。

因為牠知道若是和對方一樣飛在空中，自己便沒有任何勝算。牠已經深刻體認到在這片天空下存在著比自己更高一等的生態系。

在燻灼維凱翁的心中，牠已經無法展開自己的雙翼飛上天空了。

「『提利多之風聽令，燒乾蒙煙之月——』。」（go gipyaeis jyguegyuorg）

維凱翁眼角的餘光一捕捉到對方影子，立刻使出全力將吐息往那個方向噴去。

沒有命中。對方速度太快了，已經繞到牠的正上方。

在飛行能力方面，鳥龍是進化程度比龍族更快的種族——

「怎麼可能！」

哈魯甘特一陣愕然，大喊道。

靜滯於維凱翁正上方的星馳阿魯斯正拿著鳥龍不可能使用的武器。

鐵製的槍身、木製的槍托。雖然只有短短一瞬間，帶領步槍兵的他也絕不可能看錯。

那是「客人」所帶來的技術之一——鳥槍。

鳥龍舉起了槍。

子彈穿過了攻防雙方的一線之隔。

「嗚……啊啊啊啊！」

「啪」一聲響起。那不是槍響，而是巨龍的血肉……牠完好的另一隻眼睛爆開的聲音。

透過「客人」的知識改良，這個世界的鳥槍已經進步了好幾個世代，在精確度與連續射擊能力都大幅高過了「彼端」的鳥槍。

但就算有這樣的前提……星馳阿魯斯竟然能在立體且高速的飛行戰鬥中精準地瞄準一點，射穿了龍類保護眼球的瞬膜。

「……告訴你吧……這是西邊斷崖……摩天樹塔的……劇毒魔彈……」

在震動空氣的痛苦嚎叫之中，阿魯斯平淡地輕聲說明。

牠毫無疑問是在炫耀自己的收集品。

「子彈以根獸的毒加工過……會侵蝕神經……」

維凱翁對著發出聲音的方向釋放敵意。

牠無法以飛行能力與對方競爭。兩眼與左臂已經損毀，近身格鬥的選項也被奪走了。

剩下的優勢只有無法以鳥龍的身體發射的龍息。

「『提利多之風聽令（go gipyaeis）——』」

「『阿魯斯號令於尼米之礫石（kylse ko khnmy），化花為蕾（kilwy kokko），裂殼而出（kukaie kyakhal），滴水（konaue ko），穿石（kastgraim）』。」

唰。

龍的右眼長出了細針。

打進去的彈頭瞬間變形，更進一步刺入維凱翁的大腦。

詞術是根據發送意志的速度進行傳遞，詠唱的速度不一定與指令的長度和複雜程度成正比。

但就算如此——

那變化形狀的工術竟遠比只需呼一口氣的龍息還快。

「…………這樣不行啊，維凱翁……那是我發射的子彈……」

「咕嗚……嗚、咕喔喔喔喔喔喔……！」

「當然會聽我的指示。刺在你腰部的長槍不也是我用同樣的手法造成的嗎……」

「開什麼玩笑！」

哈魯甘特大吼一聲，射出了箭矢。
那支箭再次射向了阿魯斯，不過牠理所當然地閃過這道攻擊。這是魯莽的嘗試。
「開什麼玩笑，『星馳』……！那是我的敵人！你為什麼要搶走！……難道、難道是要救我這種男人的性命嗎！」
「……哈魯甘特，你好像……問了個奇怪的問題呢……」
鳥龍俯視因致命痛楚而哀號的龍。
被視為災厄而受到畏懼，人類軍隊耗費數百年也無法成功討伐的邪龍。
身軀比人類還纖瘦，外表怪異的鳥龍。
以及失去軍團，只剩孤身一人的黃都第六將。
在現場的生態系中，何者立於頂點，何者將會死去，答案已不言自明。
立於頂點者開口：
「幫助朋友，不是理所當然的事嗎……」
說出了哈魯甘特早已經知道的答案。

沒錯。
那是成功消滅數百隻鳥龍的將軍最忌諱的名字。
星馳阿魯斯。哈魯甘特比任何人都厭惡其存在，絕對不能與牠交友。

「我才不是你的朋友……！我現在是黃都之將！是鳥龍屠夫，拔羽者哈魯甘特！像、像你這種傢伙——無論是過去或未來，都與我無關！」

黑龍快死了。牠的肌肉顫抖，雙翼垂軟。此刻，哈魯甘特正目睹一頭真正的龍死去的模樣。那副模樣簡直與鳥龍的死亡無異。那頭龍果然和鳥龍一樣是生物。

「……原來如此……你當上軍隊的王了……太好了呢……」

阿魯斯只是一如往常地以憂鬱的表情望著逐漸死去的傳說。牠的內心裡看來沒有絲毫的喜悅或快樂。

「沒錯……！為了出人頭地，我可是殺了幾百隻你的同族。即使到了這把年紀，還想要獲得更多榮耀，做出……做出這種愚蠢的行為……」

屠龍終究是不可能的事。從一開始那就只是個幼稚的夢想。

不僅是今天。哈魯甘特過去為了這類渺小的欲望，不知害死了多少部下、市民。所有人都鄙視他。鄙視那透過大量的犧牲累積而來，與其實力不相稱的地位。

「……嗯，所以我才會尊敬哈魯甘特啊……」

阿魯斯將行囊放到地上。牠從世界各地收集而來的寶物就在裡面。

「我要炫耀一下……或許還包含接下來要殺的那傢伙……」

不斷奪取、收集乃是牠的本質。星馳阿魯斯已不再是鳥龍，比較接近貪婪地收集財寶的龍。

「我有中央山脈的荊棘沼澤之盾……在凱迪黑撿到的鞭子……還有許多魔彈……」

阿魯斯長年累月下來完成的各項偉業，哈魯甘特也都聽說過了。

當他醜陋地掙扎於權力鬥爭，卻無法完成自己的理想，難堪地依附在權力的時間裡——他一直聽到奔馳於星空中的鳥龍奪取收集寶物的冒險故事。

「……」

「……但是，這些都不能給哈魯甘特看。」

哈魯甘特追求的是更多的財富、更顯赫的名聲、更安定的生活。

這些都不對，他只是——

「因為，哈魯甘特你是個很厲害的傢伙……萬一亮出底牌，我就會被哈魯甘特超越了……」

——只是想要贏過這個從頭到腳都與自己不同的牠。

只是想要贏過那位肯定哈魯甘特的醜陋欲望，唯一一位連種族都不同的老友。

只是希望擁有值得誇耀的事物，讓自己站在牠的面前時，不會是一副難堪的模樣。

「不對。我……我什麼都沒有得到。這幾十年來，一直……無所作為……」

「我聽說了喔。黃都將有一場盛大的御覽比武……大家……都在尋找『勇者』呢……」

三王國合併之後，即將展開全新的政治體制。

用來統治人民的偶像只靠王已經不夠了。

他們盼望著那位不知身處何地，擊敗「真正的魔王」的——真正英雄。

目前許多將領都為此展開行動。成功推戴「勇者」，就意味著能成為新生偶像的巨大靠山。

就算受到推戴之人只是頂替了「實際身分不明的勇者」也沒關係。

「你就推舉我出場吧。」

……是啊，如果是牠，想必能理所當然地篡奪那份榮耀吧。

因為這隻鳥龍獨自行遍世界，就是為了以牠的手臂抓住所有牠渴望的事物。

哈魯甘特知道鳥龍征服了多少難以攻陷的迷宮。

知道牠獲得了不可思議又稀有的龐大財寶。

知道牠打倒了許多誰也無法戰勝的敵人。

就算哈魯甘特失去大部分的部下，淪落屈辱的處境。只要擁立必定能在那場預覽比武中獲勝的星馳阿魯斯——

「……啊。」

阿魯斯平靜的低喃讓哈魯甘特察覺了異狀。

「咳……啊啊啊啊！」

那是看似已死的燻灼維凱翁最後的生命燭火。就在此時，從邪龍巨大的嘴巴所發出的黑煙吐息眼即將淹沒兩人。

「阿魯斯，快躲開……！」

吐息流竄，眼前染成一片漆黑。哈魯甘特只能立即出聲，自己卻動彈不得。不像皮凱那樣。

然而吐息卻避開了哈魯甘特。

「真糟糕啊……我才剛說過不會展示出來呢……」

牠的手上拿著一個圓形首飾般的小型裝飾品。它不可思議的效果切開了毀滅一切的龍息。

裝飾品和剛才的魔彈一樣是超乎尋常的武裝。擊敗許許多多的傳說，篡奪那些人所有物的阿魯斯擁有數量同樣龐大的魔具。沒人知道那袋行囊裡裝載了多少物品。

牠可以無限制地使用、搭配每一件都足以左右戰局的致勝寶物。

牠是無敵的。

「……死者的巨盾。」

「哦、喔喔喔……！『星馳』……！」

「……再來一件。」

阿魯斯的身影瞬間消失，連振翅聲都聽不到的超高速飛翔。

在影子也來不及出現的高速衝刺中，一道光芒眩目綻放。

滋——緊接著是某種物體被燒焦的可怕聲音。

那應該是一把劍。

倘若非人的鳥龍擁有在瞬間拔劍揮刀的身手，牠拔出的劍有著收不進劍鞘的寬長光之劍身。

那麼如果這把光劍能夠灼燒燻灼維凱翁那無敵的鱗片，將其砍成兩半。結果就一定是如此。

「——席蓮金玄的光魔劍。」

傳說之龍從正中央被一分為二，化為摔在地上的燃燒肉塊。

好厲害——哈魯甘特想這麼說。

過去在某個看得見海的城鎮遇到阿魯斯時，牠甚至還無法活動那第三隻手。

哈魯甘特想要認同那驚人的努力，以及達成目標的意志力。

可是他偏不能這麼做。即使是歷經許多歲月，每個人都知道哈魯甘特惡名的今日，唯獨在阿魯斯面前，他始終不想認輸。

「……阿魯斯。」

「…………」

「如你所知，我們……不只是我，懷有野心的黃都二十九官將會找出值得擁戴的勇者。我們會找來這個世界最強之人。既然你以無敵強大為傲，那就應該出場！」

「……這樣啊。」

看來那位朋友已經明白哈魯甘特的想法。

「但……但是，我不會選擇你。你去找其他人吧。我……」

「……嗯。」

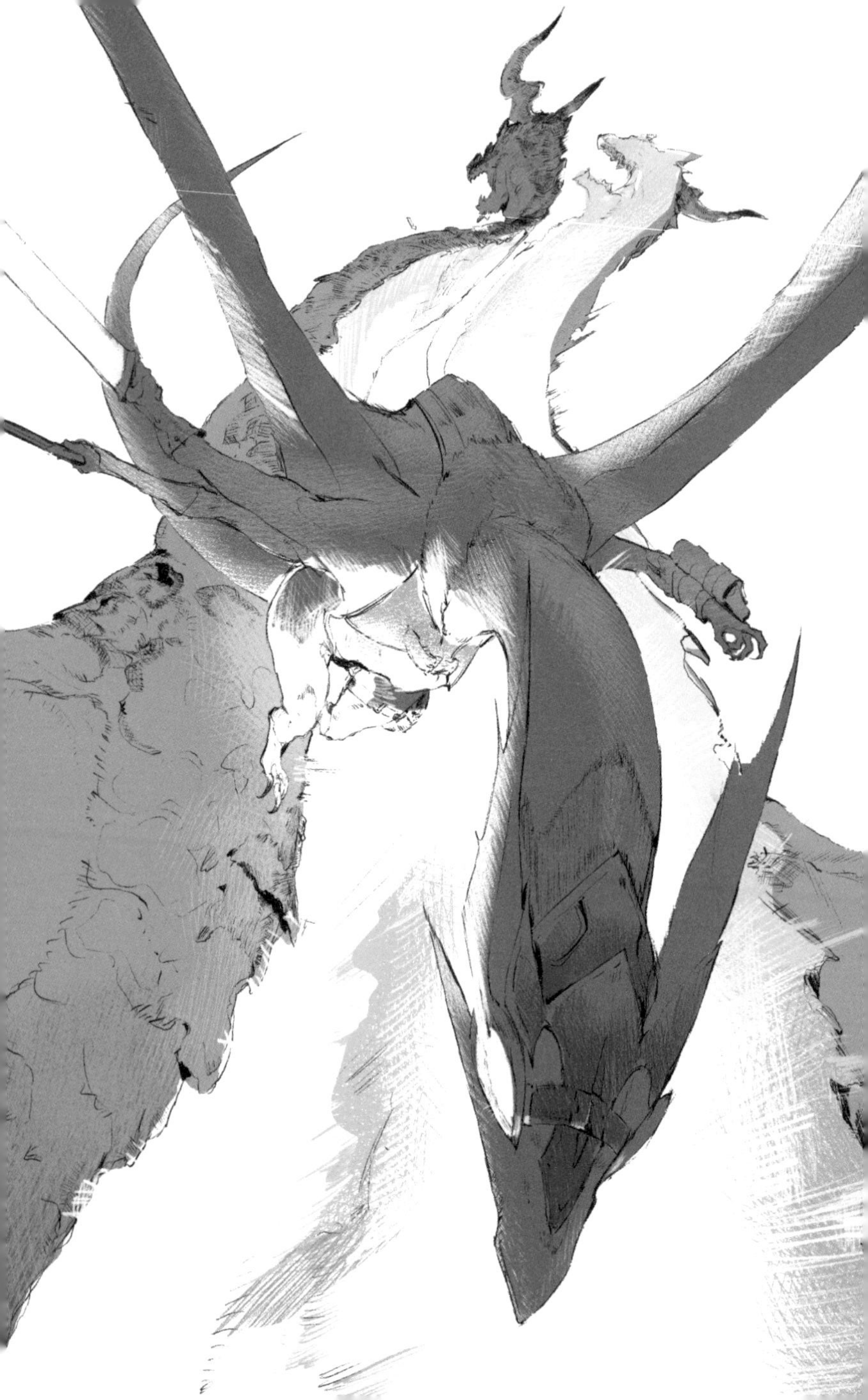

「我絕對不會靠你的力量取得榮耀。」

「嗯。」

鳥龍將細瘦的身軀轉向夕陽，回了一句簡短的話。

牠的回答雖短，卻充滿了某種自傲的音色。

「……你的欲望在我眼中真的很耀眼……值得我尊敬……哈魯甘特……總有一天，你會變成比我更厲害的人……」

真是如此嗎？

他真的能成為有如稱霸全世界的鳥龍英雄那樣的人嗎？

即使失去了一切，還來得及挽回嗎？

「……阿魯斯！」

阿魯斯展翅飛向夕陽。

牠打算前往下一個目標，飛往新天地吧。

——並且最後將獲得勝利，成為勇者。

「你要去哪裡，阿魯斯？」

「…………拿岡大迷宮。」

「那個城市已經毀滅了，你去做什麼？」

「…………我的想法只有一種。那裡有我想要的東西……」

照耀提利多峽谷的太陽已西沉。失落的一切也沒入黑暗。

哈魯甘特思索著阿魯斯沒有道別的原因。

他不後悔，至少他很確定自己沒有因目送阿魯斯離去而後悔。

……因為他相信那個邪惡的定義。

（那就是背叛自己。）

此人藉由異常的配合能力得以操作世界上各種武器。

此人擁有收集自這片大地的各式各樣異能魔具。

此人挑戰了遼闊世界的無數迷宮與強敵，並且全數獲得勝利。

牠是在欲望的盡頭凌駕了龍之領域，空中最快速的生命體。

冒險者（rouge），鳥龍。

星馳阿魯斯。

五 回 喜鵲達凱

利其亞新公國沿著建於乾淨運河旁的大堤防發展而成，在獨立前就已是座巨大的都市。嶄新的白色尖塔林立於充滿歷史的建築物之中，它們已然成為如今改制為新公國的利其亞代表象徵。

時間已過了正午時分，是個能享受來自運河微風的好日子。

「塔蓮大人！」

一位直奔而來的孩童的聲音讓警戒塔蓮停下了腳步。

身為利其亞統治者的她剛結束今天的會議，正準備前往位於中央城塞的辦公室。與黃都敵對的這個國家的政治情勢和居住在城鎮裡的小孩們沒有太大的關係。

四十歲後半的女傑蹲下身體，視線對上不到十歲的小男孩。

「怎麼啦，少年。真抱歉我沒有糖果可以給你喔。」

「呃，爸爸說……他受到塔蓮大人很多的照顧，客人也變多了……所以我想向您道謝。」

「呵，這樣啊。不過並不是我幫助了你的父親喔。」

塔蓮知道自己的凶惡三白眼容易嚇到初次見到她的人。所以她溫柔地撫摸少年的頭。他也開心地瞇起眼睛。

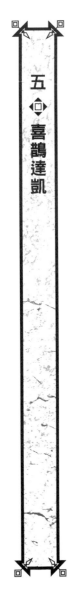

「我的工作是制定政策，讓利其亞的人民都能受到經濟發展的恩惠——與努力開店做生意的令尊沒什麼差別。要謝的話，就去謝謝你的父親吧。」

「那個，可是，工作……我在兒童會學會怎麼工作。這是我想著塔蓮大人做出來的。」

「是給我的嗎？」

少年拿出的是一個粗糙的木造容器。其製作水準不及工匠以工術製造的成品，用釘子接合的縫隙太大，以容器來說還不到實用的程度。

但塔蓮卻很喜歡這個禮物。

「剛好可以拿來放髮夾，我會好好使用它的。你學得不錯呢，少年。要像父親一樣當個優秀的利其亞子民喔。」

「好！」

——警戒塔蓮過去曾在黃都二十九官之中名列第二十三將，是一名身經百戰的武官。

塔蓮文武雙全、擅長政治。具有傑出實力的她在「真正的魔王」死去的同時，公開宣布讓她的領地利其亞從黃都的統治之下獨立。即使被認定為魔王自稱者，她仍憑藉著從第二十三將時代就做好的完美事前準備，以及利其亞的地理重要性為武器，勉強與黃都維持友好關係。

利其亞原本就是一塊資源豐富的土地。由於透過獨立贏得幾項利權，以及從向黃都中央納稅的義務解放，利其亞人民的生活過得越來越好——至少在這個時間點是如此。

（取代三王國的統一國家當然會表示抗拒。）

針對這項舉動，黃都的回答很明顯。連日來強盜對出入利其亞商隊的襲擊應該能視為背後有人在操縱。限制新公國的物資輸出與輸入——這就是黃都給予的沉默經濟制裁。

利其亞遲早都得與黃都開戰。為此她必須迅速做好整體的發展，不能丟失絕對的勝算。她表面上與黃都進行交涉，暗地裡則是朝著唯一的未來進行準備。

塔蓮響亮的腳步聲穿過中央城塞的迴廊，抵達空無一人的辦公室。接著她開口道：

「達凱，你回來了吧。」

「太扯啦！」

一位青年悄然無聲地從天花板上的橫梁跳了下來。雖然他似乎是人類，卻有著遠勝於狼的靈巧身手。

那頭前端染色的獨特長髮隨他落下的動作在空中飛舞。在這一刻之前，現場連他的呼吸聲也聽不見。即使是新公國的精銳士兵也無法察覺他的存在吧。

「妳怎麼發現的？」

「我猜的。」

塔蓮解開掛在腰間的雙手劍，整個身體躺入椅子中。她的嘴角露出戲謔的笑容，眼神則犀利非常。

「我每次回到辦公室時都會說剛才那句話。看到你的反應，也不枉我費那麼多工夫了。」

「真是的，塔蓮妹妹妳實在是個不得了的傢伙呢。」

「我們的交情這麼久了，我只是知道你這傢伙想用什麼方法戲弄我罷了……你應該拿到拿岡的那個東西吧？」

「不然我也不會回來啊。」

雖然青年穿著有如執事服或西裝的衣著，底下卻打著赤腳，沒穿鞋子。

他一屁股坐到桌上，將某個物體拋給塔蓮。那是一個能以雙手捧著，由水晶製鏡片組裝而成，用途不明的器械。

「是這個東西沒錯吧？」

「……沒錯。這就是與紀錄一致的『冷星』。你果然有天才般的才能呢，達凱。」

新公國尋求的不只是人才，這種兵器也是必要的力量之一。

就在月嵐拉娜那群調查部隊從世界各地找來菁英人士時，喜鵲達凱則是負責搜索這類超常魔具的任務。尋找尚未被星馳阿魯斯染指的魔劍、魔具。尋找能凌駕於詞術的原理之上，宰制未來即將展開之戰局的兵器。

「那麼這東西又是做什麼用的？」

「這是時代比『真正的魔王』更古老的紀錄中就存在的魔具。透過位於中心的水晶，它可以將以年為單位蓄積的太陽光……轉換成能進行都市對都市砲擊的轟炸光。我認為魔王自稱者齊雅紫娜將它當成大迷宮的動力源之一，看來猜對了。」

「哈哈，真恐怖。」

「是啊。遭到『彼端』放逐之物，沒有一個不危險……魔劍或魔具，那些『彼端』容納不下的非凡之人全都漂流到了這個世界。只能說這個世界就是為此而存在。」

「……哎呀，妳這話是在對我說的嗎？」

「說什麼傻話。難道你認為自己不危險嗎？」

掛在達凱腰間的劍，劍身寬厚，造型類似「彼端」的柳葉刀——其名為拉茲荀托的懲罰魔劍。這也是一件非凡的魔具。

它是能根據對手的攻擊進行反應，使持有者發揮超越知覺之揮斬速度的絕對先手魔劍。

「除了『冷星』以外的魔具呢，你有時間確認嗎？」

「有是有。不過就像事前的預測，大部分都被那傢伙——『星馳』拿走了。要是我稍微早一點行動，或許還能跟他較量一下。」

「最低限度只要拿到『冷星』就夠了。就算沒有做出超過我指示的行動也沒關係。」

「咦？沒帶回迷宮機魔也沒差嗎？雖然我是第一次看到那種東西……不過魔王自稱者那些傢伙倒是做出了很不錯的東西呢。」

「……哦？」

塔蓮也聽說了拿岡市的事件。據說大迷宮啟動後變成機魔，燒燬整座城市。是個極度特殊的狀況。當她接到部下的報告時，就已經在懷疑「冷星」的盜挖任務是否與這起事件有某種關連。

「聽說拿岡的迷宮機魔在啟動的當天就遭到鎮壓，我還以為是你擊敗的。」
「是這樣嗎？反正除了我以外還有別人能做到吧。」
達凱拍了拍自己的右肩。
「那傢伙的核心在右肩，對不對？」
「那些細節我就不知道了，況且殘骸也已經被黃都拿走。」
不過既然喜鵲達凱這種程度的高手如此判斷，那應該就沒錯吧。
這段評價並非恭維。乍看之下有著女性般纖細線條的這位年輕人，是一位面對魔王自稱者齊雅紫娜的迷宮機魔時，仍有能力獨自確實解決它的戰士。
「如果你打算用那把劍砍殺迷宮機魔，那我一定要見識見識。」
「不用期待了，我又不是劍士。」
「說的沒錯。不過，既然已經得到目標魔具，你想變更我交付的任務也行喔。」
女傑雙手十指交叉放在桌上。
「最近這兩小月裡，出入利其亞的商隊經常遭到襲擊。那些強盜應該是黃都指使的吧。」
「我聽說了。不過利其亞的天空不是由雷古聶吉把守嗎？從陸路來的強盜根本不足為懼。」
「只看利其亞周遭區域的話的確是如此。然而若是商隊在前往利其亞途中的都市就被搶劫，就算有鳥龍軍隊也無濟於事。目前在數字上已經出現不算小的損害。此外，出沒於利其亞周圍的那些傢伙還有另外的問題存在。」

「嗯嗯，接下來的話題會很艱深吧？」
「敵方正使用強盜觀察我方『應對的密度』。烏龍迎擊時些許的延遲時間。我方得迅速派出兵力保護的高重要性物資。只要襲擊行動持續下去，我們就會不斷給予敵人這類的情報。」
「——也就是說。」
達凱粗魯地坐在桌上，雙腳晃個不停。
「有人將物資內容或通訊延遲之類的情報外洩出去？」
「你很聰明。這可以視為我方內部有黃都的奸細。」
喜鵲達凱並非將軍，在戰術與戰略方面的理解不及身經百戰的戰士塔蓮。就算如此，他仍然是遠比塔蓮或烏龍首領雷古聶吉可怕的魔人。
達凱擁有預測敵人的動向，搶先行動的才能。他獨力攻破了拿岡的探索士們二十多年來都無法突破的大迷宮，奪走藏於深處的寶物……並且像走在平時回家的道路般穿過之後才出現，以火焰與機魔構成的地獄。這些經過他甚至連提都不提。
「找出奸細，逮住他們。若有妨礙者，可以依照你的判斷殺掉。沒問題吧？」
「真是的……還可以殺掉咧。」
青年露出苦笑，一邊以指尖旋轉魔劍。
「就說我不是劍士啦。」

◆

——當天的午後，在某條小巷子裡。

「喂，幾位大哥，方便聊一下嗎？」

達凱叫住了三位旅行商人，他看穿了那些打扮只是偽裝。

傍晚時分的大馬路上傳來鼎沸的人聲，不過很少有市民會特地走進這種水道旁的暗巷。荒廢舊市區的陰暗窗戶正俯視著他們。

「啊，有什麼事？如果要買燻肉的話，現在……」

「你們之所以刻意派強盜來到城市旁呢——」

達凱打斷了堆出笑容的旅行商人。一隻手插在口袋裡，連看都沒看他們一眼。

「就是為了把密探送進來吧？讓這些人混入受到襲擊而混亂的商隊，潛入利其亞內部……看你們的表情，似乎想辯稱自己不是乘坐遭襲馬車的商人呢。你們的目的應該不只是找尋防空網的破口吧？」

「……」

「……對了。既然他們是用旅行商人的身分，代表不只有這些人吧？這下子就找到調查物資的人，而刺探指揮系統的人員還在其他地方……」

達凱手抵著下顎，自顧自地點頭。他已經結束了對對方的觀察。

另一方面，旅行商人——黃都密探們收起偽裝的笑容。他們明白必須解決這個突然冒出來的年輕人。站在前頭的一人壓低身體，反手握住短刀。當然，喜鵲達凱並沒有被這些動作誤導——

槍聲響起。

「哦？」

拉茲荀托的懲罰魔劍後發先至，「追上子彈將其彈開」。

那是來自理應無人的舊市區窗口射出的狙擊。對準他的槍口共有四個。達凱快速判斷狀況。

他的眼球快速轉動。當他原地騰空躍起時，地面上再刮出了兩道彈痕。平地上有三個人拿著伸縮式短槍指著他。潛伏在建築物裡的人還要再多三人——

水道邊的暗巷人跡罕至。而巷子的一端有水道的柵欄，是防止敵人逃跑最適合狙擊的地形。再加上他們有這麼多人和武裝，也不用擔心被鳥龍兵發現。

（這就是密探的根據地之一，是很有這些傢伙風格的要塞。看來我猜中了。）

偽裝成旅行商人的士兵拉近了距離。在攻擊距離上具有壓倒性優勢的三支槍同時戳向達凱。此時他已經以頭下腳上的姿勢躍起。魔劍的劍尖晃動，砍飛了一支槍的槍頭。

在不到常人一次呼吸的時間裡，他同時進行著多項思考。

（這些人能讓我拿出真本事卻又不會引起鳥龍兵的注意，代表他們不是水準一般的傭兵，而是來自黃都本國的正牌諜報部隊。也就是說，對方準備好隨時都能開戰了——）

「鏗鏗」的金屬聲響起。

當達凱的身體還滯於空中時，兩發狙擊射向了他。然而被擊中的是魔劍寬闊的劍刃。他持劍擋在身體正中間，露出了天真的笑容。

「瞄準的位置不錯。」

達凱的腳尖在落地前猛烈一踢。他沒穿鞋子，腳趾抓著剛才被他砍斷，還飛在空中的槍頭。地面上的三位持槍密探就這樣被他畫出的優美半圓形軌跡踢腿技割斷喉嚨，當場喪命。

落地、槍響。還是沒有擊中他。達凱將剛才被他打倒的男人屍體當成了盾牌。

在被當成盾牌的屍體雙膝一跪，還沒倒在地上前，他的赤腳就踩上其肩膀，縱身一躍。並以腳趾站上了水道柵欄細窄的頂端，望向水道另一側狙擊手的所在位置。

「——四發。」

他數了數剛才響起的槍聲次數，從住宅瞄準他的槍口有四個。

接下來的一連串殺戮劇就在瞬間完成，連重新裝彈的時間都不給對方。

達凱踩在柵欄上，擲出了武器——不是魔劍，而是剛才被他殺害的士兵的短槍。那支以驚人力量擲出的短槍刺中最早完成裝彈的狙擊手的臉，擊殺了那名敵人。

喜鵲達凱猛力一蹬。腳下發出「啪」的碎裂聲，水道柵欄在起跳的反作用力下碎裂。他飛躍了寬度能讓兩艘船交錯而過的河道，其速度之快，讓他畫出幾乎水平的軌道。水面只照出了一瞬間的身影。

他以沒拿著魔劍的空手攀住一樓窗台，憑手指的力氣抬起身體，將自己拋進了三樓的窗戶。房間裡的持槍士兵全都被他砍成碎片，化為飛濺的血花。

——喜鵲達凱是人類，絕非大鬼或巨人。就算他擁有多麼不合理、異常到極點的身體能力也一樣。

「好了，剩下……一、二……三人，那就是五人吧。」

他扳著指頭計算，同時看也不看地斬殺了房間後方的通訊手。被超絕速度砍飛的頭蓋骨猛力撞上土牆，宛如果實般爆開。

「四人。」

他忽然注意到了什麼，走回自己剛才侵入的窗戶邊。

接著以翻越障礙物的動作從三樓的窗戶往下落，將正下方的人從腦門處劈成兩半。那些人是察覺達凱的入侵，企圖從一樓出入口逃走的密探。

達凱轉著手中的魔劍，帶著一身的血露出親切的笑容。

「還有你跟你……兩個人嗎？得確實地留一個活口呢。」

無論是敵人的撤退行動，或是自己落地的位置，他都掌握地精確無比。

企圖逃跑的兩位士兵眼前的玄關被堵住了。此時誰都很清楚，有能力潛入新公國且瞞過鳥龍巡邏兵耳目的黃都特務部隊，已經在對他們絕對有利的陣地裡被徹底摧毀。

而這僅僅是一位青年下的手。

「我也可以把你們殺了，還要打嗎？」

「……我投降。伊寇，你也丟掉武器。」

「可是前輩，如果被新公國俘虜，不知道會受到什麼樣的待遇啊！」

「憑你的本事打不贏那個劍士！這傢伙是——」

勸告的話說到一半，年長士兵的頭顱就飛了出去。

「啊，抱歉。這樣不對喔。」

「噫、噫、噫……」

「你們打算以求饒爭取時間，讓留在裡面的另一個人逃跑吧？這招我很清楚喔。」

達凱從懷裡亮出一疊麻布紙。

「還有，老實說也不必一定要留下那個人的命。紀錄都已經留在這些紙上了吧？」

在這個識字率低的世界，受過訓練的密探會以獨創的文字留下暗號紀錄。達凱手上那疊紙就是從他殺害的士兵身上抽出的紀錄。

這個男人以剎那的攻擊殺害所有密探的同時，還能做到如此的絕技。

「我、我不會抵抗！請您看在我們同為劍士的份上行行好！不、別殺了我……」

「不行，辦不到。」

達凱與他擦身而過，年輕士兵的身體隨即四分五裂。

「我……不是劍士，而是盜賊啊。」

無論死了多少個像這樣的特務部隊，他們的母國都不會承認其存在。因此達凱進行的這場屠殺，不過是基於為了觀察「敵方的應對」這點而做出的行動罷了。

「接下來，黃都，你們會怎麼做呢？」

他對殘忍的殺戮沒有絲毫的躊躇，也不遵循戰士的規矩。只把魔劍與自身的暴力當成一般道具使用。

「彼端」的世界容不下的非凡存在會漂流到這個世界。

喜鵲達凱正是一位「客人」。

此人能意識到高速的槍彈，以超乎尋常的視力觀察世界。

此人身懷洞察的才能，能將計謀策略攤在陽光底下，單獨攻破無法突破的迷宮。

此人具有能在剎那間施展無法對抗的掠奪，精準無比的神速巧手。

他是跨越世界的邊界進行搶奪，自由奔放的不法之徒。

盜賊（bandit），人類。

喜鵲達凱。

六◇夕暉之翼・雷古聶吉

當點燈人開始熄滅街道旁的路燈時，圍繞利其亞的清澈運河也逐漸從無底的黑暗恢復了些許明亮。

此時，有個團體降落在郊外的廣場。那是雷古聶吉率領的鳥龍群。是人民所畏懼、依賴的非人異形軍隊。

「全隊站好，看著我。」

降落在現場最高路燈上的雷古聶吉匆忙地左瞧右看。與其說他在檢查手下的鳥龍是否到齊，不如說像在確認沒有人類會聽到他講的話。

「——我話先說在前頭，這是一場對下賤個體的處刑。」

即使在同族之中，他也是一個情感特別細膩與神經質的個體。通常來說，在重視力量與勇猛的鳥龍群體裡，不會由具有此種氣質的人物當領導者。

「你們應該都知道，今天有一位利其亞的人民失蹤了。人類小孩，年齡為九歲，女性。你們之中誰對此有頭緒？」

「報告！」

從鳥龍群的一個角落傳來高亢的聲音。

「南方游擊部隊副隊長里庫艾魯……嘰，吃了小孩！我看、看到了！報告完畢！」

「……」

雷古聶吉沉默地望向廣場角落的一隻高大鳥龍。全軍的視線也都集中在那個角落。

「……我們保護利其亞的人民，換來充足的糧食支援。這是一筆交易！我用蠢蛋也能聽懂的方式說明！吃掉利其亞的人民，破壞警戒塔蓮所給予的信賴，就是害得族群挨餓的下賤、嚴重的反叛行為！南方游擊部隊副隊長里庫艾魯，你有什麼想辯解的！」

「嗯嗯……」

副隊長發出模糊的呻吟，眼睛一闔一開。詭異的是，聚集於現場的部分鳥龍也有著那種古怪的模樣。雖然鳥龍個體間的智力存在大幅的差距，雷古聶吉的軍隊裡卻充滿了某種異常的氛圍。

「嗯嗯……唔……」

「『雷古聶吉號令於利其亞之風，反轉鏡盤，穿繩的太陽』。」（kekexy ko khart kent kakor kokket korp）

雷古聶吉連一點警告都不給就誦起了詞術。看不見的恐懼在鳥龍間傳開來。雷古聶吉的動作意味著死刑的執行。

「『照耀吧！』。」（kokaitok）

「嘰！」

虛空中出現赤紅的楔形閃光，同時從三個方向燒灼了鳥龍。

目標不是副隊長里庫艾魯，而是報出其名字的告密者。

「——！」

在雷古聶吉發出咒罵之前，告密者就被牠的爪子逮住，按倒在地。

「你以為能騙過我的搜查嗎！垃圾，該死的垃圾！」

遭到熱術之光擊中時，告密者的表皮就被燒焦，連身體內部都被灼傷——

「啊啊……看好了！全隊看清楚了！看著破壞規矩的笨蛋有何下場！」

雷古聶吉的爪子無情地撕裂了告密者的腹部。

體格不突出的這位個體之所以能率領這群奇特的鳥龍，不只是因為牠具有遠遠強過他人的詞術與智慧天賦的才能。

「吃了利其亞人民的垃圾……食人者，死罪！沒有例外！死罪！死罪！」

牠從活生生被拉出體外的胃袋裡掏出了染血的肉塊。那是消化到一半的小孩手臂。

牠以隔著瞬膜的白色混濁眼睛瞪著鴉雀無聲的鳥龍群。

接著——現場響起了令人不安的沙沙振翅聲。

至少，那不是鳥龍的振翅聲。

「鳥龍……這個垃圾是一年前加入群體的傢伙！『處理』得不夠！對他的全體同期進行『再處理』！不准再破壞規矩！不准再犯！」

雷古聶吉的心中藏著瘋狂般的激情。不允許產生絲毫紊亂的徹底恐怖統治，那就是讓夕暉之翼雷古聶吉站上頂點的力量。

史上前所未見的人族與鳥龍的共存體制，乃是仰賴雷古聶吉這位奇才的存在才能勉強維持的脆弱秩序。

（是義務。）

皮膚沾滿冰冷血液的雷古聶吉思考著。

被處死的士兵所吃掉的人類小孩會被當成失蹤人口處理。一個月兩人。如果是這種程度的犧牲，塔蓮應該有辦法掩飾過去。但若是犧牲繼續擴大，牠就不知道會有什麼樣的結果了。雷古聶吉必須持續維持這個瀕臨極限的統治。

這是為了族群的存續，也是為了對牠而言這個世界上唯一的寶物。

鳥龍認為吃人肉不是罪惡，鳥龍原本就沒有罪惡的概念。牠們的本質是自由，那對翅膀就是為了侵犯他者，強取豪奪而存在。

即使違反原本該有的天命，無論使用了多可怕的手段，讓族群存活下去仍是一項義務。

（……必須引導這群垃圾。我怎麼能逃離族群呢？真正的強者乃是領導者，是對眾多生命負責之人。）

牠想起了太陽還高掛於天際，濱海斷崖的景象。

那是比「真正的魔王」使牠失去一切的那時更久遠的記憶。

對雷古聶吉而言，同族的鳥龍都是一群不倫不類的愚者。

話雖如此，過去還是存在過像牠一樣具有聰明才智，擁有成為統率者之才的鳥龍。

牠還記得那隻鳥龍飛向雲的彼端，逐漸遠去的身影。雷古聶吉本來能做出和牠一樣的選擇。

追求自由而捨棄族群的安寧之人。

得到權力而扛起，維持族群生命之責的人。

智能天生優於他者的雷古聶吉是一位無法看著自己離去後剩下的族群——那些遲早會遭遇被人類討伐的命運的同胞們——而見死不救的人。就算那些鳥龍是無可救藥的愚者，即使過去世界的一切都在面對魔王的恐懼時毀滅殆盡……即使必須順從人族、捨棄身為鳥龍該有的自由，雷古聶吉仍然不打算拋棄族群。

牠相信這是正確的選擇。

無論是多麼傑出的強者，脫離群體獨自生活只是個愚蠢的夢想。

——然而那隻拋下牠們，展翅飛去的鳥龍……

◆

利其亞新公國在城市景色方面與其他都市不同的最大特徵乃是林立的白色尖塔。那每一座塔都是鳥龍們的巨大住所，也是從天空中居高臨下觀察市民與外敵的眼睛。

不過與中央城塞相鄰的塔裡，設有一間專門給某位人類使用的房間。

房間裡經常保持清潔、擺著高價的家具，陽光柔和地灑在白色的牆壁上。屋子裡獨自住著一位十九歲的年輕少女。

「今天是晴天。雷古聶吉一大早就出門了——」

她對書桌上攤開的一本書低語著。淺色的頭髮長及腳邊，一看就知道過著鮮少外出的生活。

「妳在喃喃自語什麼？」

窗戶的方向傳來了聲音。當少女聽到這聲呼喚後，她才轉頭面向窗戶。

「……雷古聶吉？」

她對著窗戶的方向問道。少女雖然睜著眼，卻看不見視線中的物體。那兩隻眼睛的虹膜都是混濁的灰色。

「是啊，我在這兒。」

「你今天也出擊了嗎？」

「我才剛趕走那些垃圾強盜。不像妳整天都在玩。」

「我在寫日記喔。聽說能寫字的貴族每天都會在書本裡寫下紀錄……只要我也那麼做，就能一直記住和雷古聶吉說的話了。」

「哼，別說什麼蠢話了。妳明明眼睛看不見，要怎麼寫字？」

「呵呵呵，這就是我最近的興趣。」

少女的名字叫晴天的卡黛。她和守護利其亞的天空之王——夕暉之翼雷古聶吉從新公國獨立之前就已經是朋友了。

「外面還是白天吧？」

她靠近窗戶，任由迎面而來的風吹拂她的長髮。接著突然摸向身旁的雷古聶吉。

雷古聶吉立刻縮回翅膀，她的手指撲了個空。

「啊。」

「別碰我。」

「呵呵呵，果然偷襲也沒用呢。」

「弱雞，像妳這種弱小的傢伙——終其一生都不可能碰到我。」

「或許吧，我得想想別的辦法。」

敞開的窗戶對著底下利其亞的美麗市景。

矗立於林立尖塔中的巨大藍色鐘塔、以放射狀擴展的低矮灰色市街、運河與天空的碧藍、潮溼空氣產生的柔和模糊輪廓線。
「……雷古聶吉喜歡利其亞嗎？」
「妳喜歡嗎？明明妳什麼都看不見。」
「我喜歡喔，這裡很美麗呀。」
「呆子，真羨慕妳。」
卡黛笑了。雷古聶吉老是喜歡以刻薄的態度說些壞心眼的話。
不過，雷古聶吉帶給她的景象不是牠在殘酷戰場上戰鬥的畫面，而是只有翱翔於天空之人能觀賞的多彩而美麗世界。
「……妳今天不唱歌嗎，卡黛？」
「要聽歌的話，有其他比我更厲害的歌手呀。」
「我也不是特別想聽歌……算了……」
雷古聶吉輕輕地朝地板點了個頭，說道：
「…………我想聽卡黛的歌。」
對在食人的鳥龍中性情特別暴烈的雷古聶吉而言，那是唯一讓牠感到安寧的時刻。
「————」
俯視著她看不見的城鎮……卡黛以細小卻又響亮的聲音唱起了歌。
那是一首沒有歌詞，僅紡出旋律的歌曲。

——失去視力的少女曾作過一個清醒後眼前仍是一片黑暗的惡夢。

就在「真正的魔王」到來，逼使沿海那個她出生的故鄉陷入真正瘋狂與恐懼，人們紛紛死去的那一天。

「真正的魔王」是什麼樣的人物，對她的故鄉做了什麼，卡黛都沒有親眼目擊到。或許在事件已了的今日，世界上仍沒有任何一個能正確理解「真正的魔王」之真面目的人。

那個只是「路過」而已，就對她的故鄉帶來了無法挽回的毀滅。

經歷筆墨難言的暴行而失去光明的卡黛，或許有可能從那天以後就陷入永遠發狂的命運。

「……啊啊，真是好歌。」

雷古聶吉低喃道。

那天，村莊裡只有她一個人——如果將雷古聶吉算在內，那就是一人與一隻——沒有陷入瘋狂之中。

在封閉的永恆黑暗裡，她記住了不知從何處傳來的歌曲。就算那是生死關頭出現的幻聽，她仍確實地聽到了。古老傳承所提到的天使所唱的歌，或許就是那樣的東西。曲子沒有歌詞，她是憑旋律記下來的。

卡黛相信，就是那首模糊不清、缺乏真實感的歌將她的理智喚回現世。

「吶，雷古聶吉……利其亞未來會變得怎麼樣呢？」

雷古聶吉出戰的頻率越來越高。即使是對政治一無所知的卡黛，也隱約感受到朝利其亞步步進逼的動盪氣息。

她的故鄉——那處海岸的巢穴主人雷古聶吉，也是一隻被捲入魔王災禍的鳥龍。當時除了碰巧離巢的雷古聶吉與幾隻鳥龍以外，牠花費了長久時間培育的首批鳥龍就像一群小蟲子般慘遭「真正的魔王」蹂躪。

即使形式不同，卡黛和雷古聶吉都同樣有著自己所待的世界崩潰瓦解的過去。

這次的日常崩毀將會產生勝利與變革，抑或是一條以永遠的覆滅為終點的道路……目前還尚未知曉。不管如何，這段安穩的日子遲早會出現變化吧。

「卡黛妳想怎麼做？要繼續待在利其亞嗎？」

「呵呵呵呵。好歹我的母親是利其亞的國王呢。」

「……會有人死喔。戰爭很快就會爆發了。這是真的，我很確定。」

雷古聶吉的忠告應該是正確的。牠比卡黛更熟悉軍事與戰術，而且他的預測能力一定比人族將軍更加準確。

雷古聶吉從來沒有對卡黛說過謊。

戰爭一定會很快就爆發。對手還是世界最大的國家黃都。

「就算如此，我還是無法拋下雷古聶吉呢。」
「哼。萬一戰爭開打，像卡黛妳這樣的垃圾應該是第一個死的吧。」
纖細的手指企圖觸摸雷古聶吉的翼膜。雷古聶吉看也不看就閃過了那根手指。
「啊。」
「不管妳試幾次都一樣。呆子。」
「真是的，碰一下又沒有關係，來嘛。」
卡黛的指尖再次劃過了空氣。
「住……住手，笨蛋！萬一摔倒怎麼辦。」
「呵呵、呵呵呵呵。」
「妳明明這麼笨手笨腳，很危險啊。」
卡黛知道那生硬尖銳的聲音並非出自於人類。
卡黛沒有見過雷古聶吉的真面目，畢竟她的眼睛瞎了。
諸如牠是率領鳥龍的天才，在這個世界利用航空偵查和通信機構築防空網，吃掉、排除所有想要不利於卡黛的人。這些事蹟她都不知道。
卡黛的家人與朋友全都死了。她現在的親人只剩下收養無依無靠的自己，同時收編了雷古聶吉的警戒塔蓮一個人。
「我可以再唱一次歌嗎？」

「……隨妳便。」

雷古聶吉待在房間的角落，渾身縮成一團。

在卡黛又一次唱完歌之前……牠都靜靜地、安穩地待在那裡。

有著能夠飛到無限遠處的鳥龍翅膀，以及在同族之中最優秀才智的牠經常陪伴在晴天的卡黛身邊。

「吶——雷古聶吉你知道嗎？聽說這個世界……是由天使和詞神大人一起創造的……」

她相信那個傳說。即使看不見長相、即使對方一定不是人族，牠依然是自己打從心底信任的好友。

「天使很喜歡歌喔，詞術的源頭就是歌曲。」

卡黛笑了。對於待在失去兩眼光明的弱小少女身邊，不求回報扶持她至今的雷古聶吉，她真心地這麼認為：

「如果雷古聶吉是天使就好了呢。」

這個世界的詞術可以不問種族，讓雙方溝通交流想法。

此人掌握世界上唯一支配寬廣天空，自由自在的飛行軍隊。
此人將無懼死亡的絕對服從群體當成一個生命體統率。
此人具有支配戰局的才智，深深扎根於一個國家的中樞。
牠是凶猛的攻擊者與秩序的守護者，更是特殊的天空災禍。

司令（command），鳥龍。

夕暉之翼・雷古聶吉。

七 中央拘留所

在黃都內多個拘留所中，那個設施刻意設置於軍事設施集中的區域，隨時都處於密集的監視之下。關押於該設施的人物主要都是高重要性的戰爭犯，以及能用一般兵力壓制的——「低危險性」對象。

走在通往監獄道路的男子斜戴著帽子。他是黃都第二十卿——鍋釘西多勿。年輕的官僚轉身面向發出腳步聲且從後方走來的士兵。

「西多勿大人，梅吉市的作戰中心傳來聯絡。」

「什麼啊，新公國的案件已經變成我的管轄範圍了嗎？」

他一臉不耐地歪著臉，抓了抓耳朵。

「是的。今天早上第三卿發來了通知。」

「是傑魯奇啊。那傢伙還是一樣手腳快得要命呢……所以是什麼事？」

「就在昨天，在不到一天的時間之內，八名諜報部隊成員的定期聯繫同時中斷了。」

「據點被包圍，全滅了吧。都沒有一個成功逃走的人嗎？」

「是。八名隊員一個也沒有。他們是第十七卿旗下的菁英。對手應該是很龐大的部隊吧。」

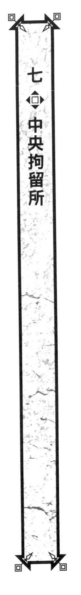

「很難說喔，你覺得要多少人才夠？」

西多勿手插口袋邁出步伐，地下通道裡迴盪著他和士兵的腳步聲。

「如果只是將他們逼到潰敗的程度，就得派出四名一班的正規兵。但那是第十七卿的特務部隊，即使犧牲其他全體人員，也一定能讓其中一人逃走吧。而要做到殲滅的地步，最少也得派出十六名四班的部隊。其中一班為狙擊隊。」

「畢竟那是第十七卿的部隊嘛。」

鍋釘西多勿的看法大部分和這位士兵一樣。要徹底剷除受過訓練的黃都特務部隊，最少也得準備那樣的兵力。

「……已經通知愛蕾雅妹妹部隊全滅的事了嗎？」

「愛蕾雅妹妹？」

「就是第十七卿啦。紅紙籤的愛蕾雅。如果要報告的話，應該不是先聯絡我，而是聯絡特務部隊的頂頭上司吧。雖然我聽說她正在為了另一件事執行潛入任務中。」

「……是的。她似乎待在難以用通信機通話的邊境，所以先通知負責人西多勿卿。」

「說什麼負責人，我還沒接到正式的委任喔。」

據說黃都第十七卿——紅紙籤的愛蕾雅在最近六小月裡，前往調查距離黃都遙遠的土地。獵鳥龍專家第六將哈魯甘特一頭栽進討伐龍的任務，而身為諜報部隊首長的第十七卿愛蕾雅則是奉行極端的祕密主義，連緊急聯絡也聯繫不上。

「真是的，每個人都是我行我素的傢伙……」
「當然，特務部隊的指揮權限應該會移轉給西多勿大人。要繼續派人潛入嗎？」
「重複同樣的事只是去送死……換個方法。」
西多勿閉上眼睛。腦中浮現自己已再三記住，即將被派往的戰場的地理環境。
「……指揮部的東側應該有一塊被溪流削出的窪地。與新公國的交涉中，該地應該勉強算是我方的領土。就在那裡建立野戰陣地。」
「窪地……確實有那樣的地方。但那個位置距離指揮部相當遠，無法發揮防衛的作用。」
「沒關係，那是攻擊用的陣地。那裡的地形複雜，可以騙過鳥龍的眼睛。明天就派幾個擅長築城的人過去。」
「遵命——話說回來。」
兩人停下了腳步，他們抵達了目的地的牢房。
走廊上保持著明亮的照明，卻非常安靜。
「釋放『濫回凌轢』的事……那個，是由西多勿大人負責嗎？」
「是啊，你讓開一下。」
西多勿握拳以手背敲了敲鐵門，他以這個姿勢呼喚房裡的存在。
「妳醒著吧，霓悉洛。」
囚犯從床鋪上起身。

她前額的長髮蓋住了一隻眼睛，對著門口的方向微笑。那是一名年幼的少女。

「……沒問題，我醒了。」

從她脊髓伸出的線狀觸手複雜地扭動。那不是人類。

「八名新公國的諜報部隊在一天之內就被全滅了。妳的話需要多少人才能做到，濫回凌轢霓悉洛。」

「一個人。」

少女理所當然地如此回答後，輕笑了一聲。

「不對，應該說一人與『一台』吧？」

她名為濫回凌轢霓悉洛。

關押於該設施的人物主要都是高重要性的戰爭犯，以及能用一般兵力壓制的——「低危險性」對象。

就算如此，她仍是在過去的戰爭中憑單機就消滅黃都一支方面軍，現存紀錄中最凶惡的生物兵器。

八　世界詞祈雅

她解開綁帶，讓被霧氣濡溼的沉重袍子從細膩的肌膚上滑落。雖然這裡是位於森林深處的浴場，在這個簡單的更衣間仍準備了穿衣鏡，它映出了她那一塵不染的裸體。豐滿的胸部、紅玉般明亮的眼瞳，身高雖然無異於常人，她的腿卻占了身體比例的一半，修長又優美。黃都第十七卿——紅紙籤的愛蕾雅認為她的美貌是勝過一切的武器。

這句話並非男人們那種下流的揶揄或嘲諷，更不是自卑的想法或自以為是，而是客觀的事實。最會利用愛蕾雅美貌的不是別人，正是她自己。因此不是什麼可恥的事。

（……婆婆說過，美麗是天使在人類出生之際賜予的禮物。因此必須利用這項天賦使他人幸福。）

愛蕾雅一邊以梳子梳著棕色的頭髮，一邊漫不經心地思考著。

她有所自覺，自從六小月前造訪了這個村莊以後，自己思考年輕、美貌這類事情的頻率就變高了。

（——我的看法則不同。）

美麗並非天使給予，亙久不變的恩寵，那只是會因人類的生老病死而產生變化的東西。

就算天生擁有姣好的長相，若是生了嚴重的皰瘡，那份美貌就會消失得無影無蹤。也會因為被捲入爭端，受到刀傷而減損其美麗。

更重要的是，即使受到避免那些厄運的幸運眷顧，若對自己的美貌毫不關心，就會像放棄修剪的王城中庭那般，任由天生的美荒廢，淪為粗鄙不堪。

這些概念都是來自母親的嚴格教導。她說：「就是這一點，區隔了路邊妓女的俗豔與貴族千金的高雅嫵媚。而我們已經是貴族了。」

美是與生俱來的才能，透過努力才能彰顯。必須時常細心呵護、持續保養才行。

簡單打理一番後，她推開通往浴場的木門。愛蕾雅在霧氣中看到了熟悉的身影。

「亞薇卡？」

「——老師！」

少女立刻站起身，濺起了水花。

愛蕾雅雖然現在拿掉了眼鏡，但依然能隔著霧氣認出亞薇卡。她和其他的森人不同，皮膚是褐色的。而她不但行為舉止很孩子氣，實際上年紀也很小。雖然森人比人類還長命，不過她恐怕只有十或十一歲而已。

「太好了～！吶！吶！人家以為老師回黃都了！米歐奇和艾依也很寂寞……唔，老師的裸體好美喔！」

「這……這樣啊。謝謝妳喔。雖然課程結束了，明天之前我還會待在這個村子。所以打算最後再來這個浴池泡一下。」

「嗯！祈雅也會待到明天嗎？」

「當然嘍。老師已經提醒過她，出發時要好好地向大家打聲招呼喔。」

開心磨蹭著她的亞薇卡肌膚十分細緻。即使近距離觀察，也會覺得那肌膚的質感與人類的完全不同。而且她們的美貌百年來都不曾衰退。

這個村莊裡的每個人——從嬰兒到父母，所有的森人都不必像愛蕾雅那樣付出努力即能享受天使賜予的美，有如他們理所應當的權利。

「吶，老師！講點課嘛！我想要一個人聽課！」

當愛蕾雅沖洗完身體，和亞薇卡一同泡在浴池時，亞薇卡那紫紅的眼睛閃閃發光，並且探出了身體。

從她造訪這個伊他樹海道起算，已經過了六小月。小月的公轉週期為四十二日，一年有九小月。代表她已經有半年以上的時間以老師的身分和森人的小孩來往了。

森人的村子裡雖然和人類一樣有著各式各樣充滿個性的人，不過對以教師身分待在這個村子裡的愛蕾雅來說，還是勤奮好學的亞薇卡這種小孩子比較可愛。

「真拿妳沒轍呢……那麼為了避免亞薇卡泡暈，我上一小段課就好了。只講詞術的系統喔。」

「太好了！」

愛蕾雅露出微笑，用幾個水杓舀了水。

或許比起黃都的官僚，當個真正的教師還比較符合她的個性。然而這是一條無法重新選擇的道路。

「詞術主要有四個系統。森人雖然不太會做出這樣的區分，但是在中央……人類的學術系統中就不是這樣喔。」

「嗯！有熱術、工術——呃，還有什麼？」

「啊，好厲害。妳能說出兩種呢。書上看來的嗎？」

「嘿嘿……！是隔壁的穆亞哥哥說的。但其實人家知道三種喔，呃……」

「熱術、工術、力術、生術。這四種。」

「啊！生術！想起來了！」

「真了不起。」

愛蕾雅輕撫那頭長長的銀髮，亞薇卡開心地扭了扭身體。

當然，嚴格來說只憑這四種系統並不足以完整說明構成這個世界的詞術——例如賦予機魔或骸魔自我意志與生命的術，就是無法歸類在這四種系統裡任何一種的「魔之術」。

「妳應該認識熱術吧。就是亞薇卡的媽媽平時在廚房使用的那種。」

「人家也會用喔！」

「哦哦，那麼下次我來的時候就能享用亞薇卡的料理嘍？」

「太好了！包在人家身上！」

愛蕾雅一手撫摸亞薇卡，另一邊則是將手指浸入盛水的杓子裡。

「『愛蕾雅號令於伊他之水（erea io yethar）。無羽之蟲（secat tent）。膨脹之葉（vekuons）。柔軟脊骨（en ou kroah）。飛吧（qunocks）』。」

「哇噗！」

杓子裡的水突然噴了出來，水花四濺。亞薇卡的臉都被打溼了。

「啊啊……！對不起。我不太會用力術……」

「沒關係！我沒事的！剛才那個就是力術嗎？」

「移動、拋射物體。就是這樣的術喔。比如說……妳看過大人拉弓射出的箭半途轉彎的樣子嗎？」

「好像有！」

「力術也可以做到那樣的事。若是用在自己身上，有人就能在很短的時間裡飛在空中喔。」

若以人類的物理學說明，熱術可說是操縱純量，力術則是操縱向量的技術。

熱術能製造出火焰、雷、光等存在於指定地點的能量。另一方面，力術則是對已存在的物質或能量賦予自由動量的術。

另外有一種對年紀還小的亞薇卡尚嫌複雜的概念。只要合併兩種術，就能發出飛行的火球或精準的雷擊。

「那麼、那麼，工術是什麼？」

「妳想先知道這個嗎？那……看好嘍？我盡量弄得有趣一點……『愛蕾雅號令於伊他之水（erea io yethar）。十二之骨。海底的大地。終止之灰。停住（4oermy tio shept alle pewrezez nesder gubzerbea）』。」

既然詞術是以語言溝通想法，那就只能作用在與自己互相理解的土地、器物、生物上。不過她在這塊土地逗留了六小月，勉強能命令這裡的水做出複雜的變化。就像這樣——

愛蕾雅從水杓裡掬出了一點熱水。水維持著被她握住的形狀，就算張開手也沒有散掉。

「咦……咦，冰塊！」

「呵呵，真的是這樣嗎～？」

「哇，好溫暖！不是冰塊耶！為什麼會這樣？」

「工術是改變形狀的術。村子裡面不是也有製作弓箭或餐具的人嗎？就像彎曲木條可以製造弓，只要經過努力，即使是熱水也可以像這樣被賦予形狀。」

「好厲害～！」

實際上，將流體固定成固體是種技巧高超的詞術。若非對此系統有適合性，否則很難做到。

當然這只是趣味性的術。大部分的情況下，力術是用來將特定的熟悉土地之材料改變成預先設定好的形狀。雖然人類以外的種族不怎麼看重這個系統，但它仍是生產複雜器具時不可或缺，支撐文明發展的術。

「至於生術，簡單來說就是醫生用的術。亞薇卡也遇過幫妳治療傷口或感冒的人吧。」

「米其婆婆有幫我做過！但最近人家一直都很健康，沒有受傷喔！」
「沒錯。然而不管米其婆婆再怎麼厲害，也治不好老師的傷。妳知道為什麼嗎？」
「這個……」
「除非花費很長的時間與對象面對面相處，否則對象就無法理解透過詞術進行直接治療的話語。這就和風、水、林木或鋼鐵一樣。當然，老師和亞薇卡也不例外。」
「人家和老師也不行嗎？」
「不行。不過水就很老實，和生物不一樣。我再教妳一項生術可以做到的事吧。」
愛蕾雅低誦與方才一樣的詠唱。這次她讓亞薇卡的小嘴含住浸在水杓裡的食指。
「嗯！好甜！」
「沒錯。生術不像工術那樣能改變物體的形狀，而是改變物體性質的術。它可以讓受傷的細胞恢復活力治癒傷口，或是讓水變成酒喔。」
「是這樣嗎？米其婆婆也做得到嗎？我問米其婆婆為什麼會療傷的時候，她說不知怎地就會了。」
「畢竟森人擅長生術，或許就是那樣吧。其實老師最擅長的也是生術喔。」
只不過——以愛蕾雅的情況來說，她能做到的不是治癒，而是製造毒物。
不僅僅是生術，深入理解對象到能直接以詞術的命令作用在其身上的程度，就等於隨時掌握著對象的生殺大權。當然，出於社會性的信賴，人們通常不會對醫師懷抱那種不安。然而主治醫師若是下令「去死」，確實能殺死患者。畏懼遭到暗殺的人拒絕接受生術，改為仰賴技術醫療，反而使壽命減少的故事在黃都並不稀奇。

因此愛蕾雅修習詞術……特別是生術，當成一種可運用的手段。還讓她現在能像這樣向小孩子們傳授理論。

雖說愛蕾雅是貴族，然而若追溯其母的身分，她卻是來自妓女家庭。像她這樣的人之所以能年紀輕輕就入列名額有限的黃都二十九官，也是因為「不幸中毒而死」的第十七卿的位子「碰巧」傳給了她。

和自然界缺乏智慧的野獸不同，人類是一種雌性在蠻力方面劣於雄性的種族。

就算如此——即使沒有力量，她仍能以外貌吸引、拉攏有力人士，抑或是干擾對方判斷，使其容易受騙上當。當事情成功後，那些自覺犯下不道德行為的人們甚至不敢出聲質疑。

以美貌深入滲透，從內部進行腐化。那就是紅紙籤的愛蕾雅所使用的力量。

「——課程就到此結束，下次拜訪這裡時再教後面的東西吧。」

「嗯！……妳聽人家說喔，老師！」

「好好好，什麼事……呀啊！」

亞薇卡突然一頭鑽進她的胸口，害得愛蕾雅尖聲怪叫。亞薇卡帶著小孩的天真率直將臉埋進愛蕾雅的雙乳間，笑著說：

「嘻嘻……老師，人家好喜歡妳！雖然妳要回去黃都了，人家還是最喜歡妳～！」

「……嗯，是呀。老師也最喜歡亞薇卡了呢。」
「而且老師的胸部好大好厲害！」
「這、這跟那個沒有關係吧！」
這是能看到大月與小月兩個月亮的夜晚。之於愛蕾雅，也是她能享受片刻安寧的最後一夜。
在那之後，愛蕾雅與亞薇卡又閒聊了一會兒。同時她稍微想著自己來到這個村莊的原因，想著那個絕對無法對亞薇卡說出口的原因。

◆

回家的路上只有她一個人。溫泉浴場位於村莊的最邊緣，愛蕾雅必須穿過冷清的林道才能回到她暫住的地方。
「人類的洗澡時間都這麼久嗎？」
從樹上傳來一道聲音。那是愛蕾雅熟悉的少女話音。
「亞薇卡泡暈了喔。那孩子的年紀還小，可以不要讓她陪妳泡那麼久的澡嗎？妳這個黑心的老師。」
「——麻煩妳……」
愛蕾雅瞇起鏡片後方的眼睛，仰望頭頂的黑暗。

一個非自然產物的奇異結構體就在那裡。

數條纖細的植物藤蔓在缺乏任何支撐之下垂直挺立於土地上，其頂點交織成座位的形狀。一位金髮的嬌小少女就坐在上面。

「……不要用那種稱呼好嗎，祈雅？妳在這種地方做什麼？」

「什麼『這種地方』？我本來打算等愛蕾雅出來後再去洗澡耶，結果妳卻洗了老半天。」

「用詞術偷看是不對的行為喔。」

「別……別瞧不起人了！下流！我只是覺得高的地方不會有蟲子騷擾，才會在這裡休息！」

「呵呵。難道說祈雅也想和亞薇卡一樣來聽課嗎？」

「不要！我絕對不要念書！那是亞薇卡太奇怪了！」

祈雅與好學的亞薇卡完全相反，她從來沒有認真地上過詞術的課。如果讓祈雅進行紙筆測驗，她毫無疑問地會拿到整個伊他樹海道的學生中最低的分數。

愛蕾雅看了一眼支撐祈雅的藤蔓。那些連一個袋子都吊不住的細嫩卷鬚垂直地伸直，組成工整的結構。那是能讓棉線變得具有鋼鐵般強度，扭曲生命的高超生術。

而從地面長出的結構體之所以能違反翻倒的原理支撐著少女，應該是以常態性生效的力術進行精準控制的結果。

「『將我放下來，送到老師的面前』。」

祈雅織出詞術後，蔓藤植物平順地彎曲，將坐在前端藤籠裡的少女放到地上。如果能做到這種事，確實是比爬樹還方便——除非那是出於「方便」這般簡單的動機，而像這樣不斷維持複雜的詞術指令。

「『變回去』。」

那株植物宛如時光回溯般收縮，最後收進祈雅的小小手掌裡。

她手上只剩一顆小指頭大的種子。

「『還給你』，謝謝。」

她將那顆小種子拋向頭上的黑暗。種子畫出不可思議的軌道，飛向纏繞在樹上的植物，被不合時節的果實吸收進去。果實變回了花朵，最後連花蕾都消失，恢復成一叢普通的茂葉。

「……祈雅，妳不能為了自己隨便使用妳的詞術喔。妳的力量是——」

「是讓人們幸福的才能。妳說過啦。蠢死了，每次都講一樣的話。」

「拜託妳了，求求妳聽進老師的話……而且妳的力量非常特殊，以普通的方式使用不是會很無趣嗎？」

「唔～只要日子過得快樂，普通有什麼不好。」

「在伊他的外頭就不普通了。到利其亞新公國待一下後，妳就會立刻去黃都的學校上學。那裡不只有森人，還有山人和小人(leprechaun)。可能會有人覺得祈雅很奇怪，或是對妳口出惡言喔。」

「黃都的學校有那種人在呀？」

詞術被分類為四個系統，每個種族與個體各有其擅長與不擅長的領域。

詞術必須透過特殊的詠唱，編織能夠傳達至靈魂的話語才能發動。

詞術是一門對欲影響之器物、人物或土地擁有充分的理解後，與對象進行溝通的技術。

有例外存在。只有一個人，只有祈雅的詞術，違反了所有的原則。

「……是啊。既然妳即將前往黃都，就該好好思考一下別人會怎麼看待妳。」

「不管別人對我口出什麼樣的惡言，我一點也不在乎！」

彷彿纖細陶藝品般的窈窕身材、金中帶銀的柔順秀髮、眼角微微上勾，有如湖水般清澈的碧眼。

不過，在整個種族都擁有美麗長相的森人當中，那算是非常普通的容貌。

與一般的十四歲森人少女相比，她身上一點也看不出足以證明其特殊性的特徵。

她現在簡直就像擺出得意笑容的普通小孩。

「反正我只要說一句『去死』……那種傢伙就全部死光了！」

──有例外存在。

她就是一位超越天才領域的魔才。

◆

出發的那天早上，天空陰沉沉的。

伊他樹海道原本就是多雨之地，還是一處終年濃霧阻絕人跡的祕境。這種天氣不算罕見。

愛蕾雅一邊忍受著剛起床時的血液循環不良，一邊以煮麥子加森林山羊奶做成的湯解決掉一頓簡樸的早餐。

當初來到這個從文明到飲食文化都不同的村落時，她連做家事都必須假手他人。不過現在她幾乎都能自行處理了。

（祈雅已經出門了嗎……真稀奇。）

成為她的專屬教師的這兩小月裡，她都和祈雅住在這間房子。在早上起不了床這點，兩人竟是驚愕地相似。

（真是的，今天就是出發的日子啊——）

愛蕾雅在心中嘟噥著並走出房子。只見眼前的廣場上站著三名小孩。

「啊！老師～！」

「現在該說早安嗎？竟然睡到這種時候，妳有沒有當大人的自覺啊？」

「老師……您、您好……」

愛蕾雅立刻端正站姿，沒睡飽的慵懶表情也瞬間切換成完美的微笑。

在這個村子裡，她就是一位溫柔美麗的完美家庭教師。至少對祈雅以外的孩子是如此。

「早安，亞薇卡、希安……祈雅，不可以老是說別人的壞話喔。」

「因為老師今天就要離開，希安說也想過來，所以我們就一起來打招呼了～！」

「不是……我、我是……那個……」

「呵呵，是這樣嗎？能見到希安，老師也很開心喔。」

「……啊、嗯……」

希安是他們三人之中最年長的，然而那位少年卻像隻膽小的兔子躲在祈雅的背後。

愛蕾雅當然知道他的心意，所以有時候會裝成不知情的樣子故意戲弄他。

「人家特地來道別，結果妳竟然還沒起床。亞薇卡可是很無聊喔？」

「不會啦！有祈雅陪人家玩嘛！而且紅果又冰又好吃呢～！」

「我、我怎麼可能和妳這種幼稚小孩玩！別多嘴！妳看，妳的嘴巴還沾著食物……！我幫妳擦掉。」

「唔呀。」

愛蕾雅看了看從流過廣場的清澈溪水中長出的細瘦紅果樹。應該是祈雅用詞術使樹木生長，讓亞薇卡能吃到水果吧。

——祈雅簡直無所不能。上天賦予了她行使過強詞術的才能。

在這座祕境裡的村莊，那種才能頂多像這樣讓紅果結實，或製造火與光娛樂年幼的孩童們。畢竟在沒有敵人與競爭的小小世界裡，過強的力量並沒有什麼意義。

「老……老師！雖然祈雅是這種態度……！但是村裡的孩子們，還有大人，都對老師……那個，心懷感謝……」

「是這樣嗎？希安又是怎麼想的呢？」

「我、我也……！非、非常感謝老師！在老師來這裡以前，我連雲是怎麼產生的都不知道……！多虧了老師的教導，大、大家，都變聰明了。這是真的。」

希安戰戰兢兢地走上前，望著愛蕾雅的眼睛。

「……若真是如此，那對老師而言就是最開心的事了。我曾經在課堂上說過吧？智慧有如種子──」

「只要不斷澆灌學習之水，它就會自行長大。但是最初種下那顆種子的是老師……是愛、愛蕾雅老師。我們老是麻煩老師，卻沒辦法回報您……」

愛蕾雅慈祥地摸著他的頭，接著用力抱緊了少年。

被抱在胸前的希安小聲地發出小動物般的慘叫。

「用不著什麼回報。沒有什麼事比擁有可愛的學生更讓人開心了。妳說是吧，亞薇卡？」

「嗯！人家最喜歡老師了！」

「妳真的很做作耶……這就是惡劣的大人啦。爸爸媽媽也都被花言巧語騙了。夠了啦，亞薇卡妳也是！不要老是笑嘻嘻地撒嬌！」

「祈……祈雅只是討厭去黃都念書吧……好羨慕妳喔。」

「喜歡念書的小孩比較奇怪吧！」

「真是的……呵呵，祈雅總是不夠坦率呢。」

愛蕾雅不是教師。

她是黃都二十九官之一，第十七卿——這座村子的森人們誰也不知道這件事。

她以奔放的舉止無私地對待雙親也難以照顧的祈雅，並且當上祈雅的專屬教師，成功讓她前往黃都留學。而這項行動有著明確的目的。

（祈雅一定能贏。）

祈雅簡直全知全能。雖然還不到擁有別名的年紀，卻已經具有過於強大的詞術權能。那豈是在這種……不為人知的祕境裡，只是被當成方便的術而遭埋沒的才能呢。

在沒有敵人也沒有競爭的世界裡，過強的力量並沒有意義。

——但如果有人能幫助她賦予那股力量意義呢？

若是讓祈雅進行戰鬥，她不需要以熱術加熱空氣、放出火焰。而是可以直接讓敵人著火。

優秀的工術使用者能將大地化為刀刃砍殺敵人。不過祈雅用不到那種術，因為她可以直接隨意地加工敵人的形體。

在選出「勇者」的御覽比武中……若是突然冒出沒有人認識，連紙上空談都想像不到的壓倒性無敵的存在。其他的推薦者究竟會露出什麼樣的表情呢？

（無論對上誰，「世界詞」都將得勝。就連第二將羅斯庫雷伊……也得甘拜下風。）

紅紙籤的愛蕾雅追求力量。即使坐上了黃都政治中樞的位子，她仍不滿足只是二十九人裡可被取代的其中一人，而是希望得到不會受任何威脅，誰也無法鄙視其出身的絕對權力。

就算那需要以無盡的勞力與無瑕的信賴換取也無所謂。

「吶、吶！祈雅！既然暫時見不到面，我們就去那個老地方看一看吧！」

「唔……算了吧，不用去那種地方啦……那裡沒什麼好看的……」

亞薇卡改成黏到祈雅身上對她撒嬌。她渾身充滿了小孩子特有的過剩精力。

「我第一次聽說這件事……是哪裡呀？」

「老師也很在意呢。那是祈雅喜歡的景點嗎？」

「亂說……才不是我，是亞薇卡喜歡的！我只是陪著她而已！」

「帶人家去嘛～！」

祈雅只是在表面上裝出不情願的樣子。

亞薇卡也沒有真的相信她的話。祈雅雖然說話刻薄，成績也不好。但是這個村子裡的每一位森人都知道這位少女的個性。

「真是的……！黑心老師不用跟來！真的沒什麼特別啦！」

「好啦好啦……雖然我嘴上這麼說，還是會跟去喔。」
「真的不用來啦！」
於是她陪孩子們出發了。
伊他樹海道充滿了森林、河川及錯綜複雜的山丘。
這個村子還有愛蕾雅未曾踏入的道路，所以她也想知道那是什麼樣的地方。
畢竟今天中午她就要離開這裡了。

「……原來那個山坡的樹叢裡有條路啊。」
「嗯！從村子的瞭望台頂端可以勉強看到山坡的另一邊有出口喔。」
「那一定是從森人開拓的道路連出去的獸徑吧。這條路上可能有野豬或鹿喔。」
「……要是碰到野豬，我可以用力術趕跑牠。」
「希安好厲害！」
「我可以把整群野豬掛到最高的那棵樹頂端喔！」
「祈雅也好厲害呢～！」
「真是的，不要拋下老師啦～」
祈雅帶的路對愛蕾雅的體型來說太狹窄了，她的外套常常勾到葉子或樹枝。
每次鑽過樹木形成的拱門時，兩手的指頭都會沾上泥土。

在黃都時她一定不會做這種事。活在權謀詭計裡，比任何人都小心謹慎、努力自持的第十七卿，唯有在這個村子裡偶爾會做出孩子氣的舉動。

她的學生們讓愛蕾雅體驗了自己從未經歷過的孩童時光。

——而且。

（……路寬足夠。只要排成縱隊，就算是成年人類也能通行無礙。以方向來看，應該是通往第四座山的山腰。這是村民也不知道的道路。非常有用。）

愛蕾雅平時都在思考這種事。

如果這座村莊還有愛蕾雅尚未走過的道路，她就會想得到那條路的情報。

豐年祭時她曾和學生們一起觀賞大人們跳的火焰舞。那種熱度與美麗讓她不禁發出了驚嘆。另一方面，她也記錄了在準備那場舞的期間，男人們會離開村子多久及此時的村莊防衛體制。

她曾經想教學生們這座森林裡的植物有什麼用途，結果尷尬地發現所有森人早就已經知道這些知識。當晚，她將能療傷的藥草、可當成行軍糧食的山菜整理打包後，以傳信鳥送去黃都。

愛蕾雅花了六個小月的時間，徹底調查了這座以濃霧阻擋他人進入的祕境。

（這個村莊很和平，不會提防外來的侵略。派一小隊士兵應該就足夠對付了吧。）

黃都的軍隊遲早會來接收這個豐饒村莊的所有資源。

那些資源將成為幫助因「真正的魔王」的破壞而遍體鱗傷的人類國家進行復甦的礎石。

祈雅這位罕見奇才會成為愛蕾雅推舉的勇者。其他村莊的一切則將挪為建設國家的資源。她從虜獲的新公國士兵身上取得「真正的魔王」時代謠傳的「全能詞術使用者」所在的村莊位置。從那時候開始，這個村莊就不再是不為人知的祕境了。

那位士兵已不在人世。只要再解決掉其他知道愛蕾雅與「世界詞」之間關連的少數人士，就再也不會有人警戒祈雅的力量。

——以美貌深入滲透，從內部進行腐化。

面對她的諜報能力，任何對象都會輕易淪陷。她的別名乃是招來火焰與鮮血的——紅紙籤的愛蕾雅。

「……到了喔！老師！」

愛蕾雅抬頭，眼前的景色一如她的料想，是一處面對深谷的山腰。

「嘿咻～好累啊！老師也累了吧？」

「是、是啊……不要緊。真的是這裡嗎？」

稍微感到疲勞的愛蕾雅喘著氣，抬頭望著面前的景色。

沒什麼特別的感受。

遠方山巒雲氣籠罩，山峰的輪廓因濃霧顯得模糊不清。看起來只是一片霧濛濛的景象。

「是啊……嗯。妳看吧！根本沒什麼特別的對不對！所以我就說不要來嘛！用這裡當成對這個村子的最後回憶太沒意思了！」

坐在岩石上的祈雅也有點尷尬地笑著。

此地是她不透漏給他人的祕密景點。愛蕾雅很清楚，孩子們都把自己當成一位重要的夥伴。

……此時，希安突然開口說：

「……是不是陰天的關係啊？那只要祈雅讓天氣放晴不就好了嗎？」

「對啊～！說得也是！有祈雅在太好了！」

「……？放晴是什麼意思？」

「算了啦，你們說得那麼簡單……」

祈雅不耐煩地望向山崖的另一邊。

她玩弄了一下金色的髮梢，不好意思地看著愛蕾雅。

「……我不是在生氣喔，老師。」

接著不高興地發出命令：

「『放晴吧』。」

那帶著神祕力量的低語超越了聲音語言的界限，傳到遠方的天空中。

就像大海退潮一樣。

堆積於空中的厚重雲層在祈雅等人面前一口氣散開。

在這一絲風也沒有，宛若時間加速的奇蹟景象中，愛蕾雅痴痴地望著逐漸散去的灰色雲朵。

看起來就像她腳下的整個世界甩掉了雲層，將她送往前方遙遠的另一端。

「……啊啊。」

無敵。這就是無敵的力量。

無論面對什麼樣的對手，祈雅也一定能獲勝吧。只要知道這件事，對愛蕾雅而言便足矣。

探出頭的晨光帶著蒼藍的色彩，掃過地平線。

那道眩目光輝穿過遠處雲霧遮掩的模糊群山，讓輪廓鮮明地浮現出來。

原本被藏在濃霧之中的寬闊湖泊出現在谷底。

水面倒映著這片美麗的景色。

伊他樹海道。這是她曾居住過的地方。有著與她們相處過的溫馨時光。

「看吧。這沒什麼。根本不是什麼了不起的景色——」

為了不再受到鄙視，她將美貌化為手段，一個勁地追求力量。

她如今擁有的美麗和一切的事物對她來說不過都是手段罷了。

紅紙籤的愛蕾雅絕對不會對這種行事態度感到羞恥。

「吶，妳還好嗎？老師，妳在哭喔？」
「……？怎麼了？」
「老師，妳在哭喔。」
拉著她袖子的亞薇卡說了一句奇怪的話。
愛蕾雅露出微笑。
「我沒有哭喔。」
她沒辦法轉頭面向孩子們，只能呆站在原地，讓這幅景色緊緊吸住她的目光，
這是她在森人的村子所待的最後一個上午。
沒錯，不可能會有這種事。
因為愛蕾雅隨時都是一位美麗溫柔的完美教師。
「……老師，沒有哭喔。」

此人無視所有防禦與過程，具有扭曲各種存在的力量。
此人能發揮凌駕自然的權能，一句話就將天候與地形置於其支配之下。
此人乃是超乎萬物預測外的特異點，抗拒任何解析與預測。

她是目前無法測量其界限的全能魔才。

詞術士（wizard），森人。

世界詞祈雅。

九 ◆ 大海的希古爾雷

挺過強盜襲擊，與月嵐拉娜一同歸國的兩位新加入傭兵正在利其亞中央城塞與塔蓮會面。

雖然所有人都就定位，不過調查兵拉娜的身材太嬌小，幾乎半個人都埋在會議室椅子的厚重毛毯裡。

「斬音夏魯庫、大海的希古爾雷。能夠請來兩位名聲響亮的人士，妳的收獲相當豐碩，拉娜……可惜沒有『世界詞』，這是我奢望太多了。」

「很遺憾，我沒有找到任何類似那樣的人。雖然那應該只是被加油添醋的謠言吧。要是真有全能的詞術這種東西，就能輕鬆打贏戰爭了吧。」

「嗯。假設真的存在，下一個議題就是得想出辦法控制那個人了。」

骸魔和根獸。即使他們確實是強大的戰力，但也是以黃都為首的一般人族國家不可能徵用的異形生物。然而塔蓮尋求的是面對上百名兵力時，能以一人之力戰勝敵人的傑出英雄，那就不一定得是人類。

地表上有可能存在凌駕一般尺度的非凡人士。數不盡的傳說與事實，更重要的是「真正的魔王」的實際存在都證明了這點。

「首先，大海的希古爾雷，我聽說了你的傳聞。你在邊境似乎是位戰無不勝的劍鬥士吧。」

「是的。那個工作我做得還算久。以人類的單位來說，約莫有十三或十四年吧。」

「……奴隸劍鬥賽？」

眺望著外頭尖塔的夏魯庫驚訝地歪著頭蓋骨。塔蓮則是代為回答：

「邊境有將人類或野獸的性命用於賭博的野蠻城市。當然，那是違法的勾當。雖然黃都近年來慢慢地提升奴隸的權利……不過在『真正的魔王』存在的黑暗時代，有很多地方是王國管不到的。」

「我不是那個意思。這十四年來牠都對那種惡徒言聽計從吧。這樣要說是無敵，我怎麼聽都覺得不對勁。」

「確實如此，夏魯庫的話有點道理。方便的話能說明一下詳情嗎，希古爾雷？」

「好的，雖然這不是什麼值得一提的故事。」

◆

大海的希古爾雷出生於人族不知其名的西方邊境森林。

在根獸這種擁有智慧的植物中，希古爾雷的體型比其他的個體還要大，大約與人類同高。因此森林附近的都市的人類選中並「採收」了牠。

希古爾雷成為在他們所經營的娛樂性競技比賽的餘興節目時用來被打敗的獸族。

牠還記得在一片黑暗之中，初次與人類交談的內容。

「你知道怎麼拿武器嗎？」

「不知道，我聽不懂。」

「就是劍啊。就算是奴隸鬥技賽，殺了不會抵抗的根獸也炒不熱氣氛。明天之前你給我學會怎麼拿短劍。」

「好的。然後只要戰鬥就行了吧？」

「等你能用那種根鬚般的手戰鬥再說啦。」

對於人類社會一無所知的希古爾雷既不憤慨，也無悲嘆。牠只是想著「是這樣啊」。所以牠就照著做了。

——隔天，賽場出現了來自祕境的根獸狂插猛刺，殺死與之戰鬥的奴隸鬥士的畫面。

由於根獸自植物演化而來，很多人都認為那是行動遲緩的生物。但是牠們柔軟的藤蔓具有接近鋼鐵彈簧的強度。根據其體型與技術，藤蔓彈出的速度還可能更快。

再加上所有的根獸都有毒。些微劑量就能溶解神經細胞、造成劇痛與呼吸障礙並迅速奪命的劇毒乃是地表上最致命的化學物質之一。

單就事實而言，是企圖利用大型根獸吸引票房的那些人太過愚蠢。對於希古爾雷來說，也算是某種幸運。人類的傲慢與無知讓牠在最初的幾場對決中獲得了勝利。

「下一場對決的對手是誰？」

「……對決？怎麼可能把你這種東西分配到一對一的戰鬥。接下來的對手不是以前那種低階的奴隸，是三位高階鬥士。這不是對決而是討伐戰。你就儘量死得好看一點吧。」

「不，我不想死。」

「很遺憾啊，希古爾雷。在這個競技場裡不殺生就會死呢。」

「不殺生，就會死。」

希古爾雷很聽話，在隔天的對決裡殺了那三個人。

牠接受了被告知的事實，只要持續殺人就不會死。

最初連劍都不會握的根獸不斷地學習。無論是不是人，牠都接受了比自己資歷更老的鬥士擁有比牠更優秀技術這般理所當然事實。在雙方賭上生命的奴隸競技的極限環境裡，牠一邊以致死之毒和揮斬藤蔓打倒敵人，一邊觀察著那些人如何逼近敵方，迴避危機，建構戰術。

如果要問希古爾雷有什麼才能不是來自根獸天生的身體能力，而是源於牠自己，就是那份順從聽話的態度吧。

「沒有下一場對決了。你即將被賣去其他城市。」

那天與牠交談的應該不是之前的看守，而是競技場的老闆。

王國新訂立的法律禁止公然獲取奴隸鬥士，因此能獨力接連殺死對戰對手的希古爾雷就成了小型城市無法負荷的鬥士。

「好的，得跟隨別的主人嗎？他會讓我與更強的人戰鬥嗎？」

「嗯，應該會吧。就算你有智慧，能使用詞術，但畢竟只是獸族。在對決裡被殺的是應該你才對。」

「為什麼呢？我天生就是獸族，這不是我能改變的。」

「——怪物被人族打敗才好看啊。你必須死的理由只有這個。」

「……不，我不想死。」

如果順從聽話的希古爾雷擁有什麼反抗意志，那就是拒絕死亡的意志。

這個意志隨著一次又一次的對決逐漸堅實，希古爾雷自己也不知道為什麼會這樣。

（……？我真的想活下去嗎？繼續活著又有什麼意義呢？）

那不是對生存的執著，只是不想死而已。

曾經有淪為囚犯的王國正規兵以鍛鍊已久的精湛刀法向牠挑戰。

「希古爾雷……！別恨我！我必須殺了你，回去母國！」

「明白了，我不恨你。」

（不只是扭腰，還將脊椎像弓一樣運用，製造出第一擊的速度。如果用我的身體重現這樣的技巧，就得將體內的維管束編織起來——）

曾經有吃掉一個村莊十二名小孩的大鬼，以非人的臂力揮著大砍刀向牠挑戰。

「真是個好日子。人族看著我們的戰鬥而感到害怕。既然那些傢伙正在觀看我們，我們就得打一場使他們畏懼才行呢，希古爾雷。」

「是啊。」

（即使速度能追上，力氣也會輸給他。畢竟我的藤蔓無法維持持續性推擠的力量。必須以多根藤蔓分秒不差地同時發動斬擊——）

牠曾經被拖到帶著槍的劊子手們面前，當成會動的槍靶。

「希古爾雷，辛苦你一路戰鬥到現在。今天就是你最後能表現的舞台了。」

「謝謝。」

（觀察手指的肌肉，我想試試看我的斬擊是否能跟上子彈發射的速度。就算以擊出藤蔓的反作用力彈離對方的視線範圍，若那些劊子手有和其他的奴隸鬥士同樣程度的反應能力——）

牠唯唯諾諾地不斷接受硬塞給牠的絕對劣勢對決，為了在打贏一場戰鬥後獲得足以撐過下一場更嚴酷戰鬥的成長，牠觀察敵人、鍛鍊自己。牠沒有老師，同時死在其手下的奴隸卻也全都是牠的老師。

雖然牠每次都被迫參加片面不利又惡毒的對決，希古爾雷也不會在戰鬥以外的場合被處決。因為牠非常順從，競技場老闆沒有殺他的理由。

最後牠成為了大名鼎鼎的最強鬥士，觀看對決的觀眾們已不再期待大海的希古爾雷戰敗。牠是誰也殺不死的無敵奴隸。

（我得練習刺出短劍時最恰當的軌跡。）

根獸完全沒有被周圍的評價影響。牠總是在地底下持續練劍。

在對決以外的時間，黑暗中的幾滴水、牆壁的龜裂，就是牠練習的對象。

（必須鑽研更有效利用毒液的手段。下次我可能會戰敗。下次我的招數可能會被看穿。）

牠並非怯懦或自我貶抑，而是真的把這些想法當成事實。因為——「下一場對決更危險」、「被殺的將會是你」——牠對別人說的這些話總是照單全收。

隨著一次又一次的戰鬥，其他的奴隸鬥士越來越少，觀眾也開始變得稀稀落落。看守說話時的語氣隱約帶著奇異的恐懼。除了牠以外的人都顯得忐忑不安。牠沒有注意這些異常，繼續鑽研戰鬥。

在牠被囚禁的期間，時代逐漸變化。「真正的魔王」出現了。

——於是那天到來了。大海的希古爾雷突然成為了自由之身。
地牢被打開，所有的奴隸鬥士都被放出來。魔王軍的侵蝕開始了。
火焰亂竄，人們自相殘殺。魔王軍的瘋狂覆蓋了整座城市。
希古爾雷穿過逃離死亡與瘋狂的人群，反向前進，同時思考著一個疑問。
——為什麼他們不戰鬥呢？
牠理所當然地殺掉了在精神錯亂之下攻擊牠的敵人。
短劍插入肋骨的縫隙，扭轉，拔出。活在外面世界的人就和與牠戰鬥的戰士一樣地死去。
「原來如此。」
牠不禁低語。在外面世界首次製造的死亡，讓牠終於明白了。
即使成為自由之身，世界仍沒有任何改變。不殺生，就會死。這條牠最先學到且持續遵從的唯一教導果然是正確的。
為什麼——不過是一團植物的自己有著抗拒死亡的意志呢？
（對了。）
牠一路戰勝至今。所謂的活著，就是踐踏其他生物想要生存下去的願望，才能待在這世上。
和牠對決的劍鬥奴隸們、不會詞術的野獸們、那些數以千計的對手。他們全都有著相同的願望，應該是這樣才對。

（對了，這就是自尊心啊。）

即使成為自由之身……只要想到被牠殺死的那些人，就讓牠覺得自己此刻更不該被「這種程度的敵人」所殺。

大海的希古爾雷是無敵的劍鬥士，牠不能輸。

他們只是想要活下去。

「哈──」

牠發出了單調、沒有意義的聲音。對於自己身體能發出這樣的聲音，牠也感到不可思議。

「哈哈哈哈哈哈哈哈。」

希古爾雷以毫無起伏地的聲音笑了。在這段生命中，牠是第一次展現笑意。

牠一邊笑著，一邊步向無數的敵人。

◆

時間來到現在。自從牠萌生根獸的自我意志以來，除了揮劍不知道其他生存方式的牠如今成為警戒塔蓮的士兵。

「這傢伙被發現時……牠已經殺光了魔王軍。這件事千真萬確。」

嬌小的拉娜對著夏魯庫愉快地說著。夏魯庫認真地詢問：
「這傢伙有遇過『真正的魔王』嗎？」
「怎麼可能嘛。但是牠面對的可是魔王軍喔！正常來說那是難以想像的事。如果你說這傢伙就是勇者，我也不會驚訝呢。」
「……如果那些事都是真的，那的確非常了不起。原來『牠挺身面對了』魔王軍啊——」
即使在這個「真正的魔王」已死的時代，也只有極少數人願意提到魔王軍。因為所有人都還記得那些喚起恐懼的存在有多麼駭人。
比起死後仍蒙著神祕面紗的「真正的魔王」，或許魔王軍才是最普遍、最能象徵那個時代的恐怖形象。

「哦。」
正當希古爾雷說完牠的故事後，一位青年拉開後面的門走了進來。他瞧了瞧屋內的幾個人後，開口道：
「塔蓮妹妹。今天又多了幾位奇特的傢伙呢。」
「你也報一下名號，達凱。」
「客人」看到兩位新人後，一臉稀奇地靠向根獸。
「那邊的骸魔是使槍的。這位根獸是什麼樣的角色倒是讓人猜不到……再說根本看不出來牠的臉在哪裡啊。」

「我是斬音夏魯庫。被要求報上名號的應該是你吧。」

骸魔——夏魯庫低聲說道。

「還是我聽錯了呢？看來死掉之後我對自己的感覺就沒有自信了。」

「我叫大海的希古爾雷，幸會。」

「嗯～你們幾個……很強嗎？」

達凱一邊丟出問題，一邊拿起希古爾雷的武器仔細端詳。

（……乍看之下只是普通的匕首。牠的身體裡應該藏了很多把。）

塔蓮代替兩人回答。

「他們和你一樣是值得信賴的強者。我認為我們也得像『真正的魔王』一樣——準備能使敵軍懼怕的個體戰力。雖然戰爭是以軍團的運用為前提，但是在長期戰亂導致軍民疲憊之前，我想要擁有讓敵軍不敢前進的恐怖象徵。」

「在這種時代，那樣的抑制力是很有效的。你有自信嗎，夏魯庫？」

「抱歉，我還不打算回應那份期待。」

夏魯庫冷淡地回答。

「我和那邊的希古爾雷不同，我是傭兵。無論價碼多低，在還沒收到預付款前就上工違反了規矩。」

「我知道。你想要的是『真正的魔王』死去的『最後之地』的調查資料吧，夏魯庫。在調查報告完成之前的這段期間，在某些範圍內你可以自由地待命。」

「哈哈哈哈，你該不會打著隨時都能逃走的主意吧？」

「──難道你以為死人就該免費幫人工作嗎？若想確認我的實力，你只要現場支付讓我出手的金錢就行了。雙重契約的問題我會當作沒看到。」

「很不錯喔，我不討厭愛耍嘴皮子的傢伙。至於那邊的那位……」

達凱一邊說著，一邊從桌上的盤子拿起一顆水果。那是紅果。然後丟給了希古爾雷。

「……你挺安靜的嘛。根獸都吃些什麼啊？」

「我不吃紅果。」

拳頭大的紅果一離開達凱的手就靜止在半空中，接著垂直掉在桌上。

（哦～）

達凱在心中讚嘆一聲。落在桌上的水果仍保持原來的形狀。那是連影子都來不及跟上的迅速斬擊。這一斬實在太過犀利，切斷面還黏在一起沒有分開。

「你若想見識我的力量。」

紅果裂開了。兩半、四片、八片。水果片迅速地腐蝕溶化。

幾條宛如藤蔓的「手臂」各自握著一把短刀，對遠距離的空中砍了三下。而且，那些刀上都塗著致死的劇毒。

「我已經讓你看到了。」

塔蓮露出猙獰的笑容，輕輕拍了拍手。

「精采。」

她所支配的新公國就是力量。透過獨立而脫離黃都管理的那股力量，將化為讓整個地表的強者都聚集而來的匯聚力。

聚集於這個利其亞的，是那種屈指可數、萬中選一的異才。

注視著希古爾雷動作的月嵐拉娜說出她的見解：

「……原來如此，根獸能夠同時以三隻手臂使劍啊。從這麼遠的距離……再加上具有劇毒的根獸，確實是神乎其技。」

那正是以人類身軀無法做到的異形劍術。就是這項技術讓大海的希古爾雷奪得了生存權。

「不對。」

這十四年來，錯估希古爾雷能力極限的人全都丟了性命。

在這片修羅大地上身為終極存在之一，就意味著成為遠遠超出常人的理解——甚至遠遠超越想像領域，隔絕於常理之外的怪物。

「是四十二隻。」

此人身懷以死地中逝去的大量犧牲者磨練而出的決鬥之技。
此人暗藏凡有生命之物皆無法抗衡的絕對致死之毒。
此人鍛鍊其異形肉體至極致，以超脫常軌的無量劍光為傲。
牠是服從一切卻不受任何人支配，最自由自在的奴隸。
劍奴（gladiator），根獸。
大海的希古爾雷。

十 ◆ 靜歌娜斯緹庫

從黃都出發的運輸商隊以利其亞新公國為目的地，經過一個又一個規模極小的市鎮，採取躲避新公國警戒網的迂迴路徑。隊伍只有配備最低限度的護衛士兵。而商隊裡的商人中，甚至鮮少有人清楚在需要多達三位巨人拖曳的重型貨車裡，除了巨人在往返行程中的食物還裝載了什麼樣的貨物。

黃都第二十卿——鍋釘西多勿負責監督這一連串的作戰。他還準備了多台類似這樣的重型貨車，護衛的多寡與貨物也各不相同，並且同時讓各隊從不同的路徑出發。這是讓新公國無法貿然出手以拖延時間的策略。

該行動以運輸作戰而言顯得規模龐大，但仍遠遠不及真正的軍事行動，也沒其他官僚涉入。他幾乎只能靠自己進行指揮，完成這項避免戰爭發生的塔蓮暗殺計畫。

山邊有一座小城市。最後一台貨車進入時太陽已經落下，天空開始下起細細的小雨。在這個小城市裡，作戰用的那台重型貨車也只能和其他貨車並排停放，擺在有人看管的廣場上。

「大型貨物的運載果然很慢，以這個速度還要三天半才能抵達吧。嗯——庫瑟，隊上所有人都有床可睡嗎？」

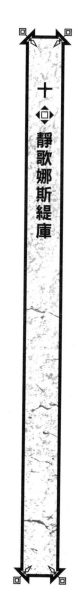

西多勿撐著傘向背後的男子詢問。

「如果只要床的話，我聽說『教團』的濟貧院還有空房間。至於提供食物……您也應該知道是沒辦法的事，西多勿卿。」

這位名為庫瑟的男子別名是「擦身之禍」。

他是一位三十歲後半，眼神慵懶的男子。也是隸屬於過去版圖遍布全境的「教團」的聖騎士。那一身長長的黑色祭司服在商人們中特別顯眼。

負責簡單的文字教育與救濟貧民等慈善事業的「教團」如今在許多地區受歧視與迫害所苦。其中一個原因是「真正的魔王」帶來災厄後，人們就喪失了對於信仰創造世界的詞神的「教團」的信心與向心力。

「……我手下的士兵怎麼可能做出向『教團』敲詐食物的不堪行為。我們會用自己攜帶的貨物解決食物的問題。另外雖然會稍微拖慢行程，商人們使用過的床單之後也會清洗乾淨。」

「呼嘿嘿，那還真是多謝了。黃都那邊要是有更多像西多勿卿這樣的人，我們以後或許就能好過一點。」

「你以為那種奉承對我有用嗎？」

「哦，如果我的話聽起來有那種意思，那先跟您道個歉。」

就算扣掉黃都政府排斥「教團」的風氣，西多勿對這位有氣無力的聖騎士依然沒什麼好印象。不過，既然身為黃都最高權力人士之一的他會像這樣直接與對方接觸，代表他對此人抱有與其實力、品性相稱的信賴。

擦身之禍庫瑟乃是守護不具大規模武力之「教團」的少數戰力。而且據說不只在「教團」內，即使算進其他組織，他也是這一行中最強的不死之身殺手。

「讓我先把話說清楚。之所以僱用你，純粹是實用性的問題。這次的護送對象實際上可是比看起來的樣子更危險，因為我需要表面上與黃都沒有關連的強大個人戰力。而既然我們走的是迂迴路徑，就得用到『教團』的管道安排宿營地。」

「所以才會偽裝成商隊啊。看來那個護送對象有如此費力隱匿的價值呢。」

「就當做是這樣吧……那麼你呢？」

撐著傘的西多勿對庫瑟露出銳利的眼神。

「要說這場護送任務對你有什麼比收到的酬勞更大的好處，就只有能在遠離黃都的這裡和我進行一對一的對話。所以你到底有什麼企圖？」

「……你不怕被暗殺嗎，我可是『教團』的殺手喔？」

「我已經確認你不是會做出那種蠢事的笨蛋。否則我也不會特地露臉。」

事實上，由身為黃都二十九官的西多勿親自押送這支計畫核心的商隊，多少有被新公國方探查到的危險。但西多勿並不想欠這位受到黃都近乎迫害的對待，卻主動提供協助的男子人情。

「呼嘿嘿，您真是個大好人。啊……這句話可不是奉承喔。」
庫瑟露出難堪的苦笑。排成列的商隊燈火在鎮上夜晚的街道上來來去去。
他茫然地望著這片景象，開口道：
「你能不能請孩子們吃點好吃的呢？」
「……啊？」
「我希望你能站在我們……『教團』這邊，然而我知道以現在的情勢來說不可能……但至少讓我們路過城鎮的孤兒們得到一次美好的經驗吧。我已經很久沒拜訪這裡的教會。能不能幫我這個大叔做點面子呢？」
「這是不可能的。再說我打算今晚就離開這座城市。」
年輕的文官露出不悅的表情朝懷中摸索，掏出一個上等皮革製成的錢包拋給庫瑟。
庫瑟伸出大手接住錢包，發出裝滿金幣的沉悶聲響。
「——拿去。」
鍋釘西多勿是一位二十歲出頭就在黃都最高權力圈中占有一席之地的天才。即使他不想要，這個地位仍舊為他帶來了莫大的權力與財富。剛才他拋出的金幣連開銷都算不上。
不過對擦身之禍的庫瑟想要保護的孩童們來說，想必就不是如此。
「……非常感謝您，西多勿卿。願詞神聖言保佑您。」
「算了吧。這連賄絡都不是。我還是第一次看到這麼無恥地要錢的神職人員。而且直接和你聊過之後，我就在想……」

西多勿打量著庫瑟。在這片黑夜中，庫瑟的黑長袍反而看起來更加顯眼。

雖然身為文官的西多勿也明白他是位訓練有素的優秀戰士，然而被他單獨殲滅的魔王軍與排斥「教團」的激進分子人數卻沒辦法單靠這一點解釋。據說他往往是一個人單獨戰鬥。沒有人知道他真正的戰鬥能力。

「……你其實很強吧？」

「呼嘿嘿，這是當然的。」

擦身之禍庫瑟露出笑容。他的眼中沒有傲氣也沒有激情的火焰，只有與自豪為最強之人不相稱的達觀與倦容。

「因為我的身邊有天使啊。」

◆

雨聲越來越大，蒼鬱密林的樹葉都濕透了。

與西多勿分開後，庫瑟來到城鎮邊緣的一棟滿是龜裂的建築物前。聽說獨力管理濟貧院的神官在兩小月前因肺炎病倒，正在隔壁的大城市治療。

開門迎接他的，是一位十八歲的年輕見習神官少女。

「庫瑟老師！好久不見了！」

她剛剛應該正在做家事，身上還穿著有點髒的傭人服。庫瑟伸出寬大的手掌，摸了摸她那頭與六年前不同，已然剪短的頭髮。

「呼嘿嘿。我回來了，莉佩露妹妹。有幾年沒見了呢。客人很多，要麻煩妳了。」

「不會，沒問題的！阿尼達老師也真是的，偏偏在這時病倒！那個人從以前就常常不會看時機……」

「我知道、我知道。可以倒杯茶嗎？我不用喝，是給另一個人的。」

「另一個人？」

莉佩露低聲重複了一次。庫瑟的背後走出了一位苗條少女。她穿著過度暴露的服裝，敞開的背上從脊髓處長出了好幾條細絲般的器官。

她不是人類，或是她的身體至少有經過後天的改造。

瀏海遮住半邊眼睛的少女露出笑意。

「晚安，妳好。呃，妳就是莉佩露妹妹嗎？」

「……是的，我是莉佩露。別名是霜葉莉佩露。那個……妳是？」

「濫回凌轢。」

她大剌剌地坐在玄關脫掉濕透的長襪。看到從熱褲底下露出的白皙嫩腿，見習神官莉佩露不禁撇開視線。

「濫回凌轢霓悉洛。是這位庫瑟先生的護衛對象。」

「護衛？」

「是啊。這裡最近已經沒辦法只靠捐獻就讓孩子們吃飽了吧。呼嘿嘿。所以大叔我就在不違背教義的範圍內做點這類的工作。」

「庫瑟老師。那真的是工作嗎？對象還是這樣的女孩子……」

「哦，難道說莉佩露妹妹嫉妒了嗎？真開心呢。」

「才不是那樣。霓悉洛小姐，要我帶妳參觀這棟建築嗎？」

「不用不用，不必麻煩了。我還有話想和庫瑟老師說。」

莉佩露交互看了看站在門口的庫瑟與坐著的霓悉洛。相貌平平的中年男子與帶著脫俗氣質的美女。以外貌判斷，這對男女的年紀差了一輪以上。

「你們果然是……」

「不對，她是開玩笑的，莉佩露妹妹！我們真的只是護衛和雇主！」

「我知道啦。庫瑟老師待在這裡的時候從來都沒有過那方面的話題嘛。」

「呼嘿嘿。妳這麼清楚反倒讓我很傷心啊。」

莉佩露看著傭人服的袖子，嘆了口氣。

「……我去換衣服，這身打扮太髒了。」

看著走向洗衣區的莉佩露，霓悉洛突然開口：

「她是個好孩子。」

「看得出來嗎？妳們不是才剛認識而已？」

「因為她沒問我身體的問題呀。」

從背後長出的蜘蛛絲觸手遵照霓悉洛的意志整齊地擺動著。

「『教團』裡有很多身懷隱情的孩子。大叔以前也是無家可歸，受到收養的孤兒呢。大家都明白這點，所以只要對方不開口就不會過問。」

「哦，聽起來就像你現在有家可回呢。」

「……有的。『教團』就是我的家。」

「嘻嘻，真羨慕你。」

少女半邊的眼睛露出了笑意。

濫回淩轢霓悉洛不是人類。

那是使用類似骸魔那種將生命灌入白骨的技術，對留有肉體與臟器的新鮮屍骸進行加工，將其復活為迥異於生前之人的存在。是一種魔王自稱者的技術。霓悉洛是被稱為屍魔（revenant）的魔族——也是以戰爭犯的身分被囚禁於黃都的大規模殺戮「兵器」。

「……庫瑟也不過問我的來歷呢。從黃都出發後就一直是如此。」

霓悉洛坐上玄關處的椅子，光著腳前後擺動。庫瑟朝鞋櫃的方向望去，看著裡頭少少幾雙的

鞋子。

「怎麼突然這麼說，妳希望我問嗎？」

「也許吧——如果我這麼說呢？」

聖騎士搔了搔後頸，朝少女彎下了腰。

「那我當然會問。雖然我不是正式的神官，聽取別人的告解仍是侍奉詞神之人的責任。」

「其實也不是什麼了不起的事啦。只是我們難得有緣一起旅行，庫瑟卻不怎麼聊天罷了。如果我說從黃都運出的重型貨車所載的『貨物』也是我，你會相信嗎？」

霓悉洛瞇起眼睛，注視著玄關的外面。

遠處傳來鳥兒拍動翅膀的聲音。這座邊境都市的夜晚既幽暗又十分寧靜。

「我只聽說妳在黃都被當成囚犯。會被放出來是因為罪責已經贖清了。」

「不對。」

霓悉洛搖了搖頭。

「我只是和西多勿約好，他放我出來，我幫他的忙。因為我最喜歡人族了。」

她是早已滅亡的魔王自稱者的兵器，也是黃都過去的敵對者。和「教團」的庫瑟同樣是時代輸家的她與西多勿做了一項交易。

「那是玩笑話嗎？」

「為什麼這麼說？我是認真的。」

庫瑟來到霓悉洛的椅子旁，坐在冰冷的地板上。

「那麼，如果妳現在是自由的……而且沒有那個約定呢？」

「誰知道呢。嘻嘻。應該還是會戰鬥吧。畢竟我就是為了戰鬥而被製造出來的，那也是我最擅長的事。庫瑟你呢？」

「如果沒必要戰鬥……我會找間教會安頓下來，開墾農園吧。我真的不適合這種工作……」

「你真的不適合呢，庫瑟。」

坐在椅子上的霓悉洛以獨眼俯視著庫瑟。即使那是屍體的眼睛，受過高超技術處理的屍魔眼睛還是比活人的眼睛更加清澈、水靈。

「——你是否對剛才的莉佩露妹妹也懷有愧疚之心呢？那孩子知道你負責消滅『教團』的敵人嗎？」

「哎呀哎呀……真傷腦筋呢。聽取告解的人竟然反過來被逼問，真服了妳了。」

「你沒有攜帶武器吧，庫瑟？」

少女看著庫瑟卸下的行李。那是一面高度與庫瑟身高差不多，繪上抽象化天使圖樣的大盾。表面有著好幾道刮痕。

「……你看起來就像很害怕傷害他人的樣子。」

「喂喂喂，拜託別欺負我這個柔弱的大叔啊。」

坐在地上的庫瑟舉雙手投降了。

「……那個……我果然看起來很弱嗎？在為了戰鬥而造出來的妳眼中，像我這樣的人是半吊子吧。」

「沒有那回事。懷有那種想法的你卻能活到現在，我反而對你的本事很感興趣呢，你也和我一樣在『真正的魔王』的時代戰鬥過吧？你殺了多少人？和多強大的對手交手過？在哪裡學會什麼樣的招數呢？」

「那些事……一點也不值得炫耀。」

庫瑟只是露出沒有氣勢的苦笑。他沒有看著霓悉洛，而是望向半空中。

「我的身邊有天使……因為天使看顧著我，所以我不會死。僅止於此……真的就只是這樣罷了。」

◆

當晚的餐桌上，擺滿了比平時放在這張濟貧院的桌子上的食物更加豐富的餐點。

盤子上擺著足夠供應給每個人的肉，旁邊的麵包也不是長期保存用的硬麵包，而是當天中午烤好的柔軟麵包。

「好棒喔！」

「這個湯不會稀得像水耶！裡面加了羊奶！」

「聽說是因為庫瑟老師來的關係！」
「可以先留下明天的份嗎？」
「大家安靜一點。要是吵吵鬧鬧的，美食就會跑不見喔！」
莉佩露一邊安撫鬧哄哄的孩子們，一邊抱歉地望向庫瑟。
「……真不好意思，庫瑟老師。都是因為這裡太窮，害您額外破費……」
「別客氣、別客氣。現在各地的教會都應該互相幫助。而且我以前在莉佩露妹妹面前都沒做過什麼像個老師的事啊。」
「……」
霓悉洛的面前也擺上了料理，原本就是死人的她叫住了一位不知內情的小孩，將盤子上的麵包分給了對方。
「拿去，給小妹妹加菜吧。我已經在路上吃過了。」
「謝、謝謝妳……姊姊！」
「呵呵呵，不客氣。」
孩子們笑了，看到這副景象的庫瑟也笑了。雖然那是他不經意露出的表情，但並不是之前那種毫無氣勢的乾笑，而是彷彿發自內心的開懷笑容。
「吶，莉佩露妹妹。真的不需要我幫忙打掃借給商人們的房間嗎？」
「這個要求這麼突然，真虧妳能準備那麼多的房間呢。」

「啊……那也是因為不久前黃都的部隊曾經在這裡留宿過。」

黃都兩字讓庫瑟和霓悉洛兩人在心中起了反應。他們目前必須裝出與黃都毫無關係的樣子前往新公國……但看來已經有其他與這支運輸部隊無關的其他部隊偶然經過了這座城市。

「那還是真抱歉，害妳忙得沒完沒了。」

「不會啦。今天來的商人比黃都的士兵禮貌多了。而且腳步聲也不會很吵，我反而想謝謝他們呢。」

即使同為黃都的士兵，領導者不同，其性質也會不一樣。例如此時偽裝成商人的第二十卿西多勿的士兵大多和他一樣出身於上流階級，因此遵守禮節的人也很多。

「那支部隊為何會出現在這種邊境地區？我很在意呢。」

「這個嘛……雖然不知道是不是真的，不過聽說他們要討伐龍。」

「討伐龍？」

霓悉洛不禁複述了一次。

龍。與體型縮小為人類的大小，進化成群聚生活的鳥龍不同。唯有具備無敵的龍鱗與相當於災害的詞術吐息之力，原始的真正龍族才能被如此稱呼。當然，那不是「區區」一般人類的軍隊就能討伐的存在。

「那是黃都二十九官——第六將哈魯甘特大人的部隊……我從本人口中聽說他要打倒那個燻灼維凱翁。雖然我不知道那種事是否真能辦到。」

「庫瑟，維凱翁是什麼？」
「那是從傳說時代存活至今的黑龍……曾經焚燬好幾個國家。」
「沒錯沒錯。我還記得庫瑟老師教過的歷史故事。」
「……我確實好像說過呢。不管怎麼說，第六將大人還真是做了件狂妄的大事呢。」
一位吃完飯正在玩耍的小孩一邊笑著一邊戳了戳庫瑟的肩膀。
「吼～！吾名為維凱翁！恐懼吧！」
「呼嘿嘿。要玩屠龍遊戲的話，應該是大叔我來當燻灼維凱翁吧。」
「那我演誰？」
「你就演絕對的羅斯庫雷伊吧。要開始嘍！吼啊～！被黑煙吐息燒死吧！」
「哇啊～！我不會輸的！我的名字是羅斯庫雷伊！」
莉佩露注視著和孩子們玩在一起的庫瑟，有些寂寞地嘆了口氣。
「庫瑟老師都沒有變呢。」
「哦，庫瑟從以前就是那樣嗎？」
「……是啊。老是懶懶散散，一點威嚴也沒有，而且從來都沒有生氣過。他身上明明擔負了很多『教團』的事，卻總是笑嘻嘻的……」
想必莉佩露不知道庫瑟接下來要做的事吧。不知道他準備化身為殺手揮動刀刃，殺害新公國的魔王自稱者。也不知道他如今依附於黃都，讓他能為孤兒們帶來一頓豐盛的饗宴。

霓悉洛默默地與莉佩露一同注視著和小孩子們打鬧的黑騎士身影。

燭台的火焰搖曳，彷彿某種不是風的東西穿過了它。

（——天使啊。）

她突然想起了庫瑟所說的話。

◆

充滿孩童嘻笑聲的夜晚隨著他們的睡去而恢復了寧靜。

庫瑟和霓悉洛兩人檢查了寢室前的走廊。

「能夠進入霓悉洛房間的路徑只有這條走廊。分配給妳的是沒有窗戶的房間，我會把長椅搬到走廊上在那裡休息。總之今晚這樣就安全了。」

「庫瑟還是一樣很紳士呢。就算睡在同一間屋子裡，我也不會特別在意喔？」

屍魔露出半邊的眼睛，揚起魅惑的笑容。她背上的觸手看起來像是纖細的蜘蛛絲，又像是八隻腳。

「呼嘿嘿。不可以戲弄大叔喔。今晚我也會認真工作，妳就安心地睡吧。」

「如果出現了龍，你能用那面盾牌保護我嗎？」

「……應該不行吧。」

庫瑟輕輕地搖頭，望向空無一物的天空。

這是他在旅途中反覆做過好幾次的動作。

「但是……即使面對維凱翁，我也一定會贏。」

「呵呵，如果是這樣就好了呢。」

將護衛對象送回寢室後，庫瑟便在走廊上準備守夜。他在長椅上鋪了毛毯，在大瓶子裡點亮火焰，並且檢查了用來消除夜間飢餓的茶葉與水瓶。

「……嗯。大家都很有活力，真是太好了。」

他就像是對著虛空中的某個人說話，然而卻不見那個對象的身影。

「大約四年前吧。我曾經在這裡住過。窗子還是跟以前一樣不好打開呢……」

即使「真正的魔王」已死，他所守護的「教團」仍處於困苦的處境。如今只剩下一條徹底翻身的路，那就是濫回凌轢霓悉洛的護送任務，還有協助對利其亞新公國的攻擊作戰，換取獲得那項權利的報酬。

（選出唯一一位「勇者」的戰鬥啊——）

庫瑟忽然抬頭，他聽到了腳步聲。

定睛朝走廊的另一邊望去，是穿著粗糙單薄睡衣的莉佩露。

「這麼晚了有什麼事嗎，莉佩露妹妹？」

「……庫瑟老師。」

莉佩露看了一眼霓悉洛的寢室，走到庫瑟身邊。
「拜託了，請您幫幫我們。」
「……那是不能在大家面前說的話嗎？」
這個問題能從那雙認真的眼神獲得證實。就算莉佩露不開口，庫瑟也永遠會站在她那邊。只要那是庫瑟能靠自己辦到的事。
「可以請您協助新公國嗎？」
「……」
庫瑟陷入沉默。
新公國的管道很多。所以就算出現這種狀況也不令人意外。就像庫瑟接受黃都的委託那樣。
「前陣子，第六將的部隊來過後……新公國的人也為了調查來到這裡。他們說只要協助新公國，就會妥善資助這間教會……！孩子們也可以不必再一邊發抖一邊睡在寒冷的房間裡！雖然我無法戰鬥，但如果是庫瑟老師……庫瑟老師非常強……我認為塔蓮大人一定會對您感到滿意的……！」
「……呼嘿嘿，這樣啊。」
——她不知道庫瑟已經身處黃都陣營。她也以為借用濟貧院寢室的那些人真的是他們所自稱的商人。
「我真的害妳過得很辛苦啊。對不起，莉佩露妹妹。」

她完全沒想到，庫瑟竟然正在前往暗殺新公國首腦警戒塔蓮的路上。

「……我沒辦法幫助妳。我的拯救方式完全不行啊……真的很對不起。」

「庫瑟老師……」

在她說出下一句話之前，耳邊傳來猛烈的風切聲。

是箭矢。庫瑟以戰鬥專家的直覺反射性地躲過了攻擊。

「……！」

他知道那是在走廊的另一端，躲在莉佩露後方的伏兵朝他的頭部發動的狙擊。

那個人毫無疑問是莉佩露帶來的特務，他打算殺了庫瑟。庫瑟立刻滾到地板上，抄起天使圖案的大盾。

「為、為什麼……等一下！」

莉佩露困惑地大喊。

「不要殺了他！」

「別擋路！那個男人和黃都有勾結！」

新公國的特務冷酷地下了判斷。他一邊說話一邊搭上第二支箭，毫不放鬆地盯著庫瑟。

（是一開始就被新公國發現了嗎，還是他們原本的目標並非這支運輸部隊？都是因為那個叫第六將的傢伙多此一舉，才會讓提高警戒的新公國調查兵潛入這個據點……該死。）

就算西多勿再精明，應該也無法預料到會和第六將自行調動的部隊錯身而過。這是各自具有獨立裁量權，卻又都擁有同等權限的黃都二十九官制度的缺陷。

追根究柢，提議以莉佩露所在的這個教會濟貧院為寄宿地點的人，就是庫瑟自己——

「這個世界還真糟糕啊……！」

「那些商人的身分也是偽裝的吧，擦身之禍庫瑟！」

鏗——沉悶的聲音響起。

「呿……！」

那是右手的護甲架開從背後接近的另一位特務手中的短劍的聲音。

同時他將大盾往前舉形成牆壁，截斷弓箭手的彈道。

「庫瑟老師！」

莉佩露大喊著。她沒有錯，莉佩露只是為了她所重視的人們而選擇了最佳的做法。擦身之禍庫瑟也是如此。

「我沒事！」

他以盾牌擋住接連飛來的箭矢。短劍士兵則是像蛇一樣從低處死角對準庫瑟的臟器猛攻。庫瑟之所以能應付兩名訓練有素的刺客的聯手攻擊，全是因為他專心在防守上。

接下來更有兩名、三名士兵無聲無息地出現。管理設施的莉佩露已經與新公國合作。敵人能潛伏的地點要多少有多少。

「……拜託了，不要殺我啊……！」

樓上的黃都兵有可能察覺異狀而趕過來。不過這些敵人很明顯打算搶先一步捉住庫瑟與霓悉洛——或是殺了他們。

「嗚喔，喔喔！」

他流著冷汗撐過對方的猛攻，且勉強閃過看準其防禦空檔刺向腹部的短槍。在這種狹窄的走廊上，他難以運用擅長的大盾。

短槍士兵對同夥說：

「他很會防禦呢，身手比黃都的正規士兵還優秀。」

「……如果樓上的商人是黃都兵，那就不能再浪費時間了。放棄生擒吧。」

「了解。」

前方兩人，後方四人。敵人同時從前後兩側默契十足地發動刺擊。那是對付具有強大防禦技術對象的最佳手段，以人類的身體構造無法及時防禦的飽和攻擊。

也是庫瑟最「不想遇到」的攻擊。

「呿——」

大盾晃動，護手發出撞擊聲。他打碎輕鎧，踢出的鞋底打掉了槍尖。

庫瑟以一個人類所能發揮出的驚人極限反應撐過了這波攻勢。可惜仍有一把長劍穿過其防禦，碰到他的身體。

應該是這樣才對。

然而握著長劍的士兵卻突然倒下。

「——」

周圍士兵立刻提高警覺，同步散開。有人猜測倒下的士兵是中毒了。另一個人則是判斷他遭到藏在祭司服底下的暗器襲擊。

至少可以肯定的是長劍士兵就這麼臥倒在地，再也無法起身。

此人已經喪命，毫無任何前兆。

「……所以我就說不要『殺我』嘛。」

殺手露出毫無氣勢的笑容。照理來說，剛才那一瞬間他應該沒有任何發動反擊的機會才對。

「距離……拉開距離從遠處射擊！」

其中一位士兵壓下對這般怪異狀況的恐懼，低聲說道，周圍的人點了點頭，照著他所說的去做。庫瑟臉上雖然裝出輕佻的笑容，掌心卻滿是冷汗。

（……以遠程武器的速度，我的盾牌還勉強能擋住。接下來只要拖延時間……）

然而士兵搭箭對準的目標，卻是癱坐在走廊角落動彈不得的莉佩露。

「……！」

庫瑟立刻衝進弓箭的彈道護住莉佩露。

就在扳機扣下的前一刻，射手反而先倒下了。死後抽搐所觸發的箭矢擊中了天花板。

「娜斯緹庫……！」

庫瑟低喃著不在現場之人的名字。短劍士兵們沒有放過他毫無防備地露出破綻的瞬間，紛紛殺了上去。其中一人的刀刃被護手擋住，另外兩人則是照樣因某種神祕因素而癱軟在地。

「這傢伙——」

特務的人數如今已減少至三人。

太詭異了。這場走廊上的戰鬥，理論上應該對取得地利，擅長暗殺作戰的新公國士兵片面有利才對。事實上雙方交手的過程也反應了這點。

無論是不可能反擊的猛攻，或是庫瑟無法察覺到的奇襲，都被莫名其妙的死亡阻止。誰也不知道究竟是什麼原因造成的。擦身之禍庫瑟至今仍毫髮無傷。

「呼嘿嘿……」

「這傢伙是怎麼回事？」

他毫無疑問擁有一流的防禦技巧。但即使如此，那也不是什麼超脫常理的技術。他身上找不到任何讓這麼一位聖騎士被視為「教團」最強殺手的理由。

「……你們沒學過這句話嗎？小時候沒在教會上過課嗎？」

宛如牆壁的大盾遮住了「擦身之禍」的身影。上面描繪著天使的圖案。

抽象化的翅膀與光輝，沒有形體的概念。那是「教團」的教義裡，於世界創造之初侍奉詞神的天界使者。

「為惡者——將會受到天使的懲罰。」

「嗚，嗚啊啊啊！」

三人之中的兩人在恐慌中發動突擊。庫瑟依舊打算用大盾的防禦壓制對手——就在此時，側邊的房門開啟，跳出一個影子。

屍魔少女以野獸般的敏捷動作抓破其中一人的眼球，再伸出背後的觸手刺穿另一個的脖子。

「噫、嘔。」

神經被觸手前端金屬端子插入的士兵以不自主的反射動作擲出短劍，精準地插進企圖逃跑的另一位士兵後腦。而他自己也在動作結束後斷了氣。

這一切都在迅雷不急掩耳的流暢動作之中完成。

「嘻，真是好險呢。庫瑟，你沒事吧？」

「……」

庫瑟望著戰鬥結束後慘劇遍布的走廊。他看著死去的士兵們。無論是彷彿睡著的死者，或是被淒慘地撕裂的人，他們都再也不會醒來了。

庫瑟希望能拯救這些生命的想法算是一種傲慢嗎？

「……是啊。謝謝妳，霓悉洛。」

「不客氣。」

他走向最後剩下的少女。

癱坐在地上的莉佩露雙手遮住了臉孔。

「對不起……對不起，庫瑟老師。我真的很希望……老師能成為同伴。我並沒有打算要殺害您。」

「我知道。那只是新公國那些傢伙們擅自出手。莉佩露妹妹一點錯也沒有。妳只是想要讓孤兒們獲得溫飽。我也是如此──」

「可、可是我──」

「……是誰命令妳這麼做的？」

霓悉洛以冷酷的死者眼睛俯視莉佩露。她的絲線觸手看起來就像蜘蛛的網。

「有個叫月嵐拉娜的……女子……她要我當擦身之禍庫瑟出現時，就通知他們……所以我才會答應借宿的事……」

擦身之禍庫瑟是地下世界名氣響亮的「教團」強者，不屬於黃都的人才。這也滿足了利其亞新公國招募的條件。

庫瑟咬了咬牙。他注意到莉佩露之所以一直癱坐不動……聲音顫抖，並不全是因為罪惡感與恐懼。

「……莉佩露妹妹，我能看看妳的肚子嗎？」

「對不起，咳、咳……」

「腎臟被射穿了。」

霓悉洛平淡地做出診斷。在密閉空間激戰時的流矢深深刺入了莉佩露的腹腔。

庫瑟身上的力量只能保護庫瑟自己。沒有力量的人太過脆弱了。

「……如果能讓大家幸福……我也、想和、庫瑟、老師，一樣……」

「……莉佩露妹妹。對不起，我才該說對不起。」

「教團」是一個逐步走向滅亡的組織。註定被利用，遭到捨棄。

擦身之禍庫瑟只能眼睜睜地看著步入滅亡的人們死去。

◆

隔天，庫瑟埋葬了莉佩露。

「霓悉洛，妳曾經死過一次吧？」

庫瑟低頭看著沐浴在朝陽的白色墓碑，開口說道。

「……我想問妳一個問題。妳在死去時看到了天使嗎？」

「『教團』所說的天使不是肉眼看不見，也不會對人說話嗎？更別說教團的教義裡也沒有『去世時將有天使來迎接』這種事。那應該是人們穿鑿附會的想像吧。」

「嗯……說得也是呢。其實我也是這麼認為的。」

庫瑟眺望著天空，望著高高在上俯瞰他們的藍天。
「但是天使是存在的喔。」
就存在於他的視線中。這個世界上只有庫瑟一個人看得見。
純白的頭髮、純白的衣服、純白的翅膀。
那柔順的短髮與纖細的身材有如少年。她的表情從未出現變化。她在想什麼，為什麼會跟隨著庫瑟，就連庫瑟自己也不得而知。
「……我認為，天使也會感到寂寞呢。」
據說那是創世之時——聚集無數「客人」的這個世界剛出現時，從詞神司掌的權能之中分離出來的存在。完成創世之後她們失去了任務，隨著時代改變而消失……又或是人們逐漸不願再看到她們。
於是，遠離塵世的她們變成了只有在「教團」的教義中提及其存在的傳說。
「庫瑟，你——」
霓悉洛順著庫瑟的眼神望去。那裡只有一片天空，除此之外什麼也沒有。
「——一直看著天使嗎？」
「呼嘿嘿，誰知道呢。」
那一定是司掌死之權能的天使吧。她所攜帶的短劍「死之牙」，是一把即使是造成劃傷也能迅速確實地帶來死亡的絕對致死魔劍。

「……就算如此，天使仍一直看著我們。」
天使不會拯救其他人。她只殺死企圖殺害擦身之禍庫瑟的人。
所以庫瑟不帶武器。他為了避免別人被自己所相信的天使所殺，選擇藉由大盾避免死亡危險的戰鬥方式。那是「保護敵人性命」的盾牌。
「畢竟若是不這麼想，我就無法得救了呢。」
有正常思考能力的人應該會斷定這些話是狂熱信徒的妄想吧。就算如此，那種不可能存在的異常性依然造就了擦身之禍庫瑟的無敵體質。
「有名字嗎？」
「……名字？」
霓悉洛雙手揹在腰後，轉頭面向庫瑟。
「天使的名字啊。如果庫瑟能看到天使，那應該知道名字吧？」
「……呼嘿嘿。對啊。談論這種話題會讓我有點不好意思……我從來沒告訴過別人呢。」
他也從未說給沉眠於土裡的莉佩露聽。
「我知道啊，那個名字就是——」
此人乃是除了一人之外無法被世上任何人所察覺的存在。

此人乃是非實際存在的意識體，不會受到任何手段干涉。

此人自創世時代存活至今，保有停止生命的絕對權能。

她是悄然無聲地到來，無影無息地奪去所有生命的死亡命運之化身。

刺客(stabber)，天使(angel)。

靜歌娜斯緹庫。

ISHURA

AUTHOR: KEISO
ILLUSTRATION: KURETA

第二節

新魔王爭霸戰

十一◆因緣

午後時分。當一位斜戴寬沿帽，作貴族打扮的青年出現在堡壘前時，守衛堡壘的士兵們同時低頭行禮。

「西多勿大人，您終於來了！」

「辛苦您大老遠特地來到這處邊境，第二十卿。」

「不必再說下去了。我一直覺得那種死板的客套話很麻煩。」

他輕輕揮了揮手。雖然鍋釘西多勿的年紀與這位守門人的兒子差不多，但是黃都二十九官的地位相當於黃都政府的頂點。

這座大型堡壘所在的梅吉市是距離塔蓮支配的利其亞新公國最近的衛星都市。它被當成黃都方的據點，監視著宣布獨立的利其亞一舉一動。

西多勿直接走進了堡壘，順便將脫下的外衣交給帶路的士兵。

「那位訪客來了嗎？」

「是的，今天早上抵達。」

「是我晚到啊。算了，反正『客人』也不怎麼在意這方面的禮數吧？」

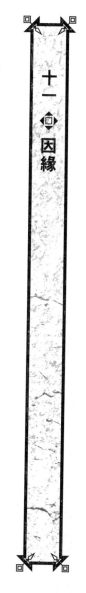

「不一定，聽說每位『客人』的觀念都不一樣。」
他步上階梯打開眼前的門，只見房間裡面已坐著兩名人類。
正確來說，端正地坐在椅子上的只有一個人，另一個人則是直接盤腿坐在地板上。
「真抱歉，發出邀請的我反而遲到了。我是第二十卿——鍋釘西多勿。」
「那、那個——」
坐在椅子上的少女立刻站起身，深深低下了頭。她緊張地全身僵硬。
她似乎受了很重的傷，一隻眼包著繃帶。
「——我叫遠方鉤爪的悠諾。在拿岡……那個被毀滅的拿岡擔任見習學者。非常感謝您接見我們……」
「免了，用不著那些客套話。既然出現了新的『客人』，黃都就無法等閒視之。辛苦妳通知我們了。」
「不會……這、這沒什麼大不了的。」
「好了。」
西多勿隨口請少女回座後，便以謹慎的眼神望向盤腿而坐的男子。
——「客人」。有可能顛覆這個世界的知識、常規、既存概念，超脫於世界的異物。過去出現的魔王自稱者將近半數都是「客人」。
另一方面，他們也是為這個世界帶來恩惠的存在。例如鳥槍的普及，引進裝備鳥槍的狙擊兵與獵兵，用產自這個世界的通信礦石製造通信機的技術，還有以公制統一人族的長度單位等等。都是「客人」將他們帶來的知識融入這個世界的例子。

「那位就是『柳之劍』吧。」

「啊……那個，不用那種稱呼不行嗎？我叫宗次朗。」

「那是不錯的別名啊。是那邊那位悠諾幫你取的嗎？」

文官咧嘴而笑，將椅子反過來跨坐上去。近距離俯視著坐在地板上的宗次朗。

宗次朗轉動有如蛇的渾圓眼球，抬眼望向西多勿。

「敵人是前第二十三將——警戒塔蓮。她組織鳥龍軍隊，從世界各地收集魔具與傭兵。我想要在新公國與黃都正式進入戰爭狀態前——在市民受到戰火牽連之前，儘快分出勝負。因此我將這項任務交給你們。」

人族最大的國家減緩物流速度，探查敵人內情的舉動當然有其用意。

那就是延後開戰時機，讓敵人相信雙方還不到正式對立的階段。然而假裝不願因為先發動攻擊而喪失正當名義，實際上卻準備動手暗殺的卻是黃都這方。

「選出『勇者』的比賽還沒開始嗎？」

「還要半年以上的時間喔。黃都是這個世界最大的國家，若想參加那個最大國家的比賽，當然也得具備足夠的資格。到這裡你都能接受吧？」

自豪擁有無雙之力而打算參加御覽比武的勇者候補者，人數多到數也數不完。

這位宗次朗也是有此打算的勇者候補者之一，就和擦身之禍庫瑟一樣。

「因此會有一場測試是否擁有勇者候補者最低限度實力的試驗——『預選』。如果能在與新公國的爭端中建立顯赫的功績，二十九官中就會有人推舉你為候補者。這點我可以向你保證。」

「只要能和有趣的對手幹架，我都無所謂。對手是什麼樣的傢伙？」

「你的意思是『辦得到』嘍？」

坐在宗次朗旁邊的悠諾一副惴惴不安的樣子。她戰戰兢兢地在宗次朗耳邊悄聲說道：

「宗……宗次朗，你別這樣。西多勿大人是一位大人物耶。你的語氣應該恭敬一點。」

「啊？那我該怎麼做？」

「呃……像是……非、非常感謝心胸寬大的閣下為在下這位無依無靠之人做出如此深的考量，之類的……總之不要對大人失禮……」

「喔。」

宗次朗半張著嘴點了點頭。然後他伸出拇指比著悠諾，鄭重地對西多勿說：

「就當作我用這種方式打過招呼了。」

「我都聽到啦。你們啊，要是換個對象可能處境會很不妙喔。」

西多勿露出了苦笑。自從坐上二十九官的位子後，已經很少有談話對象能讓他像這樣表現出符合年紀的輕鬆態度了。

不過他之所以不介意對方擺出這種無禮的態度，也是因為宗次朗具有身為「客人」的實力保證。雖然鍋釘西多勿是位會心血來潮做出施惠於擦身之禍庫瑟那種事的男人，但他並沒有對個性叛逆的人特別寬容。即使人民讚揚他是年輕的天才，他也知道自己沒有超越典型的黃都二十九官該有的程度。

「悠諾。我知道這場戰爭對妳來說反倒具有一定的意義。妳有把這方面的事對宗次朗說清楚嗎？」

「是的。呃……那個……」

悠諾斜眼看了看宗次朗。

「唔，怎麼啦？」

「難道你忘記了……？」

「啊，我的腦袋不怎麼靈光呢。而且帶路和交涉的事也幾乎都交給妳處理吧。」

「……喂，沒問題吧？」

「不對。他真的、真的有實力……！」

悠諾坐在盤腿而坐打著呵欠的宗次朗旁邊，彷彿要說服自己般這麼說著。拿岡毀滅那天的地獄光景絕非幻覺或惡夢。但是當她看到宗次朗呆頭呆腦的樣子時，不禁認為那副氣勢逼人的劍鬼形象簡直是一場騙局。

「那個，西多勿大人。那位魔王自稱者——塔蓮的手下當天人在大迷宮的情報是真的嗎？」

「千真萬確，妳有知道這件事的權利。」

他收起笑容，直到這時他才將臉正對著悠諾。

「那個人的名字是喜鵲達凱。拿岡的深處有一項重要的魔具……是那個大傢伙的備用動力，名為『冷星』。達凱隻身闖進大迷宮，偷出了那東西。」

「……就是我幹掉那個迷宮的同一天吧。原來還有另一個人在啊。」

「雖然不知道迷宮機魔為何會啟動……有可能是因為那個名叫達凱的男子踏進了最深處……啟動了它。總之事情就是這樣。」

「那頂多是你的推測吧。」

悠諾垂下了眼睛。就像之前仇恨宗次朗那樣，她還在持續尋找復仇的目標。

她不希望那場慘劇最後只是一場單純的災害，必須得有人為此負責。這是可恥的欲望，錯誤的願望。就算是悠諾這般的少女也很清楚這點。

（可是，如果就此放棄，我會變成什麼樣呢？）

——難道應該認為這一切都是莫可奈何，認為錯的不是別人，而是「弱小的自己」，接受這場悲劇的事實向前邁進，過著所謂正確的生活嗎？

「西多勿大人，那個情報——」

悠諾是黃都作戰的局外人，只是個沒有力量的少女。但她還是有個疑問。

「是用什麼方式獲得的呢？那是值得信任的確實情報嗎……」

「哦，不要問太多比較好喔。妳應該明白吧？」

「……明白。」

像是，她猜測有內賊的存在。暗殺是否能在目前情勢下帶來最恰當的結果，塔蓮是否有替身或有能的繼承人，黃都這邊也應該都事先調查過了。

與這個世界最大的國家為敵，就意味著將受到這樣的對付。

「妳不相信我的話嗎？」

「是的。所以我……希望能獲得您的許可。」

不管宗次朗會怎麼想，她都不在乎。反正失去一切就代表獲得了自由。

如果那是悠諾和琉賽露絲應該憎恨的敵人，她相信有必要直接質問對方。

「我也要同行。」

「好吧，妳就去吧。」

西多勿認真聽取了身分差距極大的平民所提出的要求。

十二◇不信

就在這天，雷古聶吉回到中央尖塔時，卡黛的房間籠罩著黑暗。由於她原本就不需要照明，所以雷古聶吉只看到了用來表示她人在房裡的燈火。然而，照理來說她現在應該正在與塔蓮共進晚餐才對。

在雷古聶吉如往常般從窗子進入的前一刻，牠停在半空中。

「不准動。」

牠發出低聲的警告。

房間裡有人的氣息，而且牠知道那不是卡黛。

「——一動我就殺了你。」

「是我啦。」

一道耳熟的聲音這麼回答。

喜鵲達凱。那是以塔蓮助手的身分長期以來在檯面下活躍，讓人摸不透底細的放蕩「客人」。雷古聶吉很厭惡這個男人。

「別那麼緊張嘛。我正在進行搜查呢——有經過塔蓮妹妹的許可喔。」

「我不記得許可過這種事，也不打算和你這種愚蠢劍士打好關係。」

「劍士啊。哈哈哈！真巧呢，我也不覺得能和鳥龍這種東西打好關係喔。」

在屋裡的黑暗中，達凱誇張地抬起雙手。這個男人無論在什麼樣的姿勢下都能發動攻擊吧。比以高速發動為傲的雷古聶吉的詞術還要快……那是連赤裸的雙腳都能像手指一樣靈活運用的魔人。

達凱沒有看雷古聶吉，他突然地問：

「你知道日記嗎？」

「……什麼日記。」

「難道這個世界不怎麼流行嗎？就是將每天的紀錄留在紙上。你知道卡黛妹妹有在做這種事嗎？」

知道。她曾提過把自己與雷古聶吉之間的回憶寫了下來。

「——不知道。原來人類笨蛋喜歡玩那種東西啊。」

「是嗎？但是卡黛妹妹對此似乎感到很開心呢。」

達凱沒有移動，只是用眼神盯著擺在桌上的一本書。他剛才就是在讀這本書。雷古聶吉踩在窗邊，瞪著達凱和書本。

「那又如何？」

「這本書裡沒有寫上文字。而是以一定的間隔打洞，讓人能以手觸摸辨識。如果那位公主大人將和你說話的時間，外頭的天氣……那類資訊轉換成記號，記錄在這本書裡該怎麼辦。你也不認為這是可以記錄的資料吧？」

「……」

——妳明明眼睛看不見，要怎麼寫字？

結束鳥龍軍的出擊後，雷古聶吉一定會回到這個房間和卡黛聊天。牠常常會對盲眼而無法視物的卡黛講述外面的景象。

出擊的日子和返回的時刻。如果再加上對方的軍隊規模情報，就能計算出防空網應對狀況所需要的時間。

「不過你應該不會笨到連軍隊的規模都說出來吧，那種情報應該是由黃都那邊進行觀測後取得。畢竟你是被觀測的人嘛。」

「——那又如何？」

鳥龍首領加深了怒意。具有清晰思緒的牠已經明白了達凱這些話的涵意。這個男人正在搜查內賊的身分。

「你要是敢對卡黛動手……就試試看。我馬上把你大卸八塊。」

「哦？」

達凱冷冷地笑了，斜著眼睛看著雷古聶吉。

「你覺得能打贏我嗎？」

「蠢蛋。」

雷古聶吉張開了雙翼，「某種」不屬於鳥龍的振翅音沙沙地響起。

牠觀察著眼前的「客人」。舉起的雙手沒有拿武器。雷古聶吉的熱術能比他摸到腰際魔劍的速度還快嗎？

（……不行。）

沒辦法從喜鵲達凱的表情判斷他真正的想法。在欺騙與使用暴力上，利其亞新公國裡沒有比這個男人更厲害的怪物。

「吶，雷古聶吉。我從以前就有一個疑問——你的鳥龍群是怎麼回事？」

「……我的鳥龍群怎麼了。」

「你的鳥龍群應該一度被『真正的魔王』消滅了吧。就和卡黛妹妹的眼睛變得看不見一樣……是短短四年前的事。你是怎麼在四年裡讓數量增加到『這種程度』的？」

「你不過就是個人類，知道了又有什麼用。」

這名男子經常穿著長袖的黑衣。雖然沒有實際看過，不過他應該在袖子裡藏了投擲型的暗器。如果是一般士兵使用這些小伎倆，以雷古聶吉的速度還能輕易對付。但如果是達凱來用，就有可能造成致命傷。

再舉個例子。達凱的赤腳腳底稍微高過了地毯。如果他的腳下藏著小小的木片，就有可能在雷古聶吉飛離現場前以木片貫穿其喉嚨。即使是以腳的力量甩出去，對達凱而言連木片都能成為威力十足的殺傷武器。

不僅如此，根據雷古聶吉所了解的達凱的反應速度，他不知道這個男人到底有沒有確切的極限。如果在雷古聶吉結束詠唱之前，達凱的手指能先摸到魔劍劍柄，那就是毫無上限的反應速度。牠應該在此時使出牠的致勝絕招嗎——

「你……」

看到雷古聶吉開口，達凱大方地放下了雙手。

「放心吧。我還不打算做什麼，無論是對卡黛妹妹或是對你。」

「如果要審問卡黛，我得在現場。」

「哈哈，那沒什麼意義啦。如果她真是有膽識做出這種大膽手段的密探，不管怎麼樣都不會鬆口吧——」

盜賊聳了聳肩。

「而且如果她是受到別人的唆使，也不可能知道『那個人』是誰。」

達凱揮了揮手後便消失無蹤，彷彿溶入了夜色之中。

被留在現場的雷古聶吉沉默地低頭看著卡黛的日記。

一看到日記的封面，牠就想起了開心述說著內容的少女所露出的笑容。

（……我不會拋棄。）

牠所率領的鳥龍群已經成為了軍隊，無法回到野生的生活。新公國的庇護是必要的。

牠不會拋棄讓族群生存下去的責任，也不會拋棄牠在這個世上唯一的心靈綠洲。

（我所做的選擇是正確的，無論何時都是如此。）

◆

將豆類和麥子加入多種辛香料燉煮而成的湯、新鮮的燻馬肉、白花花剛煮好的糯米粥、淋上水果蜂蜜醬汁的生菜，以及從遠方依塔其高山送來的白葡萄酒。

警戒塔蓮絕非喜好舖張奢華的將軍，唯有與養女用餐時，會留心準備與其地位相稱的料理。

因為，美食是視力被限制的卡黛尚能感受到的幸福之一。

「然後呢……雷古聶吉離開時用腳扯掉我的披肩，很過分對不對？我看不見掉在哪兒，在房間裡找了很久呢。」

「那還真是糟糕啊。不過那就是雷古聶吉嘛，牠就是一副目中無人的樣子。原諒牠吧。」

「我知道啦，呵呵。」

塔蓮分了一份燻肉放到卡黛的盤子上。卡黛知道她這麼做，並在看不見的情況下靈巧地以刀叉切下肉塊，放進嘴裡。

塔蓮並沒有特別寵卡黛，但每當她看到卡黛這種用餐方式、走路的樣子，甚至是上下樓梯和入浴等日常作息都行動無礙時，都不禁在內心裡感嘆。

卡黛是一位學習能力很強的女孩。在記憶所學之事並予以重現這方面，她具有可說是異能也不為過的吸收能力。

曾因為對「真正的魔王」的恐懼而身心耗弱，形同發狂的卡黛之所以能重新振作到這個地步，全都是因為她靠著自己擁有的力量，重新建構了自己的日常生活。

「……好好吃。」

「是啊，時代變好了呢。」

她簡單地回了一句，露出笑容。在「真正的魔王」的時代，當塔蓮還是卡黛這般年紀的時候，她已經成為士兵上戰場了。由於配給的糧食太過寒酸，她曾經發過誓若是生了小孩，一定不會讓他挨餓。不過因為戰場上所受的傷，這個願望無法實現了。

——戰火的時代、瘋狂的時代。在「真正的魔王」死去的現在，人族究竟是否能脫離那種詛咒呢？

「吶，媽媽。」

「我說過很多次了，別用那個稱呼。否則會對不起妳真正的母親。」

「……嗯，那個……我想拜託妳，不要讓雷古聶吉做危險的事。」

「要說危險，牠的任務一直都是那樣啊。還是說妳有什麼在意的地方嗎？」

「……又要開始打仗了嗎？」

「應該會吧。我是魔王自稱者。黃都……王國無法容忍自稱魔王的人，毫無例外地會出兵討伐。若是到了那個地步，我就必須守護利其亞。」

那也只是說給人民聽的客套話。塔蓮並沒有打算在這場戰爭中維持道德正當性，否則就不可能戰勝強大的黃都。

「黃都從王國時代就維持人族至上主義。利其亞若是歸順於他們……」

——雷古聶吉的族群就無法存活下去了。

從塔蓮最初找到卡黛和雷古聶吉時，他們就在一起了。卡黛相信雷古聶吉是拯救人們的天使。正因為如此，視力正常的塔蓮就不能說出雷古聶吉的真正身分。

——不能說出牠是危害人類，無法與人共存的鳥龍。

「嗯，沒關係的。這只是小孩子的任性……但是……」

卡黛喝了一口湯。她幾乎沒吃多少東西。

「我想知道，媽媽真的只是為了戰爭而藏匿我和雷古聶吉嗎？」

「就像我常說的，你們具有相當重要的戰術價值，除此之外不需要其他理由。所以妳也不應該稱呼我為媽媽。」

正如她所言，塔蓮是以軍事將領的角度利用卡黛和跟隨她的鳥龍所擁有的兵力。無論她們培育出多深厚的親子關係，只要以此為前提，她就絕對無法成為卡黛的母親。

「……我們能夠得到幸福嗎……」

「那是指妳和雷古聶吉嗎？」

「還有媽……塔蓮大人。打贏戰爭，利其亞變得更富饒……與安全之後，大家都能夠過著幸福的生活嗎……」

「別擔心。我可是不敗之將——警戒塔蓮。我很快就會解決與黃都之間的小小糾紛。」

塔蓮輕輕嘆了口氣，溫柔地扶起卡黛。

「妳今天就先休息吧，我好像讓妳擔太多的心了。」

「好的……晚安，媽媽。」

「妳又說錯嘍，卡黛。」

她嘴巴這麼說，臉上浮現的笑容卻寂寞不已，一點也不符合她的將軍身分。幸運的是，盲眼的卡黛看不見她的表情。

「晚安，塔蓮大人。」

「好，晚安。」

十三◇劇變

城鎮的狹窄道路上擠滿了商店，讓利其亞宛如一座以城塞為中心向外發展的迷宮。矗立各處的尖塔反射著一條條細長的陽光，這幅景象讓小小的祈雅受到很大的震撼。

「……這裡也沒比我想像得還了不起嘛！」

她刻意對走在旁邊的愛蕾雅這麼說道。

「妳是這麼認為的嗎？」

「伊他有更高的樹木呢。這裡的水果也沒那麼新鮮。人類的城市果真就是吵雜又狹窄而已。」

天空飛過了一排物體，那不是氣球，而是一隊鳥龍。不過比起這種在其他人族城市不可能出現的天空景象，蔬菜和水果陳列在商店裡的畫面更讓祈雅吃驚。第一次看到人類的各式攤商讓祈雅眼中閃閃發亮，比平時更像符合她年紀的天真少女。

「呵呵，黃都的城市更厲害喔。」

「妳又在騙人……」

穿過商店之間奔馳而去的馬車嚇到了祈雅，打斷了她正要講的話。

她抬頭望著愛蕾雅，重新講了一次：

「……絕對是騙人的。」

「是嗎？老師不會說謊喔。」

——紅紙籤的愛蕾雅造訪這座城市的理由，既不是觀光，也不是幫祈雅上課。萬能的終極詞術士——「世界詞」的實際存在的事實，是讓她在即將到來的御覽比武中獲勝的唯一也是最大的王牌。

因此必須在比賽開始之前，除掉有可能讓人追溯到祈雅與愛蕾雅關連的人物。

（當黃都的暗殺作戰成功後，潛藏的特務也將回國。如此一來要瞞過其他人的耳目下手殺害就變困難了。雖然有些勉強，還是得在這個階段就解決才行——）

最後兩人抵達了城市郊區的一座小公園。公園中央有一座稍微老舊的人工噴泉。樹籬剛好遮住來自街道的視線。

她已經透過其他士兵轉達這座公園的地點與會面時間給今天準備接觸的特務。

「妳是在等誰呀，愛蕾雅？」

「是老師的老朋友，到時候會聊很久的時間喔。」

「……就算是這樣，我一個人留在旅舍會很無聊耶。我絕對不會念書喔！」

「沒老師陪就受不了嗎？呵呵呵，祈雅真是個需要照顧的孩子呢。」

「就說了……！不要把我當小孩子啦！」

祈雅跟來這場會面是預料外的發展，不過因為能在等待時和她聊天，倒也不會無聊。

可能是因為這裡位處連接海洋的河口，從運河方向吹來的風帶了些微潮水的味道。

在公園的長椅上坐了一會兒後，旁邊傳來一道聲音。

「……妳來得真早呢，愛蕾雅。」

那是一位以連帽斗篷遮住輪廓的女子，而且她的身高很矮，就像小孩子一樣。

那是名為月嵐拉娜的黃都密探。

也是將掌握「世界詞」所在地的利其亞諜報兵賣給愛蕾雅，成為她潛入祈雅村莊契機的始作俑者。

「請叫我愛蕾雅老師，拉娜。」

「啊……對耶。妳好像是這個身分嘛。沒問題喔，『老師』。那邊的孩子是妳的學生嗎？」

愛蕾雅祕密地從拉娜那邊接手「世界詞」的搜索，並且以失敗告終——表面上是如此。

「世界詞」是流傳在新公國諜報部隊之間的傳聞，然而根本沒人真心相信萬能詞術士這號人物的存在。除了月嵐拉娜外，沒有其他人知道搜索「世界詞」一事。目前只有可能從她身上追溯到愛蕾雅和祈雅的關連性。而且，眼前的祈雅也不知道這回事。

她目前還不知道。

「……怎麼了？妳也是老師的學生嗎？」

「嗯，差不多吧。以前是啦。我是月嵐拉娜，妳好。」

拉娜笑著摸了摸與她差不多身高的祈雅的頭。

雖然以她為首的利其亞特務此刻潛入了以位於梅吉市的西多勿為核心的作戰中心指揮系統，不過她其實原本是愛蕾雅管轄的暗殺部隊成員。

「妳好可愛喔，叫什麼名字？」

「……祈雅。」

「哦～那麼，祈雅。要不要和姊姊一起去觀光呢？老師的個性太認真了，一定很無聊吧？」

「這個城市……也沒什麼特別的吧。」

「有很大的船喔，畢竟利其亞是水岸都市呢。那是其他城市很少見的遊覽船。」

「船……？」

「在食物方面，這裡的辛香料料理很美味喔。也有搭配米飯的料理。味道和麵包完全不同，相當可口呢。」

「唔……嗯。」

祈雅曖昧地點了點頭，似乎在意著愛蕾雅的視線。她少了之前的氣勢，溫順地低語：

「既然拉娜講到這種程度，好像也不錯……」

「那就決定啦，走吧。」

「拉娜。」

「我知道啦。」

拉娜稍微踮起腳，將嘴湊到愛蕾雅的耳邊。

「我之所以待在這裡，表面上是做嚮導的工作。」

「……什麼時候展開狩獵？」

「快了。獵物已經獲得『星』。雖然特務被殺掉了不少，但也切斷了能追查到我的線索。鳥龍的出擊紀錄不久後就能傳回去。」

「……」

「我在這邊的工作中拉攏了兩位高手：大海的希古爾雷，斬音夏魯庫。當然，如果以暗殺就能分出勝負，就不必擔心對上他們了——萬一暗殺作戰失敗，也可以將實力高強的傭兵變成引發內亂的火種。我有辦法順利煽動他們。」

黃都第十七卿稍微沉思了一會兒。拉娜的作戰目前十分順利，現在就除掉她並非上策。

應該先預估黃都即將行動的時間點，在此之前繼續執行原本的作戰。等到兩人離開利其亞進行會合後，讓她就此失蹤。當搜查人員快找到城市外的愛蕾雅時，再利用塔蓮遭到暗殺的混亂掩蓋整起事件。

「我明白了。老師也要一起來嗎？」

「……愛蕾雅先回旅舍也沒關係喔？」

「哈哈，別這麼說嘛，祈雅。別看老師那樣，她其實很怕寂寞喔，是吧？」
「拉娜，妳的大嘴巴習慣好像還沒改過來呢。」
「別這麼說，多虧了這點我才獲得這樣的工作。」
「我很感謝老師喔。」
拉娜天真無邪地笑著。不是因為特務的身分，而是她打從心底如此認為。

◆

「祈雅，妳還醒著嗎？想不想睡？」
「嗯……沒有問題……」
「看來已經不行了。」
被愛蕾雅揹著的祈雅似乎玩到精疲力盡。
傍晚，市場的燈火照映出了路。雖然尚不及黃都，但這裡仍是一個路燈與夜間商店林立，充滿活力的富裕城鎮。
「……塔蓮將軍是個優秀的為政者呢。」
「算是吧。正因為如此，她也有著強烈的責任感，認為自己必須打理一切……如果塔蓮的人望稍微差了一點，事情就不會演變至此了。」

「妳是這麼想的嗎？」

「待在這裡久了以後就會知道。利其亞的獨立——塔蓮之所以自封為王，就是因為她的人民如此期望。她有資格稱王，而他們想要自己的國家……從以前開始的每一位魔王自稱者或許都是如此吧。」

那些人之中有人比黃都第二十三將更聰明、更有人望、武力更強。

但是，能夠脫離黃都的體制，只憑一人之力運作整個國家的人物一定只有她吧。

「……妳知道酒吧裡的人怎麼談論嗎？大家都把和黃都的戰爭當成慶典之類的活動。他們認為只要有無敵的鳥龍軍和不敗的塔蓮就一定能獲勝。根本不曾想過敵人可能會攻進他們家裡。」

「如果是塔蓮將軍，應該很快就能攻陷建於平地的梅吉市吧。只要以該地為基地構築鳥龍的大範圍防空網，只能使用陸路的黃都軍就失去了推進軍隊的手段。」

「哼，妳明明只是文官，原來也懂戰術嗎，愛蕾雅老師？」

「她曾經教了我不少事。雖然到頭來我一次也沒能向她道謝。」

「哈哈哈。事到如今，妳該不會同情她吧？若不殺了那個人，就會再次爆發全面性戰爭。『真正的魔王』明明已經死了，那樣對誰都沒有好處。無論如何，如果不除掉她事情就會很麻煩。」

「……是啊。」

拉娜在戰爭時期以諜報公會「黑曜之瞳」一員的身分幹過許多骯髒的勾當。她有過背叛所屬組織，單獨投靠黃都的經歷。

「總之呢，我在這裡的工作也快結束了，之後會回到黃都悠閒度日。下次就做個真正的嚮導吧……」

她們一邊聊天，一邊走在燈火通明的利其亞裡。天空中不時有鳥龍飛過，偶爾會有幾位居民抬頭仰望牠們。

人族與龍族的共存。如果那真的是可能做到的事，究竟會有多少人因此得救呢？如果警戒塔蓮能堅守理想與義務，過完她的將軍人生。或許有些人就不會喪命了。

當街上的景色逐漸暗了下來，眼皮沉重的祈雅坐在商店的椅子上休息時。拉娜告知愛蕾雅她們要去買玩具當禮物，離開了兩人。

當然，愛蕾雅立刻開始跟蹤她。不能讓月嵐拉娜離開自己的視線。

「……！」

走到一半，她突然躲進轉角旁高高堆起的貨物陰影裡。她原本是跟在拉娜的身後，此時巷子遠處的人影卻有兩個。

「……所以呢，根據塔蓮妹妹的說法，我們之中出了內賊喔。」

「哦，那又如何，達凱？」

那一位是頂著髮梢染過色的黑髮，穿著執事服，眼神銳利的男子。他的五官端正，乍看會讓人誤以為是女性。男子單手把玩著奇特的曲劍，擋住了拉娜的去路。

「如果我說是卡黛妹妹，妳有什麼想法？」

「不管我有什麼想法，都是大事件耶……那代表塔蓮的養女親自洩漏情報啊。」

「那個女孩有在寫日記，很讓人驚訝吧？我來自的『彼端』也有那種文字。那是眼睛看不見的人也能用來讀寫……被稱為『點字』的東西。」

「……」

「這個主意很高明呢。誰也無法想到全盲的女孩會記錄並外洩情報。而且不在場證明也很充足。妳一直待在城市外面尋找夏魯庫或希古爾雷那樣的傭兵吧？當妳不在的期間，卡黛妹妹就替妳代為『記錄』。」

晴天的卡黛能直接向鳥龍的統率個體詢問當天的動向，是除了塔蓮以外唯一的特權人士。而且，像月嵐拉娜這種膽子夠大，且因其功績深受信賴的人也很容易偽裝成她的傭人或教師。

「接下來，只要回國後抄下日記……再用某種手段交給外面的人就行了。萬一卡黛妹妹遭到定罪，這項離間的成果就會成為妳的一大功勞。」

被稱作達凱的男子語氣十分肯定。那是自認在洞察或戰鬥能力上完全超越對手的堅定信心。

「曾屬於諜報公會成員的妳，有利用孔洞的數量與排列製作暗號的經驗吧？以卡黛妹妹的記憶力，應該也能記住那種暗號。」

「喂，既然你這麼說，有證據嗎？」

「抄本。回到利其亞之後，妳就將抄本和點字機一起收回去了吧？……但是抄本與點字機不同，在還沒交給外面的人之前還不能銷毀。」

看到達凱從懷中取出的一疊紙，拉娜不禁倒退了幾步。冷汗陰森地反射著路燈的蒼白光芒。

「……你是怎麼辦到──」

「『怎麼辦到』？妳問我是如何找到藏物地點嗎？哈哈哈哈！喂喂，妳怎麼會問身為盜賊的我這個問題啊？沒有我打不開的鎖，更沒有找不到的藏物地點啦。妳怎麼會問隻身攻破拿岡大迷宮的我那種蠢問題啊？」

「該死，就只差一點了……！」

「我也常常對塔蓮妹妹這麼說喔。」

雙方的技術處在不同的次元。無論自豪為菁英的黃都諜報兵隱藏得多麼巧妙，面對超脫正常世界的技術，她絕對比不上對方。那就是「客人」。

「我做得很不錯吧？」

目擊拉娜被帶走的整個經過，愛蕾雅的心臟跳得飛快。她很幸運。不只是那位「客人」沒有發現自己，還有當他接觸拉娜時，自己沒有追上去。

（不對。現在──不是慶幸的時候。）

目前的問題已經不只是隱藏「世界詞」了。必須儘早封住拉娜的嘴才行。能夠做到這件事的存在，目前除了紅紙籤的愛蕾雅以外應該沒有其他人了。

月嵐拉娜涉入作戰的程度相當地深，不是一般基層特務士兵可以比擬。倘若她招出一切，黃都的作戰將會全盤失敗。不到明天早上，搜查人員也將找上當天與她見面的愛蕾雅與祈雅。

到了那個時候——即使祈雅的力量是無敵的，愛蕾雅卻不是如此。

「……愛蕾雅，怎麼了？」

聽到背後傳來睡眼惺忪的聲音，愛蕾雅不禁縮了一下身體。

不知道什麼時候醒來的祈雅追著她跟了過來。

「拉娜她……」

「咦……妳還好嗎？妳在發抖耶，愛蕾雅。」

「……拉娜被壞人捉走了。」

祈雅那不懂得懷疑他人的無邪碧眼如寶石般反射著夜晚的光芒。

「得……得去救她。」

——有可能嗎？

只要使用她的全能詞術之力，在天亮之前就能不留下任何痕跡，連祈雅自己都還沒搞清楚情況下，殺了月嵐拉娜……再逃出利其亞新公國。這是有可能的嗎？

十四◆遇敵

太陽低垂的傍晚時分。有支軍隊行進於黃都軍駐紮的梅吉市與利其亞新公國邊界的平原上。那是從黃都派遣，由正規兵組成的巡邏部隊。

遠方鉤爪的悠諾與柳之劍宗次朗也與他們同行。名義上是為了讓宗次朗熟悉作戰目標利其亞附近的地形，不過同情滅亡拿岡倖存者的悠諾的部隊長想和她聊天的成分居多。

「……黃都與新公國處於敵對關係的事，我已經從西多勿大人那邊聽說過了。」

在騎兵背後緩緩搖晃的悠諾向旁邊馬匹上的部隊長詢問：

「既然如此，我們以這種武裝狀態接近，利其亞那邊不會譴責嗎？……當然，我知道這只是外行人多餘的擔心啦。」

「嗯，妳的想法可能有點錯誤。雖然我們和新公國的確處於一觸即發的狀況，在表面上卻仍然維持友好關係。雙方簽署了條約，給利其亞考慮是否取消獨立，投入我方旗下的緩衝時間。嗯，況且這趟巡邏任務還是應新公國的請求進行的。」

「咦……是這樣嗎？」

「由於附近經常發生強盜襲擊的事件，管轄梅吉市地區的黃都單位也必須努力維持治安。既然黃都不承認利其亞獨立，那我們當然就該負起維安的責任。也就是說，必須做這種形式上警戒兼討伐強盜的任務給別人看。」

「可是所謂的強盜……」

襲擊利其亞攻擊其經濟的強盜也只是表面上與黃都沒有關係，實際上是他們唆使的武裝勢力。站在與暗殺作戰有一定程度關連的悠諾的角度來看，應該也能推測出檯面下的關連。

換言之，這趟巡邏任務對黃都而言完全是一場自導自演的戲。

「嗯，妳不用在意啦。某種程度上這是眾所皆知的事，新公國那邊也應該心知肚明吧。所以這只是單純的騷擾行動。浪費出擊的力氣與金錢，一點一滴削減士氣。等到我方做出踰越的行動時，就可以當成開戰的藉口。效果雖然很小，但也沒什麼風險。畢竟警戒塔蓮是一位沒什麼破綻的將領啊，嗯。」

「……那個，隊長。戰爭真的是無法避免的嗎？」

那或許是非常愚蠢的疑問。就算如此，聽到黃都與新公國之間的情勢後，悠諾就一直思考這件事。

「喂，我會傷腦筋喔。」

從部隊長相反方向傳來的聲音插入話題。是徒步跟隨隊伍的宗次朗。即使馬匹在巡邏時的速度很快。他仍舊以令人難以置信的輕鬆模樣跟著隊伍，一點疲勞的神色也沒有。

「我是聽說能和值得砍的傢伙打架才來這裡。如果什麼事都沒發生可就傷腦筋了。」

「對方怎麼可能知道宗次朗的想法嘛。」

「那是當然的。我乾脆直接跟那個叫塔蓮的傢伙見面開戰好了。」

「……那個，對不起，隊長。他是不懂這個世界狀況的『客人』……」

——戰爭很討厭，人的死亡很可怕。

在「真正的魔王」的時代，那種事已經夠多了。

「彼端」世界的價值觀也是如此嗎？柳之劍宗次朗缺乏那種一般人的感受性。即使置身於拿岡的燃燒地獄景象之中，他還是笑了。

「在和平的努力上，我們……黃都也持續做了不少努力。畢竟警戒塔蓮原本就是黃都的第二十三將。嗯，我方不是沒有考慮過。也提議將利其亞定為獨立特區，取消魔王自稱者的認定喔。但是……」

「他們不但僱用了一群鳥龍。到頭來也沒有停止增強軍備吧。」

「……！」

——而且，他有時候會像這樣做出敏銳的觀察。即使跳脫了正常人的常識與倫理觀念，他仍遠比悠諾更能精確掌握局勢的重點。

「嗯，鳥龍呢，很糟糕啊。那是明顯超出人類控制的危險力量。塔蓮沒打算避開戰爭——她果然就是『魔王』，她企圖取代人族從一開始就延續至今的王國，自己建立新秩序。在『真正的魔王』的威脅平息的這個動盪時代，再次引發戰爭。」

「……」

「她是沉迷於戰爭的修羅。」

悠諾緊閉著嘴，想起和琉賽露絲談論過的話題——王國接下來會變成什麼樣呢？

在歷史上消滅無數魔王自稱者，從龍與大鬼那些強大種族的手中贏得生存圈的王國所擁有的力量與文明，到頭來完全無法戰勝「真正的魔王」。連具有兩千年以上歷史的王國都在體制上變成了合併後的黃都。

王的力量不再像過去那樣絕對崇高了。在這片大地上，或許有著認為必須出現新秩序的人。

「悠諾，喂。」

「……怎麼了？」

「有敵人喔。」

宗次朗的話讓她渾身一涼。

部隊長也號令後方的士兵停止前進，注視著宗次朗所看的那個點。對象不知從何時開始就在該處。雖然距離還很遠，不過已經可以看到對方就在丘陵的山腳下。

那不是軍隊，甚至連部隊都不是。佇立於該處的只有兩個人。

（——完蛋了。）

這是她腦中閃過的第一個念頭。

（不逃不行。現在，立刻。）

理性清楚地辨識了眼前的景象，只有兩人。即使對方與我方的人數差距非常明顯，悠諾的大腦卻只固執在那個想法，無法做出其他任何的思考。

恐懼擠壓著自己的肺。連沒有什麼戰鬥經驗的她都有這樣的感受。那種感覺就和迷宮機魔啟動的那天一模一樣。

「警戒陣形。」

部隊長壓低聲音的指示聽起來也像是來自遙遠的遠處。

遠方影子的輪廓是披著襤褸的純白骸魔，以及整個身體被氣根包覆的根獸。

「那邊的兩位，站住。我們是黃都軍。應利其亞新公國的請求正在進行巡邏任務。請你們報出名字和展示通行許可證。」

「──你很會演鬧劇嘛，隊長大人？」

骸魔慵懶地扭了扭頭。他的右手握著與自己身體同高的純白長槍。

「你竟然問我們是誰？該不會你出來獵捕強盜，卻沒料到會『撞見真正的強盜』吧？」

「……涅庫歐、利塔，嗯，帶著後方三人回到堡壘。向作戰中心回報──」

嘰──一道悠諾幾乎沒聽過的尖銳聲響起。

與其說是風，不如說是閃光。那是骸魔的長槍與宗次朗的劍激烈撞擊所發出的突破音速的異音。

（咦？）

骸魔的白槍就在差點砍斷部隊長脖子的前一刻被彈開。

絕速。悠諾的眼中只看到襤褸翻飛的殘影。

就在此刻，在還沒眨眼的瞬間之前，這個敵人與黃都軍之間明明應該還有六十步以上的距離

才對——

「——唔。」

闖入部隊長與骸魔之間的宗次朗愉快地笑了。

他不是以視力，而是以第六感看到了在場任何人，包含宗次朗「自己」都來不及看到的長槍攻擊軌道。而且還精確無比地將刀刃瞬間湊向長槍。

「你這傢伙很行嘛。」

「原來如此，有可以跟上這把長槍的人啊。」

骸魔低語著。

喀嚓——不似刀劍撞擊的巨大聲音轟然作響。只有宗次朗與夏魯庫才能辨認出來，那是武器在剎那間猛烈交鋒三回的聲音。

「——哦，抱歉啦。剛才那劍已經是你的全速了嗎？」

「……！」

宗次朗發現自己被砍中了，劃過肩膀的創傷甚至還來不及噴出血沫。

「你看起來就像僵著不動喔。」

「這個骨頭話還真多。」

宗次朗迎擊的劍跟不上對方速度。另一方面，質量較輕的夏魯庫利用剛才的一陣交手，讓宗次朗揮劍的勁道將他自己彈開，拉出距離。在這個距離下，長槍的槍刃可以單方面碰到對手。

他以誇張的速度與異界的「客人」來回交鋒。斬音夏魯庫的槍快得看不見。

（右上臂、鎖骨。）

宗次朗看得見。若只憑持槍之手的起始動作與動作的跡象預判，不管如何都來不及反應。本能與經驗。他以精確得形同預知能力的戰鬥常識看穿對手下一步的動作。

（鼠蹊部、左大腿動脈、心臟、右耳——）

空氣瞬間爆發。一隻手放開了劍柄。宗次朗的劍將瞄準右上臂的白槍往上彈開。長槍畫出不可見的軌道，攻向鎖骨。以劍柄前端撞偏。槍尖在空中迴轉，如閃電般刺向鼠蹊部。一如預測。稍微刺中後直接劃向左大腿。空手。放開劍的手以手背從側邊撞離。敵人拉開距離。這一切的發生比爆出火星的速度還快。

「——沙！」

伴隨著摩擦聲般的呼吸，宗次朗發動突擊。同時，夏魯庫瞄準心臟的突刺卻因預料外的貼近而偏離了致命的軌道。骸魔扭轉身體。宗次朗的縱劈深深地砍進了他的身體。

沒有觸感。

（肋骨間的空隙。）

劍「穿過了」骨頭。骸魔的骨架裡不存在正常該有的內臟器官。

「了不起的毅力，咯咯咯。」

夏魯庫再次使出足以殺死常人數十次的絕速連擊，一邊開著玩笑：

「看來我會打到骨頭都散了。」

「無聊，我會真的拆了你的骨頭。」

在驚人戰鬥的後方，部隊長咬牙喊道：

「手別停下來！弓箭就定位！目標不是骸魔……而是根獸！」

另一邊，宗次朗猛踩一腳揮出沉重的斬擊，夏魯庫再次利用反作用力往後退開。

「吁……」

「……希古爾雷，我擋住這個劍士。去搶馬。」

在速度上，斬音夏魯庫是壓倒性地快。就算如此，柳之劍宗次朗的戰鬥直覺更是超越了那項要素。即使以夏魯庫的絕快速度，也無法持續在對他有利的距離交戰。

具有常理來說無法防禦之肉搏戰鬥能力的兩者，陷入了不可能發生的膠著狀態。

「這個敵人對你負擔太重了，你先走，希古爾雷。」

「好的。」

與夏魯庫一同行動的根獸緩緩走向前。

即使受到「客人」與骸魔那超乎尋常的肉搏速度震撼，黃都士兵的反應也絕對不算慢。他們是訓練有素的黃都正規部隊。在這個時間點，他們已經準備迎戰看似危險至極的根獸。

他們的手指撫上箭袋的箭矢，握住槍柄。有的人則調轉馬頭準備回報。

「搶下馬匹。已在攻擊範圍內。」

藤蔓「啪」一聲地散開。

「——迎擊！」

一位黃都兵大喊。

無數的藤蔓化為一道洶湧海潮淹沒了軍隊。

帶著高超技巧的殺意之浪遠比馬匹奔跑速度還快，遠比箭矢飛行速度還快。而且，大海的希古爾雷甚至還在四十步的遠距離之外……

面對直撲而來的植物鞭子，士兵們有的以盾牌閃避，有的企圖揮劍斬落——但是每一條藤蔓似乎都有著巧妙的運動神經，繞過了防禦，精密地穿過甲胄的縫隙，砍傷了他們的皮膚。

「嗚！」

「咕！」

「嘎！」

「唔……」

眾人發出呻吟，那不是致死的哀號。大海的希古爾雷同時發出的四十二道斬擊沒有造成必要以上的深入傷害，而是鑽進鎧甲的縫隙，只造成最低限度的擦傷。

此時只剩仍與夏魯庫進行攻防的宗次朗，以及因為雙人共乘馬匹，前方騎師幫她擋下攻擊的悠諾奇蹟似的沒有受傷。她看著眼前因劇痛而呻吟的騎師後背。

「好、好燙……嗚，好燙……」

「啊、啊啊。」

悠諾陷入恐慌。

眼前騎師的痛苦的模樣太詭異了。強壯的大人、最強的黃都士兵，有可能只因為劃過下巴的擦傷就發出哀號嗎？悠諾立刻轉頭看向部隊長。

「隊……隊長！隊長，你還好嗎……！」

「……不、不是致命傷。嗯。雖然被擊中鎧甲的縫隙，咳、咳！」

「隊長！」

部隊長沒從嘴巴裡咳出什麼，而是他的眼窩冒了出液體，乳白色的詭異液體。

是根獸毒，它能溶解神經。悠諾從喉嚨發出無聲的慘叫。

「——！」

接著，悠諾前方騎師的鎧甲突然滑落。

她看到鎧甲裡的人體已經失去形狀流到地上。逐漸溶解、逐漸崩散。

悠諾眼中所及的全體部隊成員都像這樣遭到溶解。沒有任何人逃過一劫。剛才的藤蔓海浪正是吞噬一切的死亡海嘯。一波就結束了交戰。

「悠諾！」

宗次朗一邊與夏魯庫進行激烈的交鋒，一邊大喊著。

雖然他砍斷襲來的希古爾雷毒劍，卻還是被壓制在原地一步也無法移動。那可是連拿岡的迷宮機魔都能劈開，不知恐懼為何的異界劍豪啊。

「快走！妳會死啊！」

「可、可是，我！」

「——好的。讓妳走。」

那是有如樹葉沙沙晃動的聲音。

「噫……！」

聲音從距離悠諾的極近處傳來。大海的希古爾雷就像樹根纏繞般纏上了悠諾座騎的軀幹。

「救、救命……！」

「好的。我會救妳，因為我必須離開現場。」

悠諾恐慌不已。雖然速度超越宗次朗，令人摸不清底細的骸魔也是超越想像的威脅，但這隻根獸的戰鬥能力更是蠻橫不講理。

面對以措手不及的速度逮到世界上最大國家的一整隊軍隊，一擊毒殺他們的怪物，又有誰能打贏牠呢？

「請妳騎馬前往利其亞。我不會駕馭馬，所以由妳來做。」

「嗚、嗚……可是我……」

根獸的淬毒短劍在視野的角落反射著精光。

「拜託妳。」

「……」

只有她活下來並非偶然。希古爾雷只是聽話地執行回到利其亞的命令。根獸從一開始就打算留下一位能騎馬的人，殺光其餘的對象。那個選擇就是最容易屈服於恐懼，最沒有忠誠心的人……遠方鉤爪的悠諾。

悠諾難堪地落淚哭泣。她很弱小。不具備宗次朗那種超乎常理的強大力量之人，除了被世界的不合理壓倒外沒有其他的選擇。

她被迫拉起韁繩，騎馬而去——留下還在繼續戰鬥的宗次朗。

悠諾為了剛才的作為而後悔地咬緊嘴唇。

「……為什麼……為什麼……我要求饒呢……！」

十五◆霹靂

傍晚接近天黑時下起了雨，雨勢逐漸增強。在黃都駐紮的梅吉市堡壘出現的一支部隊也以外套裹緊身體，擋住寒冷與雨水。

「──有什麼事，大叔？你要是來礙事的，我會把你趕回黃都喔。」

執勤室裡的西多勿對突然到來的訪客明顯地感到不悅。

身為第二十卿的他負責指揮塔蓮的暗殺作戰，必須監視新公國的動向，一刻也不得鬆懈。更沒有奉承老將的時間。

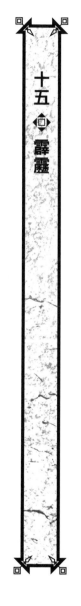

「我是正式派來的支援。也已經向議會申請臨時出擊。手續上沒有問題！」

「我說過不需要。你聽不懂嗎？」

「可、可是……唔……！」

來客是與西多物同為黃都二十九官的初老武官，第六將靜寂的哈魯甘特。西多勿明確地厭惡這個執著於名不符實地位的男人。

據說前陣子他討伐熛灼維凱翁失敗，造成其手下的槍兵部隊半毀。如果只是這樣那還好，但是他還晚報告了行軍路徑，導致西多勿的投宿之處對運輸作戰造成干擾，在半路上引來不必要的麻煩。

而他所帶來的士兵人數一看就讓人無法放心，沒有補充戰力的效果。

「就算大叔待在這裡，也只會白白導致士兵們的混亂。我不打算交出現場指揮官的位子。你如果堅持要支援，那就把士兵留下自己回黃都。」

就如同第二十卿西多勿批評年紀能當自己父親的第六將所代表的意義，黃都二十九官不存在以年齡或資歷訂出的表面上下關係。

因此以士兵的角度來看，這只會造成現場出現複數的指揮系統。無論哈魯甘特是一位多麼無能的將領，也應該沒愚蠢到無法理解這種事。

「不是這樣的！這裡需要對付鳥龍的專家！你至少知道對手不是一般的鳥龍吧！」

「……喂，你瞧不起我嗎？你覺得我在對付塔蓮的鳥龍軍時，什麼也沒有準備嗎？我是不是應該難堪地哭出來？快滾啦。」

「什麼塔蓮？不對，問題不在這裡！」

哈魯甘特一拳槌在桌子上。

不管西多勿會怎麼想，這對他都是最迫切的問題。

「『星馳』要來了！」

第六將的士兵人數雖少，但所有人都準備了對抗鳥龍的完整裝備。那不是為了對付利其亞新公國的鳥龍軍，而是準備面對更強大的敵人。

「……星馳阿魯斯？那傢伙會來這裡？」

「新公國從那個拿岡大迷宮奪走了『冷星』！從迷宮裡，比『星馳』早了一步！你覺得那傢伙有可能當作沒看到嗎？你不認為那傢伙會翻遍整個地表把那東西找出來嗎？即使是這座梅吉市，也有可能與新公國一起被牠襲擊啊！」

「那又怎麼樣？如果大叔你的意思是能用那些裝備幫忙打『星馳』的話，我是很歡迎啦！但是拜託你老實點——」

就在此時，巨大的衝擊撼動了整座堡壘。

「……」

「哦啊！」

哈魯甘特難堪地當場摔倒。巨大的戰術桌也因衝擊太大而傾倒在石地上。外牆有什麼東西脫落，發出嘩啦嘩啦的沉重聲響。

「剛、剛……剛才的是什麼？」

老將扶著翻倒的戰術桌的邊緣爬起來，看見了從窗外透入的光芒。

那是陰雲滿布的夜晚。

「……光……？」

沉重、彷彿擊穿空氣的異音接連傳來。圍繞梅吉市城塞的石牆熔化沸騰，就像活火山口的熔岩般發出不斷冒泡的聲音。

有如太陽延伸出來的──「眩目光線」照射著梅吉市的牆壁。

那道光貫穿了液化，再氣化的外牆，緊接著再熔化下一道外牆。光線維持著強大威力，毫無停止的跡象。第二層的城郭也被打穿了。

緊接而來的衝擊波震的兩人站不穩，堡壘本身也被擊中了。

「該死！」

緊抓著桌子，站穩腳步的西多勿開口。他所能想到可以說明這種異常狀況的可能性就只有一個。

「──『冷星』。」

可以發動都市對都市砲擊的拿岡大迷宮決戰魔具。他早就知道以利其亞新公國到這座梅吉市之間的距離打從一開始在射程範圍內。但就算如此──

「竟然在這個階段就出手？妳瘋了嗎，塔蓮！」

連宣戰都沒有。即使新公國與黃都之間處於冷戰狀態，梅吉市目前在名義上理應與新公國保持著友好關係才對。新公國的動作沒有任何正當性。

那個警戒塔蓮不可能沒能力準備讓她挑起戰爭的正當名義。就算選擇走上為了贏得權利而戰的路，贏來的權利若無正當性，就不可能維持正統的統治。

（也就是說……！也就是說，一切都在計畫之中嗎！這就是那傢伙的──）

如果最強大，最有才氣的魔王自稱者連「那份正當性」都能捨棄……如果他們黃都錯看了警戒塔蓮的底線……

「西多勿大人！有報告！」

「……怎麼了！是剛才砲擊的事嗎？」

傳令兵連門都沒敲就衝進了房間，看起來是非常危急的報告。

「不是……巡邏部隊沒有回來！前往確認安危的斥侯回報……所有人都疑似被毒物殺害……全、全軍覆沒……！」

「該死！怎麼不早點報告！在砲擊前該就說啊……！」

——事情並非如此，西多勿也明白。敵方為了阻止任何一位傳令兵回報……不讓黃都方察覺異狀，消滅了整個巡邏部隊。而且他們不是能輕易取代的梅吉市當地士兵，而是黃都的正規兵。得花時間確認沒有聯絡就行蹤不明的人員是否平安，還有補充大量短缺的人力。

接著敵方再利用爭取到的時間發動奇襲。這場作戰行動早已將一切都計劃好了。

「……全滅啊。全滅……！柳之劍宗次朗也是嗎？」

「是……是的。誰也沒有回來，也找不到任何生還者……」

「西多勿！鍋釘西多勿！你還有什麼手段嗎！」

哈魯甘特極為慌張地看向窗子，似乎很害怕下一波的攻擊。西多勿一手扶額，咬緊了牙關。

「……暗殺作戰的棋子不只宗次朗一個。我已經派出了一人……擦身之禍庫瑟。既然新公國發動了攻擊，那傢伙就會展開行動。準備已經做好了。」

「笨蛋！現在不是使用什麼暗殺的時候了！應該派兵出戰！」

「我們根本離不開堡壘吧！鳥龍兵就要來攻打這座城市了！」

「……！」

哈魯甘特之所以看著窗外，並不是害怕下一次的砲擊。超凡的決戰魔具「冷星」的砲擊，不過是真正威脅的前奏罷了。

將防禦據點連同城市街道一起破壞，對指揮系統造成混亂後，集結成群的新公國鳥龍兵趁機展開了猛烈襲擊。一旦在黑夜裡遭到飛行大軍侵襲，即使是人族國家之中最精銳的黃都軍，被輕易擊垮也是顯而易見的事。

「既……既然如此。那……那就是我的責任。我會派出部隊。如此一來，就不會有問題……！」

第六將哈魯甘特趴在桌子上，小聲地說著。

「討伐鳥龍是我的工作。」

「大叔你別胡鬧了！」

西多勿再也壓抑不了他的不耐，狠敲了牆壁一拳。他不懂這個判斷是怎麼得出的。對方不是一般的鳥龍，這話可是哈魯甘特剛才說的。

「根本沒辦法在被砲擊挖開的地形上安全布置防空部隊！一出去就會被宰掉！如果打開能給大規模部隊出入的門，鳥龍就會從那裡侵入展開虐殺！緊閉所有窗戶堅持下去！沒有堅守堡壘以外的方法可用了！」

「可是，西多勿，這樣就沒有勝算……」

「有！我早就知道這個堡壘遲早會被盯上！所以已經令能立刻行動的別動隊在遠離城市的陣地裡待命！我們只要持續吸引敵人的注意就行了！」

「……不、不對，就算是這樣！」

哈魯甘特握緊拳頭，又看了一次窗外的景色。只要他們仍受到來自天空的威脅，只要無法得知下一次的「冷星」攻擊何時出現，那就只是讓自己暴露在危險之中無意義的愚蠢行為。

「那麼在下面的梅吉市士兵該怎麼辦？在他們因守護市民而死的期間，身、身負……身負王之尊威的黃都二十九官只能像縮頭烏龜一樣袖手旁觀嗎！」

被衝擊震歪的塔上傳來彷彿要敲破警鐘的連續鐘響。能看得見梅吉市的警備兵正在進行布署。他們的弓箭與鎧甲的品質明顯較差，更別說其訓練程度遠遠不及黃都正規軍。

「我要去。我……我唯獨不能逃避和鳥龍的戰鬥。如果我這時不出戰，就會什麼也不剩！不能讓他們任何一個被那些傢伙吃掉！」

「喂！」

西多勿在盛怒之下揪住老將的胸口。

「如果靠那種了不起的氣魄就做到是很好啦！不過大叔不知道大家都是怎麼說你的嗎？你這個混蛋聽好了，我不會派出任何一名士兵！連你的士兵也是！如果大叔是偉大的黃都之兵，那麼全體部隊也應是如此！我不會讓他們陪著自我陶醉的傢伙去送死！」

「……好……好、好吧……！哼，那我就連兵不帶了！」

哈魯甘特被小自己一輪的青年爆出的憤怒嚇得冷汗直流，但他並沒有因此退縮，依舊做出這般宣言。邪惡就是背叛自己。

「我一個人出戰！」

他就是身為二十九名立於黃都頂點之人的其中一位，卻還是會做出如此愚蠢判斷的男人。

「……該死。」

獨自被留下的西多勿咂了一聲。

哈魯甘特的判斷在某方面來說是正確的。既然新公國搶先發動了不具正當名義的攻擊，如果黃都不展現出應戰的行動，反而可能遭受人民的責難。

（……前提是能贏啊。）

目送不帶手下槍兵，隻身一人衝出作戰室的第六將的背影後，西多勿開始思索敵人的目的。思考這場攻擊所求為何。

（對方不惜用掉未經宣戰就發動奇襲的優勢也要攻擊這座小城市。可是為什麼既沒有看到準備進行占領的步兵，也不見任何對梅吉市的勸降行動。這場攻擊的目的不是壓制……是單方面的虐殺啊。難道塔蓮打算將這整個城市都變成鳥龍軍的巢穴嗎……）

這只是模糊的推測。警戒塔蓮的想法、戰略，至今仍無法推測出來。

無法推測之物很恐怖，暴力與破壞很恐怖。簡直就像——就像魔王軍。

（塔蓮要讓自己成為新的恐懼。為了這個目的而對梅吉市「殺一儆百」。她想宣示……她不是「魔王自稱者」，而是下一位魔王嗎？）

留在堡壘裡的西多勿召開作戰會議，對參謀之一下了指示：

「……保護城市的士兵，順便保護哈魯甘特大叔。聯繫緊急七號的通信機。」

「緊急七號……？您要和誰通話？」

「別問那麼多，趕快動手。」

西多勿從參謀手中接過通信機，呼叫另一邊的對象。

「妳醒著吧？」

『——嘻嘻。』

通信機傳回了少女的笑聲。那是一道與戰火的慘劇毫不相符的嬌媚嗓音。

她名為濫回凌轢霓悉洛。擦身之禍庫瑟所護衛的屍魔少女如今正和黃都軍的別動隊待在一起，以備緊急狀況。

「出擊吧，『濫回凌轢』。搶先殲滅阻礙第六將部隊的敵人。將新公國的烏龍一個也不留地擊落。在我下指示前極力避免對人族敵兵出手。」

『呵呵，可以嗎？你們不是一直捨不得派我出戰嗎？』

「狀況生變了。柳之劍宗次朗被殺，再也無法保障暗殺作戰會成功。我方也得出動軍隊。萬一庫瑟的任務以失敗告終——」

握有「冷星」那種大規模毀滅兵器的人不只塔蓮。西多勿事先準備用來預防堡壘遭攻擊時的隱藏王牌，其名正是「濫回凌轢」。

「去消滅新公國吧。」

只要不怕市民的犧牲和因此而喪失的正義大旗，他就能做出這個決定。第二十卿西多勿打從一開始就是準備好勝算才來面對這場戰爭。

『可以啊，小事一樁。如果打贏了戰爭，你能答應我的要求嗎？』

「與人族有同等權利的保障與黃都的正式市民權。我會給妳不受到任何質疑的認可，讓妳能夠自由生活。」

『還有學籍。』

「等作戰成功後再說吧。」

改變戰局的作戰指示就這麼簡潔扼要地結束了。鍋釘西多勿看起來似乎稍微鬆了口氣。戰戰兢兢的參謀小心翼翼地對西多勿說：

「我、我們……使用那個怪物真的沒問題嗎？」

「……畢竟那傢伙是兵器嘛。不過我會遵守剛才的交易。」

西多勿釋放霓悉洛的原因，僅是因為他判斷和被當成恐怖戰爭兵器的「濫回凌轢」之間還有交涉的餘地。其他人都沒有那樣的想法。

「那傢伙似乎想恢復成人類呢。」

「那種說法——」

那是曾在過去獨自摧毀黃都方面軍的怪物。大多數的士兵甚至不知道「濫回凌轢」沒被殺，而是遭到囚禁。不只與人類有很大的差別，她與魔族也相去太遠了。

「你相信嗎，西多勿卿？」

「——無論如何，我的看法是否正確這種小事，很快就會知道了。」

◆

距離梅吉市不遠處有個窪地型野戰陣地。這座利用政治均勢狀態，巧妙避開鳥龍兵巡邏範圍而設置的陣地，是專門用來「運入」濫回凌轢霓悉洛的地點。

以瀏海蓋住半邊眼睛的屍魔少女觸摸著重型貨車。這是利用多支運輸部隊混淆視聽，以巨人工兵與專用滑車搬進這座陣地的貨物。

「『濫回凌轢』！妳收到西多勿閣下的出擊命令了吧！」

「嗯，剛才聽到了。能幫我開鎖嗎？」

負責戒備重型貨車的年輕士兵帶著一臉的苦澀打開了鎖。

「……真的要放出這傢伙嗎？」

「嘻嘻嘻。你也認為我會背叛嗎？」

「……」

「因為我不是人類，就無法信任？」

黃都是專屬於人類的國家。與將鳥龍為首，不分獸族、魔族的種族都納為己用的新公國不同。反過來說，或許正因為人類的團結力很強大才讓這種人族國家統治世界。在歷史上，非人種族就背負了注定敗北的命運。

貨車邊發出沉重的摩擦聲邊被打開了。收納於內部的巨型影子果真不是人類。

摺起來的部位是巨大的八隻步行腳。那以金屬材質的漆黑裝甲包覆的怪物，看起來就像將自然界的蜘蛛異常增大後的樣子。

——能夠理解詞術的強大蜘蛛怪物被稱為蛛獸（tarantula）。

原本那是生活在遠離人跡的內陸地區，在地面上僅次於龍的可怕獸族。巢穴的縱絲具有大鬼的蠻力也砍不斷的強度，橫絲則有能輕鬆切開鳥龍骨頭的銳利斷面。

而包覆那隻怪物的金屬裝甲明顯是人為的。這也與濫回凌轢霓悉洛一樣——是受到人為改造，成為她一部分的魔族。

蛛獸大大敞開的胸部裡，設置了大小只能容納一個人類的空間。

「……又得戰鬥了呢。」

它被取名為赫魯涅潭。那是被奪去的蛛獸原本的意志，是連詞術都無法理解的屍魔，也是霓悉洛念念不忘的自身肉體。

「不過，那就是我們啊，赫魯涅潭。」

霓悉洛一個個解開衣服的鈕釦與腰帶，白皙的肌膚暴露於夜晚的空氣中。

「……喂、喂！」

「呵呵，怎麼啦？」

魔族少女只是對慌了手腳的士兵妖治地笑了笑。

她的赤裸肢體沉入了赫魯涅潭的體內。從霓悉洛脊髓長出的具有無數神經的觸手，從一開始就是用來操縱這台生物戰車的連接器官。即使有著各自的名字與肉體，透過神經共享五感的他們已經進入了不分彼此的境界，連衣服都是阻隔兩者的異物。

金屬軀體以內部控制密封起來。生物戰車赫魯涅潭只能由駕駛霓悉洛的神經接觸進行開關。

在漆黑裝甲裡被死肉包圍的少女如呼氣般囁嚅：

「——啊，好久不見了，『我的身體』。」

蛛獸的八隻眼睛發出生命的光芒，惡夢般的紅光照亮了森林陣地的正中央。

收容埋葬的赫魯涅潭的箱子在它做出第一個動作時就遭到破壞，完全由鋼鐵打造的重型貨車對發揮出真實力量的凶惡兵器而言也如糖果般柔軟。

接著那巨大身軀開始狂奔，從原地消失。在地面上挖出了一條直線溝渠。

「呵呵呵呵！呵呵……身體好輕！」

在那不受任何指示，邊撞倒森林邊往前衝的漆黑機體裡，霓悉洛發出誰也聽不見的歡聲。

「自由，自由了……啊啊。自由真棒啊！」

十六◆開戰

將時間倒回至「冷星」發動砲擊的不久前。在大海的希古爾雷脅迫下抵達新公國的悠諾被關在林立的其中一座尖塔，同時也是地上監牢裡。雖然可以透過鐵窗縫隙看到黯淡的光，然而外頭過著日常生活的人們根本不會注意到有人被囚禁在這裡吧。

「這裡其實也不是什麼囚犯的設施，只是醉漢的拘留所。妳不滿意的話也能逃出去喔。」

將悠諾帶來這裡的男子是一位有著銳利眼神的黑髮人類。雖然途中受到一點形式上的盤問，不過男子早就知道悠諾是與軍事機密無緣的一般人，也知道黃都方進行的塔蓮暗殺計畫了。

她不過是載希古爾雷回到新公國的騎師罷了。

「雖然妳剛來不久，不過很抱歉，我之前才捉到很重要的客人，不會花太多時間在妳身上。總之，妳就放輕鬆吧。」

「……你……那把劍……」

她已經從鍋釘西多勿那邊得知那位男子的打扮。因為那就是她非找出不可的仇人。

「劍士……你是喜鵲達凱吧……！」

「哦，原來我終於有女粉絲啦。不過，無論我說幾次我不是劍士，最後都沒人相信呢……」

達凱笑了。那是一張不像毀滅一座城市的男人所能露出的和善笑容。
「不過我最近也稍微有點名氣，暫時沒辦法在黃都偷東西了呢。」
「我……我是遠方鉤爪的悠諾！拿岡迷宮都市的悠諾！是你……」
「啊，拿岡……那裡啊。」
毫無起因的災厄。突如其來毀滅她的世界的惡夢。她相信那是由某個人所引起的。就像曾是所有悲劇元凶的「真正的魔王」那樣，至少會有一個起因。
「都是你『解開了』拿岡的迷宮！所以那東西才會啟動！我們所有人都因為你……！」
「不對，那種說法有點奇怪喔。」
「客人」用認真的表情打斷了憎恨的吶喊。
「拿岡那件事或許原因是我攻破了大迷宮偷走『冷星』。但是追根究柢，你們拿岡的學者和探索士的目的不就是探究大迷宮嗎？」
「咦……」
「還是說你們之中誰也沒料到……抵達最深處後，迷宮機魔就會啟動呢？」
沒人知道這種事。沒人知道魔王自稱者齊雅紫娜留下的大迷宮，是多麼龐大，又充滿如此惡意的災厄之箱。
「……那麼我該怎麼辦才好？你……你們自己的城市被毀……朋友，家人死了也能無動於衷嗎！所以才會引發戰爭？」

「妳搞錯了一點，我也不想打仗喔。」

「那……那麼……就是其他人有這樣的想法吧？我可是……」

「不管喜不喜歡戰爭，都是他們的自由。」

「我不是在問這種問題……！」

悠諾發現她終於理解在自己體內翻滾的無形恨意的真面目。

她真正憎恨的，是強者的漠不關心。

——這些人都是一個樣。不管是達凱、宗次朗、西多勿、塔蓮。連新公國那些一無所知的人民也是。就是這種以剝奪者自居，認為自己不是被剝奪那方的傲慢。還有以目的優先，對被踐踏者的悲慘遭遇的漠不關心，引發了戰禍。

他們和悠諾不同，和琉賽露絲不同。因為他們是能決定自身命運的強者。

「不過呢——朋友家人死了也能無動於衷這點倒是沒說錯。畢竟我沒有那種奢侈品。」

「……」

「哈哈哈，無論我能偷到什麼寶物，家人仍是偷不來的呢。」

「我……我絕對會向你復仇！我無法原諒你……就算被說我自以為是或找錯對象也好，我會讓你嚐到我的痛苦！」

「我是沒差啦……不過妳打算對像我這樣解開迷宮的人、在現場的人、製造迷宮的人，這些相關人士全都照順序復仇一遍嗎？雖然這話從被妳憎恨的我口中說出來是不太好，但我覺得妳這樣會終生都無法獲得自由喔。」

「那種事我才不管……！」

「啊……好啊，悠諾。既然妳的堅持那麼強烈──」

達凱彎下腰，摸了摸悠諾的頭。對她露出和善的微笑。

「那就趁現在動手吧。」

「……」

「妳能射出藏在袖子裡的鐵鏃吧？可以試試喔，看會不會比我的手指還快。」

他連碰都沒碰，就已經知道悠諾的武器和攻擊手段。被關進牢裡時武器之所以沒被奪走，是因為根本沒那個必要。

連她是否逃跑，打從一開始就不被當成問題。巡邏部隊遭受奇襲，戰爭之火已經點燃。獨自待在敵區的無力少女根本什麼也做不到。

「嗚、嗚嗚嗚……嗚嗚……」

「對、對，復仇就是這麼一回事。為了『這點程度』的感情而賭上性命是很蠢的事吧？故鄉也好、家人也好，只要再找新的不就好了嗎？」

她的雙腿失去了力氣，再也站不起來。連追上轉身而去的敵人也沒辦法。

「嗚嗚嗚嗚……！」

「放心吧。看在妳的那份骨氣上，等到外頭平靜下來後我就會放了妳。」

兩者間被完全地隔絕。承接所有由「彼端」孕育出的超常之物的這個世界，依然留存任何人都掘之不盡的無數威脅與真實。像悠諾這樣的少女永遠無法觸及對方——就如同渺小的蟲蟻。無論在精神上、肉體上，悠諾都無法對他造成任何傷害。

「琉賽露絲……我、我……！」

悠諾從很久之前就一直承受著違背正道的憎恨所帶來的懲罰。

對她而言，那股無力感比遭到放逐至敵營的黑暗帶給她更強烈的絕望。

◆

身披襤褸的白骨槍兵回到了利其亞中央城塞的辦公室。那是斬音夏魯庫。

他以黑暗的眼窩俯視著聚集於窗外的士兵。

「人真多呢，在準備什麼慶典嗎？」

「呵，是啊。對你來說或許是這樣呢。」

除了答話的塔蓮，辦公室裡齊聚了利其亞新公國無比的精銳們。喜鵲達凱、夕暉之翼雷古聶吉、大海的希古爾雷。

「你回來晚了呢，夏魯庫大人。」

「還好啦，你能安全回來就好了，希古爾雷。」

身為亡者的骸魔原本是不會疲勞的種族，當時的夏魯庫卻完全不是那樣。原因在於他長時間的極度專注所造成的精神消耗。

「那個劍士真的很行──達凱，他可能和你一樣是『客人』。」

「哦，你殺了他嗎？」

「光是拖住他就花了很多時間呢。以這份報酬來說花太多力氣了。若要認真殺他……我也得『豁出性命』才行。」

「足夠了，斬音夏魯庫。我們這邊會想辦法阻止對方抵達。你先在那邊休息就好了。」

「那就多謝了。不是我在自誇，我很擅長休息的。」

夏魯庫慵懶地坐上椅子。當他動也不動之後，看起來就像真正的白骨屍體。

塔蓮撫摸著愛劍的劍鞘。

「……傑出的個人戰力啊。對方打算直接來殺我吧。」

「看來可能性很高。既然我逃了回來，應該會讓妳更容易逃走一點吧。」

「呵呵呵，說什麼笑話。欲成為恐怖之王者，可不能顯現出害怕的樣子。」

塔蓮拔出劍，對全體在場人員宣示：

「……若能以正直的德性治理世界就好了。」

如今那只是自嘲的話語。

她已經以「冷星」的砲擊點燃戰爭之火，魔王不能退縮。

「但是活在當下的我們已經沒有那種餘力。這個世界上也沒有人打從心底相信人的理性與正義，一切都被『真正的魔王』奪走了。無論嘴上怎麼說，能烙印在人民心中的力量只有一種——恐懼。」

世界尋求打倒「真正的魔王」的力量。即使在「真正的魔王」已逝的今日，殘留下來的諸多勢力仍在蠢蠢欲動。就像拿岡的迷宮機魔那樣。那些目前還被稱為英雄的人們，在和平時代遲早會變成那樣。

有如修羅，已無法以尋常的力量討伐的百鬼魔人。

看到黃都唯一殘存的王族那般模樣，他們此刻將會趁機起身，再次將世界導向滅亡吧。塔蓮追求的就是不讓那種人能行動的力量，也就是恐懼。

「戰端將由我挑起。以『冷星』之光銘刻蹂躪所有抵抗者的意志吧。只要世界仍然阻擋我的意志，我就會繼續戰鬥下去。你們也得這麼做。如此能充分發揮才能與武力的修羅世界，正是你們這群傢伙所冀望的吧。」

「刺客啊……真麻煩呢。哈哈，好像很強的樣子。」

盜賊，人類，喜鵲達凱。

「我只是守護新的主人。」

劍奴，根獸，大海的希古爾雷。

「我隨時都能出動，那些笨蛋們只會落入一種下場。」

司令，鳥龍，夕暉之翼．雷古聶吉。

「雷古聶吉，排除障礙、攻陷梅吉市、切斷補給線、孤立對方！首先展現出你們鳥龍的恐怖之處吧！」

「咯、咯咯咯。妳同意嘍，塔蓮。如此一來所有梅吉市的人族都會成為我族的食物。」

嘰嘰——鳥龍發出了彷彿笑聲的尖銳鳴叫。

「不過……在那之前有個不得不先收拾掉的笨蛋。」

雷古聶吉脖子上的通信機響起一連串回報。牠昂首展翼。牠的防空網已經察覺到從雲的另一端出現的某種東西。

「黃都的增援嗎，雷古聶吉？」

「意料之內。」

牠毫不猶豫地如此斷定。那是捨棄自由的牠期待已久，遲早得分個高下的對手。

「我先解決那傢伙。」

——遙遠的上空。

鳥龍從俯視城市燈光的夜晚雲層往下降落。不屬於利其亞也不屬於黃都的新來訪客，展開雙翼承受著強風。

那隻鳥龍有三隻手臂。

十七◆夜火

遭到「冷星」焚燒的城市夜晚被無數翅膀所覆蓋。那不是鳥，而是理解詞術、具有智慧，能輕易將士兵連同騎乘馬匹一同撕碎的鳥龍群。

「不要讓馬停下來！盡量把牠們誘離城市——」

「啊嗚。」

「……怎麼了……嗚喔！」

策馬奔馳的士兵在沉悶聲響之中倒下，聽到聲音回頭的人也被打破頭骨而死。他們是自願成為誘餌將鳥龍群引開的敢死隊。

然而新公國的鳥龍兵卻只是在上空盤旋。

「該死……又來了！又是那種攻擊……！」

「鳥龍明明沒有降落啊！可惡……」

若是將身體探出遮蔽物，骨頭就會瞬間粉碎，頭骨破裂而死。雖然那有可能是狙擊，然而要在這片黑夜裡辨認出是什麼東西再攻擊卻極為困難。

「等等……火勢又擴大了。在穀倉那邊。不是那種光造成的火災。」

「……是鳥龍在放火嗎？」
雖然在訓練程度上相對劣於黃都兵，不過負責城市戒備的梅吉市士兵也已經抵擋了幾次鳥龍的襲擊。但是，新公國的鳥龍兵與他們至今看過的鳥龍截然不同，具有高智力與統率能力。讓他們懷疑或許是對方放的火。
不過就算如此，他們也沒有應對手段。在這個世界裡，不屬於強者那邊的人連選擇的機會都沒有。
「——沒錯。就是那些傢伙放的火！」
一位男子連馬也沒騎，從崩塌的大門衝進來。
那是一位比他們年老的士兵，不過從那身高級裝備來看，看得出他是黃都軍的將領。
「梅吉市的各位！我是黃都第六將哈魯甘特！靜寂的哈魯甘特！」
「『拔羽者』？」
「第六將來了！」
哈魯甘特拿出沾血的瓦礫給梅吉市的士兵看。
「那種攻擊的真相就是這個。投石……應該說落石比較正確。有些居住在近海區域的鳥龍會使用這種手段。將貝類或甲殼類生物從高空丟下摔碎。這不是狙擊，而是投石攻擊！」
「……石、石頭……！」
「大家……都是被石頭殺死的嗎？」

即使在這個鳥槍普及的時代，投石依然是實戰中有效的戰術。梅吉市士兵也充分地明白這點，卻沒想到是這麼回事。

原因不是夜晚視線不佳——而是在戰場上會使用武器戰鬥的，只有人族或鬼族之類的人形生物這種先入為主的觀念。

「聽好了。這代表敵人具有將這招當成對地戰術運用的智慧！複數鳥龍的個體同時對地上的小型標的進行大量石頭『轟炸』……不是單次的攻擊，而是準備替補用的同兵種部隊發動的波狀攻擊！而且因為城市遭到縱火，那些傢伙可以單方面看清楚我們的行動！」

這種以戰術形式發動攻擊的鳥龍，連長年狩獵鳥龍的哈魯甘特也是第一次看到。鳥龍原本的攻擊手段是銳利又強壯的爪子，以及活用機動力的立體猛襲戰鬥。

「這樣說來，火勢擴大的原因也是……」

「是有意圖的攻擊。丟下燃料瓶、擴大火災，將我們燒出躲藏地點。所以若是害怕大火而隨便跑出去，就會立刻被殺……！」

就連看穿敵人手段的哈魯甘特也是在幸運的眷顧之下才能成功抵達這裡的吧。正如在堡壘時西多勿的警告，若是派出能從上空一眼看清楚的大部隊，到時候就會白白遭到全滅。

「哈魯甘特將軍！那就是新公國的鳥龍軍嗎？為什麼，是出於什麼理由攻擊我們？」

「不知道！但是剛才的砲擊是未經宣戰的單方面攻擊！利其亞新公國撕毀條約了！戰爭已經無可避免！」

「黃都軍要拋棄我們嗎？我們還得支撐多久才夠！」

「唔……黃、黃都軍也有巡邏中的部隊遭受利其亞方的奇襲而被殲滅！因此需要一點時間重新編組……增……增援還在請求中！辦得到的！我會想出作戰！」

哈魯甘特以苦澀的表情告知他們，黃都沒辦法提供幫助。然而面對具有如此高超的部隊運用與戰術指揮能力的鳥龍統率個體，就算多了哈魯甘特一個人也不知道能辦到什麼。

「思考原因，做出對策！要對策！現在先堅持防禦，想想對策……！」

現在他所能做的，就只有攔住梅吉市士兵別讓他們白白去送死以爭取時間。他明白自己雖是將軍，卻不是無敵的英雄，只是一介凡夫俗子罷了。

哈魯甘特仰望天空。如果在這群無面軍團裡存在著一個讓牠們擁有這種智慧的原因——

（有鳥龍在前線部隊的後方保持距離盤旋飛行……如果那是使用通信機傳遞指令的個體……那在某地就應該有統率的個體……在哪裡……！）

在有如一個生物的群體的中樞，應該存在著觀察狀況，處理應對的「頭腦」。

就哈魯甘特的想法，那個頭腦恐怕不在梅吉市。而是從此地至利其亞的天空中某處下達指令。在遠方的高空，從己方絕對碰不到的領域發布指令。

在遭到來自空中的壓制，只能單方面受攻擊的這種戰況中，他有辦法超越那樣的敵人嗎？不對，說到底連是否能活下去都是個問題——

看著天空的另一個方位的士兵大喊：

「哈魯甘特將軍，有東西……」

「什麼？」

「有東西……發光了！」

隔了一會兒，天空中響起「滋」一聲的巨響。

梅吉市士兵所看到的是先一步撕裂夜空的閃電。

「唔……」

他們看到幾隻鳥龍兵包覆在明亮的火焰中朝地面墜落。

那道閃電並非自然產物。它橫掃了天空。只能瞄準單點的人類箭矢在殺傷範圍上根本比不上它——雷轟的魔彈。

「魔彈——竟然是魔彈！」

穿過雲層，出現在空中包圍網正中央之物有著細長的翅膀。是鳥龍。

幾隻前衛企圖以爪子撕裂闖入的鳥龍。

撕裂暗夜的光束劍身奔馳而過，攻擊者在還沒到達近戰距離前就被擊落。

「難道說……」

鳥龍兵群一陣動搖，紛紛散開。

闖入者以極為異常的速度，砍斷、擊落脫離隊伍的個體，眨眼間切斷了鳥龍群的整齊陣形。

眩目的光之魔劍一砍就同時燒死四隻鳥龍。槍聲迴盪於夜空中，企圖散開的鳥龍兵一個接著一個墜落。

——魔劍，魔彈。

對啊，牠不可能不來。哈魯甘特自己就說過了。

「星馳阿魯斯……！」

借用鳥龍英雄的力量，對哈魯甘特的人生是無比的奇恥大辱。

但是，他從來沒有這麼期盼過能得到這份幫助。這個戰場上不只有第六將自己的生命，也有梅吉市士兵們的性命。

暫時退開的鳥龍兵再次朝隻身的闖入者圍了上去。一條在空中靈活甩動的鞭子刺穿，或是劈中了牠們。是哈魯甘特在那天沒看過的魔具。

光束閃過、槍聲震天，劍刃之輝起舞，失去生命的鳥龍如同樹葉或雪片般落下。

在遠遠凌駕於一般鳥龍的例外個體的面前，可怕的新公國鳥龍兵看起來與無名小卒無異。踏破許許多多地表上知名的傳說，這個世界上最強的冒險者。那就是星馳阿魯斯。

「……打得贏喔。」

某個人如此低語。

「哈魯甘特將軍，那到底是？我們……該怎麼行動？」

「哈魯甘特將軍！」

「第六將！」

哈魯甘特不知所措地望著梅吉市士兵。

「慢著。各位先……先冷靜下來。」

如果以將軍的身分下判斷，就應該隨同西多勿派出的別動隊攻入新公國。但這些人根本不是他自己的兵，他們只是依附身為第六將的自己而已。若將這些士兵送往死地，真的是合乎情理的決策嗎？

對於遭遇不講情理的攻擊，只能毫無抵抗地遭到蹂躪的他們來說，就算對象是「拔羽者」哈魯甘特這種背負劣名的將領……能有人依賴或許就能支撐他們的心靈。

「梅吉市是我們的故鄉！請您下令作戰吧！」

「如果這是一場攻擊，我……就無法原諒新公國！」

「請讓我為被砲擊炸死的家人復仇吧！」

哈魯甘特看著梅吉市士兵們的臉。他們的眼中除了有義憤產生的鬥志，似乎還讓他看到另一種情感——恐懼。

「真正的魔王」的恐懼仍殘存於世上。其中一種型態，就是逼使心靈落入毀滅的瘋狂。

（如果現在不出兵，就會讓他們的內心受到重挫……但是我呢。我能夠認定自己沒有被戰亂的氛圍所感染嗎……）

他朝外頭看了一眼，在腦中規劃衝出包圍的逃脫路徑。無論是鳥龍的強度，或牠們的視野範圍，哈魯甘特比誰都了解這些資料。在戰火中要帶著這麼多士兵逃走是極為困難的事，不過牠們目前都因為星馳阿魯斯的襲擊而被引開了大部分的注意力。反正在地上爬的士兵對宰制空中的牠們一點威脅也沒有。

不是不可能突破重圍，因為他的朋友是自己的友軍。

「——我。我的使命就是狩獵鳥龍，當然會負責擊殺統率個體。然而諸位也應該有守護這座梅吉市的義務。但若是……沒有我在也想戰鬥的人，就進軍新公國吧。唯有對那樣的人……我靜寂的哈魯甘特才會盡可能給予指揮。」

◆

當哈魯甘特準備突破重圍時，在他上方的天空——

星馳阿魯斯死纏不放地隻身引誘群聚的軍隊，無情地殲滅牠們。

「嘰、嘰！」

「殲滅。目標，星馳阿魯斯……嗯、嗯嗯。」

席蓮金玄的光魔劍一口氣掃過三隻鳥龍，蒸發了牠們的肉體。但是鳥龍兵那種不顧自身性命，一個勁圍上來的異常模樣讓阿魯斯開始感到懷疑。

（……不對勁。）

雖然那些單獨的士兵依照統率個體的戰術忠實地執行作戰，其智能卻明顯比野生鳥龍還低。牠們能對地面進行複雜的轟炸戰術，另一方面卻只會對空中的阿魯斯不斷發動毫無意義的突擊。

「咕……嗚，你、逃……」

「……」

其中一隻鳥龍發出了模糊不清的語言。

「『你逃跑了……呢，星馳阿魯斯』。」

那隻鳥龍在下一秒被貫穿頭骨的子彈擊落。阿魯斯拍動翅膀振動空氣，在空中旋轉了半圈。

「——奇歐之手。」

手中的鞭子則以極快的速度伸長，宛如具有自我意志般砸中周圍的鳥龍兵。兩隻鳥龍挨了這記猛烈打擊，身體遭到那股衝擊劈裂，內臟噴濺四散。接著張開一邊翅膀穩住因反作用力險些被震退的身體。燃燒中的梅吉市所產生的上升氣流從阿魯斯的背後托住了牠。

「……什麼？」

阿魯斯進行著超高速的戰鬥，同時卻感受到一股難以言喻的怪異感。

「……你們……知道……我的名字呢……」

「咕、咕咕——」

「嘰、咕嚕嚕嚕嚕。」

剛才那隻鳥龍到底打算傳達什麼？是為了在來不及眨眼的破綻也會致命的攻防之中，故意讓他心生突兀嗎？

「……」

就算真是如此，阿魯斯從一開始也沒有和他們對話的打算。對鳥龍這個種族來說，即使對方同為鳥龍，阻礙己方者就只是純粹的敵人。

「哼──『你逃走……了吧』。」

「…………」

「逃離了『族群』。」

帶著撕裂空氣般哨音的飛行魔劍從旁貫穿了說出那句話的鳥龍。那是星馳阿魯斯擁有的第二把魔劍。此劍名為戰慄鳥。

阿魯斯俯視著墜落的個體。牠們不過是遵從統率個體的指令罷了。這種自殺式戰術、說出的話語，全都不是來自於牠們。

為什麼牠們執意攻擊不過是闖入者的阿魯斯，消耗牠的體力呢？

「……什麼嘛。」

星馳阿魯斯的口氣一向都很鬱悶，身為鳥龍的牠從未露出笑容。

不過，如果牠擁有近似於嘲笑的感情，那應該就是牠現在這副模樣。

「…………你說了句很無聊的話呢……雷古聶吉。」

阿魯斯重新裝填彈藥，瞄準後方的個體。牠早就在戰鬥中掌握到透過通信機轉達統率個體指令的通信手位置。

「…………！」

不過就在扣下扳機的前一秒，阿魯斯快速甩出鞭子，捆住從旁邊逐漸接近的鳥龍兵，再利用往回拉的反作用力在半空中急煞。

在那一刻之前，某種肉眼不可見的東西發出振動。

在原本行進直線上的鳥龍兵被某種銳利物體從縱向切開，證實了阿魯斯剛才所避開的隱形攻擊確實存在。

（……不是鳥龍兵……）

牠轉動頸子朝可能的攻擊方向望去。只見遠離燃燒的梅吉市的地面上的黑暗發出了妖異的紅光。阿魯斯的視力看得見。那是充滿不祥氣息，宛如怪物眼睛的八盞光。

——「咻」，弦樂器般的聲音再次響起。

另一群鳥龍被同時切開，卻看不見飛來的攻擊是什麼。

「……」

阿魯斯將視線移回剛才打算擊落的鳥龍通訊手那處，目標已經消失了，遭到擊落。就在牠將眼神轉向敵人的那一瞬間——

遠處地面上的紅眼光芒就這麼消失在夜色之中，宛如撞倒沉重樹木的沙沙聲逐漸遠去。

悄然無聲地飛來，精準擊落四處亂飛的鳥龍軍隊，沒人知道那究竟是什麼樣的攻擊手段。

就連曾與許多傳說對決，取得勝利的阿魯斯也看不出門道。

對方無視地面的梅吉士兵，專門狙擊包含阿魯斯在內的空中鳥龍。也就是說剛才的紅眼敵人並非新公國方的兵器，而是黃都方派出的某種東西。

真面目不明的存在欲趕赴的目的地，也是追尋統率個體的牠將要前往的方向。

「……………新公國。」

十八◇慘禍

戰禍襲擊了梅吉市的同一時刻。

新公國的夜景當中，有兩個隱藏氣息的人正在奔跑。第十七卿──紅紙籤的愛蕾雅。而年幼的森人少女尚無別名。不過這位祈雅正是被稱為「世界詞」的全能詞術行使者，知道這個事實的人少之又少。

利其亞的市民正忙著討論剛才空中神祕光線的真相與飛往梅吉市的鳥龍軍，交換彼此的不安與臆測。沒有人留意到逆著人群奔跑的兩人。

「『尋找拉娜』。」

祈雅悄聲說著，一小塊布片就像獲得生命般飄在空中，引導著兩人──對這幕從旁人看來像是小孩子在玩的畫面，愛蕾雅再次感受到「世界詞」力量的可怕。全能詞術甚至能向年幼的祈雅揭露她原本不知道的事。

「祈雅，不要使用太顯眼的力量。我們只是潛入壞人的據點，救出拉娜而已。要是引發騷動，拉娜和我們反而會有危險……」

「拉娜是老師的朋友吧！不是講這種話的時候了！」

「是……是啊，沒錯。」

事實並非如此。現在的愛蕾雅必須用盡手段除掉月嵐拉娜。如果她被捉住後立刻被殺掉，愛蕾雅就沒必要像這樣冒著危險奔走於敵陣之中了吧。但為了將其他的可能性降為零，愛蕾雅就只能去了。

「那邊的兩位！妳們在做什麼。現在軍事設施周邊已經戒嚴了。趕快回到市區——」

「那是壞人的同夥，讓他們睡著！」

「呃……睡、『睡著吧』。」

祈雅雖然稍微有些困惑，但她只是不熟悉文明世界的森人小孩。迫於被愛蕾雅的強烈語氣，於是便以一句話讓兩位巡邏兵昏倒。

無論肉體多麼強壯，具有多麼精湛的劍術弓術，在「世界詞」的面前，那些力量毫無意義。那是從完全不同的方向否定了普通之強的全能權利。

愛蕾雅沒有立刻跟上先行一步的祈雅後頭，而是停在昏倒的士兵身邊彎下了腰。

「……？愛蕾雅，沒事吧？那……那個，我會把壞人都打倒！快走吧！不用在意他們啦！」

「……嗯。我沒事，不好意思慢了一會兒。」

愛蕾雅抬起頭，擠出憂愁的微笑。她必須確實解決掉祈雅詞術的目擊者。被餵食毒藥丸的這兩位士兵應該不會再醒來了。

（——祈雅的偵測會導向最短路徑。如果剛才看到的光是「冷星」奇襲的砲擊，我們應該會繞到像現在這樣巡邏兵人數不多的方位。）

「就在這個牆壁的後面吧，『開啟道路』。」

祈雅毫不猶豫地使用詞術，製造出貫穿厚石牆的通道。雖然她引發了如此大規模的改變，話音未落時現象就已經發生了。

「從這裡開始就以不會被壞人發現的方式前進吧。妳能讓其他人看不到我們的樣子嗎？」

「……原來有這招啊，『隱藏身影』。」

從石牆的陰影穿過士兵的背後。為了防禦而建成有如迷宮的新公國建築構造，對兩人反而有利。祈雅的詞術會從許多道路中開拓出最短路徑，而愛蕾雅則以身為密探的技巧處理與士兵的接觸。不得不擊倒的士兵則不為人知地遭其抹殺。

僅僅兩位，女子和小孩，就在無人目擊的情況下穿過了戒嚴狀態的軍事設施。這是常識上不可能，太過魯莽的嘗試，然而可怕的是「世界詞」的詞術將不可能化為可能。

祈雅只要下達命令，甚至能輕易移動建築物以堵住道路。

「『關閉道路』。這樣就不用擔心被追上了。只要我出馬事情就很簡單啦。」

「……封閉既有道路這種事，回去的時候就不要做了。城市裡的人之後會很傷腦筋的。」

「沒什麼大不了吧？道路這種東西只要再建就有啦。」

最後，兩人抵達了一座設施的地下室。看起來像是重罪犯的監獄，厚重的鋼鐵大門並排在眼前。

「拉娜的位置——」

「我知道，就是這裡。『斷開』。」

新雅立刻以言語弄斷拉娜牢房的鎖，接著大剌剌地推門大喊：

「我來救妳了！」

坐在角落的人理所當然地縮起了身體，看著突如其來的訪客。她似乎無法相信自己的眼睛，戰戰兢兢地擠出聲。

「……新雅？」

拉娜身上的傷勢看起來沒有愛蕾雅想像得那樣重。考慮到她被囚禁後沒多久就出現那陣砲擊。或許是因為對塔蓮他們而言，有必要在黃都方發現他們捉到內賊前迅速進行下一個階段的行動。

「新雅，拉娜交給我來照顧，妳到外面去。可能會有人來巡邏，有人來了就叫我一聲。」

「我知道了。」

難掩慌張神色的拉娜交互看了看眼前的兩人。

「愛蕾雅也……為什麼……」

「拉娜，站得起來嗎？」

「……沒……沒事，好奇怪。」

就在拉娜握住愛蕾雅伸出的手之前，她突然停住。

「妳們……是『用什麼方式』來到這裡……？就算動員所有還留在新公國的特務部隊，應該也無法突破這裡的警備！為、為什麼祈雅也在這裡……」

「……」

「……難道說，愛蕾雅——」

拉娜所看著的對象不是愛蕾雅，而是祈雅。那個人應該只是她今天整天陪著一起遊玩，教師愛蕾雅的小小學生才對啊。

她感到恐懼。如果塔蓮向世界各地派出的許多調查團探索過，最後也沒發現的最強「世界詞」，那種理論上不可能存在的魔才實際存在這世界上——

沒有人知道那個存在具有什麼形象。更別說像祈雅這樣，毫無特殊之處的普通少女竟然會是「全能者」。

「妳、妳找到了呢……早就已經找到了——」

「不要再說話了，會影響到妳的傷勢，拉娜。」

紅紙籤的愛蕾雅彎下身體，對上拉娜的眼睛。她知道若是選擇這種強行突破的方式，便無可避免地會讓拉娜發現事情的真相。

雖然以拉娜的意志力來說不太會有那樣的狀況，但是或許不用愛蕾雅封口，她已經說出許多黃都的作戰內容了。

就算是這樣也沒關係。愛蕾雅就是為了確實地剷除拉娜而來到這裡。

她已經準備好在祈雅不會發現的情況下殺人的方法。她伸手探向拉娜的嘴——

「有人來了。」

站在走廊上的祈雅壓低聲音說道。愛蕾雅立刻看往那個方向。

走廊上的火把熄滅，只浮現一個陰暗的影子。那不是人族，而是包覆著無數樹根的……大型根獸的身影。

「被打倒的警備兵一路延續到這裡。」

平淡的話音迴盪在冷清的走廊上。

「希古爾雷。」

月嵐拉娜以絕望的聲音發出呻吟。

「等、等一下……希古爾雷。」

「好的，有什麼事？」

「這些傢伙是來殺我的。我什麼情報都沒說！是真的！塔、塔蓮命令你……來殺我嗎？」

她平時那超然飄逸的態度已完全不見蹤影。

「世界詞」或許能用這個世界上誰都無法想像的詞術扭曲現象。而紅紙籤的愛蕾雅是一位諜報部隊的冷酷指揮官，她現在可能會奪去遭囚的拉娜的性命。

——可是，就算如此。無論那種可能性有多高，只有「與大海的希古爾雷交戰就會死」這件事，是絕對的。

「我有疑問。那邊的小孩子——」

希古爾雷沒有露出任何感情，機械似的詢問。

「是怎麼侵入的？」

「……愛蕾雅。」

祈雅揪住愛蕾雅的袖子。這是年幼的她未曾經歷過的氛圍。與和平的日常相去甚遠，逐漸關閉未來的死亡氣息。

「……對了，希古爾雷！你知道嗎！」

拉娜突然激動地喊著，稍微延遲了希古爾雷出刀的瞬間。

「新公國尋找的『世界詞』所在之處！就是——」

「——『錯開』！」

祈雅大喊一聲。希古爾雷放出數量龐大的翻滾藤蔓塞滿無處可逃的走廊，截斷了其容積。那陣波濤瞬間擴散至整個視野。不只是祈雅，連站在後面的愛蕾雅、拉娜，全都無處可逃。

其別名為大海的希古爾雷。即使保持距離、躲進遮蔽物，無論有多少對手，沒有任何生命體沒入牠的斬擊之海後還能生存。

「……」

「什麼？妳——」

希古爾雷在塞滿整個走廊的藤蔓之海裡看到了。

她回過了頭，金色長髮縫隙間露出的清澈碧眼正回望著希古爾雷。

「……不對，應該不是錯開。」

祈雅嚴肅地深呼吸了一次。

「『保護我們不受危險之物所害』。」

理應不可能躲避的藤蔓斬擊全數避開了三人。

那是多重發動具有驚人的高精確度，直接干涉攻擊軌道的力術所造成的結果。但是包含「世界詞」本人在內，沒人能辨識這整個過程。

她不過是對攻擊下了「打不中」的命令罷了

「原來如此。」

劍奴根獸只是像往常那樣，老實地接受了事實。無論敵人具有多麼誇張的異能，對牠而言那都是日常景象。

「外面的世界有很多我不知道的技巧呢。」

牠向來面對的都是「下一場比賽會更危險，被殺的將會是你」。

「又學到一課了，謝謝妳。」

——因此，致死之刃連一擊都碰不到的對象，當然也在牠的預料範圍內。

塞滿走廊的藤蔓上成排的硬葉子微微張開了。那是身為普通少女的祈雅根本不可能發現的微小動作。葉子之間散發出無色無味的氣化劇毒。

這是大海的希古爾雷祕藏的無數致勝招數之一。這位經過長期鑽研成為地表最強的根獸，有辦法將種族特有的致死毒物以氣體形式散發出去。

「詞術以言語為觸媒，妳會呼吸嗎？」

「？」

祈雅眨了眨眼睛，似乎無法理解發生了什麼事。

——彷彿要掩埋她們的藤蔓本身就是毒物的製造源頭。在這個地下密閉空間裡，三次呼吸之內必定能殺害任何生命。她們已經沒救了。

「當然會呼吸啊。」

「……」

——毒沒生效。

她在這個空間裡張著眼睛與嘴巴，說著話，一副若無其事的樣子。

「我說過了吧，『保護我們不受危險之物所害』。」

是對物質進行熱分解的熱術，還是產生化學性變化的生術，或是兩者的結合呢？但祈雅不過是下令看到自己所期望的結果罷了。一般詞術士完全不可能做到的極度複雜反應過程正持續分解著希古爾雷的毒。

極為單純，也因此絕對無法顛覆的最強存在。

因其全能而無敵。

「妳……到底是——」

希古爾雷第一次顯現出恐懼的感情。就連「真正的魔王」的威脅逼近眼前的那個時候，劍奴也只是坦然接受了要活下去的事實。

「……」

牠的話說到這裡，就整個人往前倒下。癱在冰冷的石地板上，一動也不動了。

祈雅又眨了一次眼睛。

「…………妳……殺了牠嗎，祈雅？」

察覺到異能的攻防在此告一段落，愛蕾雅這才解除防禦姿勢。塞滿走廊的藤蔓逐漸凋萎，顯示了本體的死亡。

即使知道祈雅的防禦完美無缺，但那仍是她第一次遭遇的恐怖存在。

這是理所當然的。強度的次元差距太大，雙方的程度差異根本無從得知。

「不……不是。我沒有……說那種事。牠真的死了嗎……？」

「…………」

高深莫測的敵人、神祕的死亡。

不過環顧四周的祈雅注意到有更重要的事得做。

「愛……愛蕾雅！拉娜在哪裡？」

「……」

「在我戰鬥的時候……她究竟是在……！」

「祈雅，我們也得快逃出這裡。拉娜一定是自行逃離了。妳能讓她脫離牢房就很厲害了。」

「怎麼可以……她還有可能遇上像那隻根獸一樣的危險人物吧？我不能放著她不管！拉娜是我的朋友！」

愛蕾雅看著自己的掌心。若是繼續尋找拉娜，就很有可能反而讓「世界詞」曝光。讓她離開牢房時，愛蕾雅就已經達成最基本的目的了。

「我們去幫她吧，愛蕾雅！」

「這個……」

——但是，當自己的學生由衷盼望時……身為指引祈雅的教師，愛蕾雅又該怎麼回答呢？

清澈的碧眼仰望著愛蕾雅，她打從心底信任著愛蕾雅。

太愚蠢了——愛蕾雅想著。以她的本性，應該對欺騙不知世事的祈雅，讓她為己所用的行為感覺不到任何罪惡感才對。

「我們一定能辦得到。」

「妳真是……妳真是愛耍任性的孩子呢，祈雅。」

「難道不能對老師耍任性嗎？」

◆

大海的希古爾雷死了，但是殺死牠的不是「世界詞」。那個存在正潛伏於從愛蕾雅的位置看向希古爾雷時，其後方的轉角處。

「呼嘿嘿……真是的，本來打算先從難搞的傢伙開始解決呢。」

那個人發出慵懶、自嘲般的笑聲。

「能夠不必戰鬥就處理掉這件事，不知道算是運氣好還是不好。」

他是為了殺希古爾雷才來到這裡。因此以他的距離，無法看見希古爾雷放出的無數藤蔓所包圍的祈雅或愛蕾雅的身影。

全能與必殺。

避免絕對的權能之間發生衝突的僅僅是毫釐之差的機會。

「……抱歉啦，根獸。我的天使所擁有的力量，和我這個人一樣膽小呢——」

那是一位身裹黑衣，鬍子未經修剪的男子。在希古爾雷被祈雅吸引注意的瞬間，使用超越了根獸，真正絕對致死之刃的天使並沒有放過這一擊的機會。

大海的希古爾雷的真正死因是牠選擇了讓這個地下室充斥氣化毒的攻擊手段。

那是將在場所有人都捲入，帶有「殺意」的攻擊——因此，靜歌娜斯緹庫瞬間轉移到希古爾雷背後，將「死之牙」插進了牠的身體。

不讓距離較遠的男子身處的空氣有時間達到致死濃度的毒。

「想要殺我的人，全都會死去呢。」

鍋釘西多勿派出的另一名殺手抵達了新公國的最深處。

受到死亡天使詛咒的刺客之名為——擦身之禍庫瑟。

十九◆濫回凌轢・霓悉洛

「那是什麼鬼啊？」

看到新公國發出的強光，扛著劍的宗次朗低聲說道。

在平原上與斬音夏魯庫交戰後，他前往的地方不是根據地梅吉市的堡壘，而是敵陣新公國。

追求血與刃更勝一切的異界劍豪沒有追上去以外的選擇。而且——

「啊……來晚了嗎？」

在城市道路上形成防衛線的新公國士兵陣地簡直就像一道牆壁。陣地推滿了沙包與有刺鐵絲網，坡道上配置許多弓兵與步槍兵。這種詳盡的開戰準備，以及剛才以「冷星」發動奇襲後短時間內就完成防衛戰構築的迅捷速度，正是因為塔蓮手下的士兵們訓練精良所以才能做到。

另外，對利其亞新公國有概念的人就會知道，進入新公國的這條道路已位於鳥龍兵的「視線」範圍之內。一旦遭到大規模部隊攻入，天空中就會立刻出現無數增援。

以騎兵接近利其亞已是不可能的事，要徒步進入更是痴心妄想。

不過，柳之劍宗次朗沒有放慢腳步，反而隨意地拉近與防衛線的距離。

「喂！」

扛著劍的「客人」高聲大喊。

「你們先讓開一下。反正砍了你們也沒什麼意思。」

對方沒有回應，取而代之的是暴雨般落下的箭矢與槍彈。雖然量多得足以將人打成一縷血煙，宗次朗卻理所當然地毫髮無傷。只有「啪」一道空氣破裂聲顯現了宗次朗揮劍的超常速度。

「軀幹只來了七發耶！要打的話好歹打準一點嘛！」

他的步伐一秒也沒停下。宛如無可躲避的命運，列隊於最前線的士兵們已經進入了宗次朗的劍攻擊的範圍。

「……你這傢伙！是黃都的刺客吧！」

「我已經警告你閃開嘍。」

不帶一絲猶豫，他準備砍倒眼前的士兵。

——但就在前一刻，宗次朗突然回頭。

「喂，那是什麼聲音？」

「咦……」

士兵還來不及回應這突如其來的問題，某個有如巨大砲彈的物體就撞了過來。

他們跟著整個陣地一起被碾爛。踩碎大地而來的黑色團塊在斜坡前停下，在後方拖出一長條以士兵們的血畫成的血痕。

「……你是什麼東西啊？」

宗次朗朝旁邊翻滾躲過這一擊，並舉起了劍。
剛才撞進來的東西是他在這個世界從未看過的怪物。
——巨大得必須仰頭才能看清全貌的蜘蛛。星星與城市燈光在黑金屬表面反射出怪異虹光。
怪物發出了聲音。
「我很對不起你們。」
那是與外型完全不符的嬌媚的少女嗓音。
「但還是得請你們全部死光——得讓大家通行才行呢。」
「槍……槍彈沒有用嗎？」
「剛才就已經試過了！用火砲！」
「快通知巡邏的鳥龍部隊！」
箭矢傾盆而下，子彈源源不絕地射出。新公國兵的所有攻擊都無法奏效。那還不是像先前的宗次朗那樣使用超常的技能進行迴避——它只是單純地以金屬裝甲堪稱異常的硬度擋下攻勢。
「開始砲擊！」
「嘻嘻嘻。」
在轟隆隆的爆炸聲中，來自火砲陣地的榴彈不斷落下。爆炸轟飛了地表，火焰捲起砂石。蛛獸只是嘻嘻笑著，一動也不動。
「嘻、嘻嘻嘻……」

——埋葬的赫魯涅潭。它是濫回凌轢霓悉洛的座機，也是被改造成生物戰車的蛛獸。其裝甲材質是名為星深瀝鋼的超常魔石，除非使用熟練的工術進行直接加工，否則以一般的力與熱都無法傷其分毫。

而駕駛者濫回凌轢霓悉洛則是能承受赫魯涅潭以超越限度的出力進行急衝與驟停的無生命屍魔。這台異形戰車雖是有人機，卻無維持基本供氧的通風口，使終極裝甲上不存在脆弱的部位。

那是在堅固程度上凌駕於拿岡迷宮機魔的地面終極戰車。

「不行了！將防衛線往後撤……嗚！」

「噗嗚！」

它一躍就追上了正要後退的一隊士兵，重重地壓死了他們。透過如字面所述的怪物級出力，赫魯涅潭的巨大質量本身就是殺人用的武裝。

紅色的眼眸仰望空中，發出少女的清爽話音。

「鳥龍兵還沒來嗎？不擊落牠們就沒辦法完成開道……！」

強大的蛛獸猛踏地面往後退。光是這樣的動作就扯裂了路線上的大量沙包，和牠背後的士兵血肉攪在一起。

「喂，吶……妳差不多該回答我的問題了吧？」

她所察覺的威脅乃是剛才理應和自己一同被捲入砲擊，身穿運動外套的劍士。

「妳是什麼東西？」

「我聽說過你的事喔。柳之劍宗次朗。我是友軍。」

「我說啊，喂。我不是在問這個吧。」

宗次朗垂下了劍，看著沾滿鮮血與內臟、肉與脂肪的新公國陣地。負責暗殺與潛入的宗次朗並不知道「濫回凌轢」這個最終手段。

不過就算知道，一心追求斬殺強者的他也肯定也會做出同樣的舉動。

宗次朗仍隨意地走向地表最終極的戰車。他在滅亡的拿岡對悠諾所提過的M1艾布蘭，就是「彼端」的主力戰車名。

「不要一個人在那邊胡搞亂搞，要打的話就跟我打啦！」

「嘻嘻……為什麼？」

「因為妳很強。」

劍豪剎那間就縮短了距離，揮出一刀。

當宗次朗的攻擊結束時，蛛獸已經退後了。

「……你真的是人族嗎？」

說到底，霓悉洛根本不打算讓對方接近至肉搏戰的距離。她沒必要與宗次朗交戰，只要在這裡埋伏鳥龍兵，擊落牠們就行了。

對方看起來也不像以屍體狀態接受改造的霓悉洛和赫魯涅潭，具有超越人類的構造。可是，剛才的逼近與揮劍速度——

「竟然喜歡戰鬥，你不正常喔。」

「……在軀幹裡面吧。我看到妳的命脈了。」

低頭，維持揮出劍的姿勢低語。

「妳只有『一個』生命。載具和駕駛，合起來成為一體。」

「……！」

濫回凌轢霓悉洛在具有超強硬度的裝甲以外，還有著多種機構。但能看穿這部分，而且只靠肉眼目視外表就能做到的人，至今從未出現過。

霓悉洛對這位「客人」提高了警戒。即使雙方乃是同屬黃都的友軍……不對，正因為如此，他很危險。

巨大的蛛獸移動到小丘的頂端，以發亮的紅眼俯視宗次朗。

「我不打算和你戰鬥。反正這個陣地的壓制行動——」

如同弦樂器的聲音「咻」一聲響起。一隊新公國的弓兵身體被切斷。那是從巨物製造的虐殺劇中存活下來的最後一批士兵。

「現在也已經結束了。」

她說完後便轉身朝新公國的方向離去。

在極近距離與之對決的宗次朗看見那種攻擊的真面目。

「……是絲線啊。她射出了絲線。」

蛛獸巢穴的縱絲有大鬼的蠻力也砍不斷的強度，橫絲則有能輕鬆切開鳥龍骨頭的銳利斷面。

這種發射絲線在夜間擊落鳥龍的射程距離與高精準度的砲擊能力，正是讓濫回凌轢霓悉洛成為無敵戰車的機構之一。

而且除了那些武裝外，身為魔族的她還存在一個最強大的機構——

「奇怪。」

在朝著街上的燈火進行蹂躪的途中，霓悉洛感到一股異樣感。

她透過脊髓伸出的神經感受到乘坐的赫魯涅潭發生了異狀。

「——眼睛，少了『三個』。」

那究竟是犀利的截斷面直到現在才綻開，還是超脫世界的超常劍擊讓對手連被砍中的自覺都沒有呢？赫魯涅潭的頭部被斜向砍飛，少了三個眼睛。

包覆赫魯涅潭全身的裝甲材質是名為星深瀝鋼的超常魔石。是一般的力量與熱能無法傷其分毫的材質——理應如此。

「柳之劍宗次朗，他在逼近的那一刻就已經砍中頭部了啊……嘻嘻。」

自覺那是致命傷的霓悉洛反而笑了。

赫魯涅潭急速奔馳、跳躍，以五顆眼睛接連擊落覆蓋天空的鳥龍兵。即使失去一半的頭部，蛛獸的動作也沒有些微的遲緩。

身為屍魔的赫魯涅潭與霓悉洛，雙方的肉體早就已經「死了」。另一方面，就像只要刻上生命詞術的刻印還在，機魔就不會毀滅。只要生命核心還在，她就能「活下去」。

據說魔族製作者的終極目標之一是控制生命。將生命暫寄於自身之外存在的技術就是到達那個頂點的過程。

赫魯涅潭的生命核心正是收納於自身裝甲內部的駕駛。

「看來……除了你以外，還有其他能殺死我的對手呢，庫瑟。」

這叫做共有詛咒。只要駕駛員霓悉洛沒事，「濫回凌轢」就是不死之身。

此人為死者，故能適應步行即可摧毀地形的座騎之巨大重量與加速度。

此人具有一網切開整個軍隊，遠距離的必殺砲擊手段。

此人同時擁有隔絕所有一般攻擊手段的裝甲，以及無法停止的不死特性。

她是獲得兩個身體，只為成就一項蹂躪機能的慘烈戰騎。

騎兵（cataphract），屍魔。

濫回凌轢・霓悉洛。

二十◆惡天

當地上的戰端開啟的同一時刻，新公國上空的鳥龍兵正逐步集結，迎戰另一個威脅。

隨著剛才「冷星」的砲擊，一同侵襲梅吉市的轟炸部隊遭到來自空中的闖入者攻擊，陷入毀滅狀態。

就是在等待這個敵人的雷古聶吉對手下的鳥龍兵傳達指令。

「──對方最強的攻擊是席蓮金玄的光魔劍，拔劍的瞬間會伸出光刃，斬擊半徑為四公尺，無需警戒這招。反正被那傢伙的攻擊直接打中就是死而已。另一把魔劍叫戰慄鳥，是會一邊放出噪音一邊自動飛行的魔劍。當成還有另一隻敵人就行了，分出部隊壓制這傢伙。」

星馳阿魯斯沒有直接出現在擁有「冷星」的新公國讓雷古聶吉感到很意外，但這個發展也「優於」牠的預料。

因為牠已經掌握了至今詳細不明的星馳阿魯斯的所有魔具大部分的特性。當牠得知轟炸部隊開始與之交戰，並且將殲滅的過程納入戰術時，另一項準備也完成了。

「名為奇歐之手的魔鞭，攻擊半徑十二公尺或更遠。但那傢伙有時會將鞭子圍繞在自己周圍，用以防守。在那種情況下有效攻擊半徑會變成一半以下。需要警戒的就是這招攻擊。十二公尺，給我複述一遍，你們這群垃圾！」
「嘰，十二，公尺。」
「十二……」
「咕嚕，不能，接、接近。」
「記住了嗎？主要武裝的槍具備更遠的射程。有擦到就會變成一灘爛泥的致死毒魔彈、放出雷擊的雷轟魔彈。只要持續進行妨礙就能牽制牠採取射擊姿勢與裝填彈藥。妨礙時從十二公尺以外進行，『自殺小隊』則以多隻從六公尺外進行妨礙——」
「了、解……作戰……」
「嘰哩，哩哩……！攻擊，星馳！」
星馳阿魯斯是無敵的冒險者。君臨於地表的許多傳說都被牠征服了。
不過對於夕暉之翼雷古聶吉——對牠所率領的鳥龍兵而言，條件卻不同。牠們已經預期到無敵冒險者的來襲。而且洞悉了阿魯斯擁有的多種攻擊手段，能夠透過戰術進行應對。
（鳥龍不需要英雄。我現在就在這裡收拾你。）
一對細長的翅膀背對著大月與小月這兩盞月光直飛而來。
終結傳說者——星馳阿魯斯。
「啊……好久沒看見這張臉了。你四處逃竄了真久呢，三隻手的阿魯斯？」
雷古聶吉吐出帶著惡意的嘲諷。

「你終於回來族群啦。就算是你這種垃圾，『我的族群』也很歡迎喔。我會讓你去負責去找食物。」

「…………囉嗦。」

槍聲。那是令人無法想像在飛行時發出的射擊。超絕的速射。

保持足夠距離的雷古聶吉將其他士兵當成盾牌。牠經常待在鳥龍群的中央位置，組成彈道無法直接命中牠的陣形。

「咕，哈哈哈！你生氣啦？應該不可能吧？你才沒有會生氣的腦袋，那是天生的啦。你這個只能在地面緩慢爬行，連乘風而飛都做不好——三隻手的蠢蛋。那就是你，我很清楚。」

阿魯斯裝填了下一發子彈。大量鳥龍開始包圍牠，吸引牠的注意，進行妨礙。有一群鳥龍從下方穿過。刻著新公國紋章的鎧甲背上綁著熊熊燃燒的稻草，刺激性的濃煙瞬間遮蔽了視線。

牠朝斜的方向飛行逃離。不過這條逃出包圍的路線也在雷古聶吉的戰術之內。

「——你知道我為什麼在這個利其亞等你嗎？」

「……！」

在阿魯斯還來不及調整過來時，槍聲就接連響起。牠雖然扭身閃避，其中一發子彈還是差點擦過牠的皮膚。

這不是特殊攻擊，只是普通的槍擊。但這理所當然地不是眼前的鳥龍兵所發動的攻擊。

低頭俯視，可以看見林立於利其亞的幾座尖塔上閃爍著槍口的光輝。

「用自己的槍是只有笨蛋才會做的事吧，阿魯斯？」

是新公國的一般士兵。沒有手臂的普通鳥龍無法用槍，可人類就不同了。

將空中的敵人逼入預期的狙擊位置再加以打倒。很有效的戰術。

鳥龍兵再次散布煙霧。牠們燃燒的稻草同時也是將阿魯斯的位置通知給地上士兵的信號燈。

從地面高塔繼續發出不間斷的射擊。他們錯開裝彈時間，連續進行攻擊。

（……突破防空網的空隙……不對。）

一隻鳥龍兵以爪子挑起近距離戰鬥。是陷阱。如果停下來對付牠自己就會被擊落，阿魯斯很清楚這點。

（……這個距離……能使用的武器是……）

光魔劍、奇歐之手都能重整戰況。但是敵人不會靠近到能讓牠同時攻擊多隻的範圍。在牠想出下一個手段前，攻擊的風暴就已經到來。

煙霧，槍擊，爪擊。

「『雷古聶吉號令於利其亞之風（kekexy ko khart）』。」

還有詞術。

「…………好煩啊……」

「『反轉鏡盤（kent kakor），穿繩的太陽（kokket korp），照耀吧（kokaitok）』。」

阿魯斯避開了雷古聶吉發出的熱術紅光。子彈撕裂了牠一部分的翅膀。中這槍在牠的計算之內，目的是製造扭轉攻勢的瞬間。牠做出彎身與擲出的動作。

「戰慄鳥……！」

魔劍帶著尖銳的噪音飛出去。雷古聶吉的鳥龍群立刻展開反應，以爪子迎戰魔劍。被打落的魔劍在空中改變軌道，回到阿魯斯的手中。

剛才那一群鳥龍立刻採取的反應很明顯是在嘗試虜獲這把飛行魔劍。阿魯斯判斷在這場戰鬥中不能輕易使用它。

「……奇歐的……」

「『雷古聶吉號令於利其亞之風，反轉鏡盤』。」（kekexyko khart kent kakor）

阿魯斯在下一秒拔出的武器不是奇歐之手，而是席蓮金玄的光魔劍。因為地面的射手裝彈間隔時間正好重疊，三發射擊已同時逼近。光刃擋下的子彈沒被彈開，而是直接蒸發。

「『穿繩的太陽，照耀吧』。」（kokket korp kokaitok）

赤紅的楔形閃光。

雷古聶吉再次結束詠唱，阿魯斯避過了死亡光線。

牠一次也不能被光線直接命中。必須和數量近百的軍隊交戰時持續眼觀四面，集中精神。

「…………」

阿魯斯拿出一個小壺狀的魔具。

鳥龍兵無情地持續著飽和攻擊，逼迫阿魯斯應付各式各樣的攻擊。集結成群的牠們不會疲儂。也許在阿魯斯死亡前都不會停止攻勢吧。
「差不多連說話的餘裕都沒有了吧？」
雷古聶吉出言挑釁。
「阿魯斯，三隻手的阿魯斯。你還想要『冷星』嗎？呵、呵。讓我猜猜看你在想什麼吧……你正在想若是『冷星』在自己手裡就好了對吧？感到不甘心嗎？……前提是你得先有這種高尚的心智啦。」
「……『冷星』啊……」
如果阿魯斯的魔具之中有毀滅都市的光線，或是像龍那般滅殺的吐息，應該就能將雷古聶吉的軍隊一掃而空了吧。
爪子與槍擊進逼而來。
阿魯斯將奇歐之手當成另一條尾巴般抖動，製造反作用力以迴避這輪攻勢。就算沒有纏住、拖拉空中的敵人，牠還是能以這種方式自由自在地改變飛行軌道。
「……『雷古聶吉號令於利其亞之風（kekexy ko khart）』。」
在激烈的迴避動作中，阿魯斯的壺裡掉出了宛如小火星的東西，落到了新公國的街道上。那是一種攻擊。
「就算沒有那種東西……」
底下竄起火舌。

「『反轉鏡盤』……！」

「…………我還是能毀滅區區一個國家喔——地走。」

地面拉出了一條火焰形成的線。

雷古聶吉看見此時發生的狀況。阿魯斯丟下的小火星——一顆明亮的火球正高速在街道上狂奔，擴大火勢的蔓延。那是之前在梅吉市沒出現過，星馳阿魯斯的另一項魔具。

宛如具有意志般奔馳，一邊擴散火勢一邊膨脹的火焰。其名為——地走。

（那只是街道。連軍事設施都不是。沒有意義的攻擊。卡黛她……）

雖然身處死亡戰鬥的漩渦之中，雷古聶吉最先意識到的方向，卻是靠近中央城塞的一座塔。

（……不至於燒到卡黛那裡。會死的都只是人類市民罷了。）

這些許的安心或許成為了牠的破綻。阿魯斯手中的魔鞭奇歐一聲不響地伸長，擋在雷古聶吉面前的士兵被貫穿頸骨而死。

「……十六公尺。咯咯……你果然隱藏了最遠攻擊距離呢，阿魯斯。」

就在統率個體即將受到攻擊時，距離最近的士兵立刻衝過去護駕。牠沒有迷惘，也不怕死。

「不過那只是沒意義的小聰明罷了。」

「…………那些傢伙……是什麼東西？」

阿魯斯一邊抓準迴避攻擊的空檔重新裝填彈藥擊落敵人，一邊問著。陣形出現空缺時會立刻有其他鳥龍個體補上，雷古聶吉的作戰行動牢不可破。

「這不是烏龍……」
「咯咯咯咯。要我告訴你嗎？我用生術操控了他們的腦子啊。你也會變成那樣。」
「…………你在說謊。」
生術雖然可以對細胞或生物活動產生醫療性的作用，但無法扭曲複雜的大腦機能。烏龍和昆蟲或魚類不同。是能用詞術溝通的生命。
——利用高超的智能統率軍隊，甚至能與人類聯手的天才。進行徹底的恐怖統治與鎮壓，最後造就了願意跟隨牠，無懼於個體死亡的烏龍士兵。
沒辦法只靠這套說法說明的異常性正是雷古聶吉軍隊的基礎。
這個統率個體原本率領的族群理應大部分遭到「真正的魔王」摧毀。牠卻只花了不到四年的時間就重新建立起足以與一個國家匹敵的航空戰力。
「你之所以開始說話……是為了拖延時間吧，三隻手的阿魯斯？」
阿魯斯的光劍擋住了槍彈之雨。這是針對同時抵達的四發子彈所採取的緊急迴避。槍聲再度響起，迴避，子彈又至，沒完沒了。
牠轉動眼球打量四周，尋找脫離彈道的路線。
包圍網已經修復，沒有缺口。
「……你是笨蛋嗎？咯咯咯咯！時間拖久你就輸定啦！這裡是新公國！人類狙擊兵要動員多少就有多少！從你來到這裡時開始，他們就已經開始集合到這個地區啦，呆子！」

「……你從以前開始……話就很多呢，雷古聶吉……」

「沒錯。後悔吧。認輸吧。我就是為了這個說話。讓你有所自覺自己是無能的垃圾，錯得有多離譜。聽好了——聽好了，你仔細想想，阿魯斯。從很久之前……你在戰術層面就已經輸了。」

目前，直到現在牠都沒辦法打敗身為統率個體的雷古聶吉。也沒像在梅吉市交戰時那樣大幅削減鳥龍兵的數量。

因此接下來就算時間飛逝，星馳阿魯斯也無法改善這個狀況。

來自地面的狙擊在比例上的密度增加了，牽制阿魯斯行動的鳥龍軍也透過輪班制恢復體力。另一方面，阿魯斯卻被逼著持續進行需要高度集中與反射的迴避動作。遲早，或是很快地，破綻就會到來。

即使是不具特殊技術的一般士兵子彈，即使是一群烏合之眾鳥龍兵的爪子，仍改不了被直接擊中就會死亡的事實。

踐踏英雄的軍隊。那就是身為鳥龍與司令的夕暉之翼雷古聶吉的戰術。

「………嗯，時間啊。」

阿魯斯十分鬱悶地自言自語。

牠將翅膀重疊在一起。在空中將用來承受風的翅膀重疊起來只意味著一件事。雷古聶吉感到很疑惑。

（牠要急速俯衝？）

這是自殺行為。星馳阿魯斯主動放棄了對飛行的控制。

「……我需要時間。」

說出這句話的瞬間，阿魯斯的背上就接連響起中槍的聲聲。一發、兩發。

牠被打中了五槍。阿魯斯之所以能持續躲過槍彈，是靠那超越人類智慧的機動力，但若只是瞄準單純直線落下的目標，對新公國的士兵而言輕而易舉。

「結束了呢。」

星馳朝地面墜落。

雷古聶吉記得過去那天的景象。濱海的斷崖、朝著高掛的太陽飛去的翅膀。

憑藉擁有力量者的權利捨棄族群之人，以及依照擁有力量者的義務守護族群之人。

是哪一邊獲得了具有真正價值的寶物呢？

「——我才是正確的。」

那個身影逐漸消逝在城市的熊熊火海之中。

火焰。火災蔓延擴大。

「……！」

雷古聶吉突然想到一個可能性，朝著手下的鳥龍群大喊：

「……全體俯衝展開追擊！以敵人依然生存的前提包圍星馳阿魯斯！發現之後困住牠！聽好

了，拚上你們的性命也得完成任務！」

「性、性命……咕、咕咕！」

「嘰，包圍，了、了解……」

「不要複述！快滾，一群垃圾！」

空中軍隊開始如波浪般俯衝，鑽入並排的尖塔之間。

如果從放出地走的火焰時開始……阿魯斯的所有行動都具有意義，那麼這就是牠的目的。

接著，城市的角落發出魔劍的閃光。

那道光是顯示了星馳阿魯斯仍活著的——席蓮金玄的光魔劍。

◆

史上最強的冒險者，在擁有多采多姿的攻擊魔具的同時，也備有防禦攻擊的魔具。這個圓形首飾般的裝飾品，名為死者的巨盾。

它在阿魯斯過去擊敗燻灼維凱翁時，曾使黑煙吐息失效，保護自己的身體——甚至擴大範圍保護周圍，可謂無敵的魔具。

雖然防禦中會伴隨強烈的劇痛與侵蝕，導致牠無法進行攻擊、飛翔等動作的發動代價，但只要身處急速俯衝中，那些副作用的影響就不大。

「發現！嘰、嘰、發現星馳阿魯斯！」
「進、進、進行……追擊！」
穿梭於城市間低空飛行的阿魯斯遭到鳥龍兵群起圍攻。牠們的言行十分異常。與其說智能低落，不如說語言能力太過單調了。
「…………看起來真不舒服。」
阿魯斯揮出的奇歐之手同時貫穿了三隻鳥龍，瞬間將牠們打落至運河。
城市已經化為一片火海。超自然的火焰奔馳而過。阿魯斯操縱著地走，對城市縱火以阻擋地面部隊的快速反應。
那是阿魯斯的策略。
如果人類的狙擊是雷古聶吉的攻擊手段，那麼「切斷攻擊的聯繫就好了」。
不待在會被那些塔上狙擊手瞄準的高空，而是降落至低空。將敵人引入塔或建築物之間的空隙，在阻絕狙擊與士兵增援的情況下分頭擊破。牠之所以使用當作最後手段的死者的巨盾，是因為地走的火舌已經製造出夠大的火勢，爭取了時間。
「思考原因，做出對策」。
這是牠過去的人類朋友所說過的話。
在與許多著名的傳說為敵時，星馳阿魯斯總是在思考，做出對策。
牠相信那才是真正的強大。

「……要做出對策，是啊……」

「你以為自己逃得掉嗎？」

聲音從背後傳來。阿魯斯轉頭望了過去。

雷古聶吉帶著數十隻鳥龍兵從天而降。

「我啊，沒有像你一樣逃離族群喔。而且……你再也逃不了了。你將會被你所逃離的族群所殺。」

「…………逃走兩字……是以敵人當對象的……」

阿魯斯只是鬱悶地說著。

「……也就是說，對你而言，『你自己的族群就是敵人』呢。」

「垃圾！」

無比自由的冒險者從一開始就對牠的族群沒有眷戀。牠是天生超越鳥龍領域的異端。雷古聶吉在過了幾十年後至今仍固執於牠的族群，這對阿魯斯而言是很滑稽的事。

「你就在這裡被燒死吧，三隻手的阿魯斯。」

前衛鳥龍兵展開行動。其突擊動作極為單調，光魔劍一砍就輕易打落牠們。

在建築物並排而立的低空，對方無法像剛才那樣給予全方位的壓力，只能從固定方向攻擊。

被砍斷的鳥龍屍體朝地面的街道墜落……

——接著爆炸了。

「…………炸藥。」

就在突然的爆炸衝擊震得牠身形不穩時，下一波突擊已經逼近。那整群都是不怕死的狂熱軍隊。牠們簡直就像為了「尋死」而衝上來。飛進蔓延至周圍的火災之焰，只為了引發爆炸波及到阿魯斯。

「……這什麼啊！」

牠一邊承受著惡夢般的猛攻，一邊煩躁地大喊：

「…………你瘋了……這不是鳥龍……」

這不是自由。什麼也沒有。鳥龍之所以為鳥龍的東西，在這支軍隊身上完全找不到。

爆炸接連不斷。強光閃爍，狂風紊亂。

「哈哈哈哈哈！沒錯！這些傢伙『已經』不是鳥龍了！」

現場出現了直至剛才都不曾聽過的詭異沙沙拍翅聲。

「『雷古聶吉號令於優帕之羽。暈眩的天蓋。沾濕的金片——』」（kekexy ko kuyukha kirikiker kenhaor）

在混亂之中，某種決定性的狀況發生了。

身處軍隊中心的雷古聶吉大大地張開翅膀。

「『——紊亂吧』！」（kotastenon）

紅色的火焰中冒出一股搖曳的黑煙。那不是煙，而是一大群極微小的物體。棲息在聳立於利其亞隨處可見的尖塔中的「東西」，不只是烏龍而已。

夕暉之翼雷古聶吉解放了潛藏於城市中的另一支軍隊。

「大笨蛋。你是沒救的蠢才。你以為是憑自己的意志逃到這裡的嗎？要不要我告訴你一件有趣的事？」

「！」

阿魯斯忽然在空中扭動身體。那不是毒煙。他感覺到某種決定性的異物趁著呼吸侵入體內。

「有一種鋏刻蟲具有會被燒焦花粉的氣味所吸引的特性。那就是我以生術操縱的蟲。在梅吉市時，你也燒死我不少的士兵呢。」

「……咕，嗚。」

「你吸入了燃燒稻草的煙。自爆的煙也附著在你的呼吸器官裡。自爆攻擊將你逼入的位置就是被蟲巢圍繞的狩獵場。正如你所想的……打從一開始，一切發展都沒有脫離我的戰術預測範圍啦──這東西比起毒氣更好用，就算只有微量也能生效。」

發出沙沙聲的蟲群覆蓋了阿魯斯。雷古聶吉之所以下令士兵突擊，就是為了將阿魯斯牽制於這個位置，讓可怕的蟲群纏上牠。

就算以機動力也甩不掉纏上自己身體的蟲子。也無法以光魔劍燒除。開槍、鞭子，都不是有效的應對方式。

「你知道接下來會怎麼樣嗎？」

雷古聶吉從高處眺望著痛苦呻吟，卻企圖繼續戰鬥的冒險者，大聲嘲笑著。

利其亞新公國的空軍是一支意志被剝奪的鳥龍軍。這位天才統率個體擁有的族群曾一度被「真正的魔王」帶來的災禍奪走，牠為了繼續維持族群的存在，究竟做了什麼呢？

「牠們會咬穿你的嘴和鼻孔……『啃食大腦的自由意志區塊』。」

夕暉之翼雷古聶吉——毫無疑問地是天才。

能對昆蟲賦予自然界不可能存在之習性的生術才能。那就是讓牠統率超越本能之族群的異常力量的真面目。

只要控制蟲子，將其他鳥龍貶抑至只剩昆蟲般的思考能力，就能透過生術的處理賦予盲從的方向性。牠用這種方法吸收了好幾個鳥龍群，打造出這支軍隊。

既是鳥龍也是司令。還是使用獸類之上的獸性支配群體的——獸匠（tamer）。

「讓我猜猜看你在想什麼吧。」

「…………思……考……」

「沒錯。現在的狀況和剛才不一樣。我自己如今為了發動生術而來到隊伍前頭——你只要用最後的力量展開奇襲，殺了身為司令塔的我就行了。」

「……對策……」

當氣管被蟲子塞住無法呼吸，距離嘴巴被咬穿，大腦遭侵入就剩沒多少時間了。搞不好氧氣耗盡的阿魯斯被殺上來的鳥龍兵撕碎還比較快。

「……！」

冒險者拔出光魔劍，砍向雷古聶吉。這是死前的一場賭博。不過這個行動也遭到預測。雷古聶吉犧牲了幾隻鳥龍兵，沿著地形往上逃走。

「也是沒意義的，垃圾。」

況且就算現在殺死雷古聶吉，也不會改變阿魯斯的死亡命運。

蟲子已經侵入身體了。即使排除施術者，以生術賦予的方向性也不會消失。只能等著蟲子從牠無法處理的身體內部啃噬大腦。

「『雷古聶吉號令於優帕之羽（kekexy ko kuyukha）。暈眩的天蓋（kirikiker）。沾濕的金片（kenhaor）。紊亂吧（kotastenon）』！」

又有更多蟲群撲向了阿魯斯的肉體。

即使做出最後的掙扎衝上去，阿魯斯飛到的位置也全都在計算之內。打從一開始，想要攻擊受到牢固編隊保護的雷古聶吉就是不可能的事。

不知是否因此耗盡了力氣，光魔劍從阿魯斯的手中滑落。鳥槍、收納無盡魔具的背包也同時掉落。

讓星馳阿魯斯之所以成為最強的魔具——

「…………」

阿魯斯茫然地仰望上方的天空。

牠已經碰不到了。

「你的生命是沒有意義的。不管是收集來的財寶，還是名聲。」

雷古聶吉俯視著阿魯斯，如此說道。

「你知道什麼是歌曲嗎？我可是找到了真正的寶物喔，比你的更好。」

「……逃。」

蟲群堵塞著呼吸器官，牠低語著。

阿魯斯仰望的對象不是雷古聶吉。

「…………往上……」

而是牠身後的尖塔。

「你在說什麼……我不是已經——」

由於戰場移至低空，不管面對哪個方向都能看到尖塔。因為利其亞新公國是一個把給鳥龍兵當居住區的尖塔蓋得有如森林般密集的國家。

注意到阿魯斯的視線，雷古聶吉也回頭看向背後的尖塔。

「……」

看著只要牠俯視阿魯斯，只要受到編隊守護，應該就不會有攻擊過來的後方死角。

星馳阿魯斯說了什麼話呢？如果要猜測牠的想法——

——我就知道你會往上逃。

「——已經打贏你了。」

巨大的火焰從天而降。

遵循使用者的意志而奔馳的火焰魔具——地走。

從尖塔內側「衝上天空」的那個魔具，以巨大的熱能一同焚燒了位於其軌道上的雷古聶吉和阿魯斯。

「……你廢話太多了，雷古聶吉。」

與統率個體的戰鬥已經分出勝負。阿魯斯俯瞰著堆滿地面的十幾隻鳥龍兵的屍體。牠輕咳一聲，燒焦蟲子的屍體碎片被一片片咳出來。

即使遭到烈火焚身，阿魯斯受到的傷也只有吸入熱空氣對呼吸器官造成的灼傷而已。在牠與敵人一同被自己的魔具焚燒的瞬間，牠發動了手邊唯一剩下的魔具——死者的巨盾。

攻擊無法觸碰的距離——潛入體內的致死蟲群。

這些都是連阿魯斯都沒料想到的攻擊手段。就算如此，面對超越牠想像的戰局，這位冒險者仍「持續地應對」敵人。

「…………你要是閉上嘴，還比較難應付呢。」

——最小的防禦範圍。只守護自己的「肉體」。刻意投入火焰，藉此燒掉肉體以外的所有東西，連湧入體內的大量蟲子也一併清除。

為了避免魔具遭到牠所投身的火焰波及，因此必須暫時放棄魔劍與背包。

「……」

牠降落地面，收回了自己的寶物。

站在火災焚燒的大地上，可以看到有個展翅的影子飛離了夜空。

全身嚴重灼傷的雷古聶吉似乎朝中央城塞的尖塔飛去。

選擇自由的個體只是目送著牠。卻不是因為手下留情。

「…………再見了。」

◆

充滿活力的利其亞今晚變得更有光彩，然而那是毀滅之火的亮光。

房屋毫無秩序地燃燒，市民們只能畏懼於火災和突破防衛線衝入的巨大蛛獸，以及隨後侵入軍隊的威脅，躲在藏身處避免被發現。

有兩個影子在高溫空氣造成的搖曳景色中奔跑。

「愛蕾雅！城市起火了！是火、火災……嗎？」

愛蕾雅以嚴峻的表情望著這幅景象。目前於梅吉市指揮作戰的是第二十卿——鍋釘西多勿。就算他為了回應「冷星」的奇襲而派出軍隊，那個男人應該也不會接受焚燒住宅區的作戰才對。

（也就是說，這場火災是梅吉市士兵的失控行為，又或是有其他因素……其他的人放了火。無論如何，黃都應該會利用這場混亂直接攻陷新公國……）

狀況惡化到了極點。如果是士兵失控，代表碰到友軍也會有危險。

「……愛蕾雅。」

走在前面的祈雅突然停下腳步。

她的視線停在望向她們的兩位士兵上，那明顯不是新公國的士兵。

他們似乎與本隊在作戰行動中走散了，垂下的一隻手握著骯髒的劍，彼此交談著。

「喂、喂，有女人耶。是新公國的人吧？」

「算了吧，別胡思亂想。她們不是士兵喔。」

「誰管他啊，混帳……！我們的梅吉市就是被這群傢伙毀了！她們同樣有罪！」

其中一位男子睜著充血的眼睛丟下這句話。那股狠勁讓祈雅不禁屏住呼吸。

愛蕾雅尋找著逃跑路徑。雖然看起來還沒起火的道路不多，但這並不算真正的危機。只要動用「世界詞」的力量，趕走他們是輕而易舉的事。

（然而如果他們是梅吉市的士兵，那就是黃都方的人……雖然我必須解決看見「世界詞」力量的人，不過如果不先準備一定程度的藉口，之後就很麻煩了……）

「妳們……聽好嘍，妳們可別動啊……！」

情緒激動的男子揮著劍威脅她們，靠了過去。

祈雅以稍微顫抖的聲音說：

「愛蕾雅。」

只要給祈雅一句許可，就能輕易讓對方失去威脅。她只需要動嘴就行了。

「等一下，祈雅。我……老師，先跟對方，談一談。」

「——怎麼啦？到了這種時候還在邀女孩子喔？」

「咦？」

一個低沉的聲音從愛蕾雅正後方傳來，身披襤褸的骸魔就站在那裡。她完全不知道對方是何時，又是怎麼靠近自己的。

骸魔旋轉白槍，將黑暗的眼窩對著男子們。

「好像玩得很開心嘛，算我一份吧。」

「別來礙事！區區魔族——」

他的話只說到一半，因為他的頭蓋骨連同舌頭一起被砍下來了。

「噫！」

另一位男子只有對慘劇產生反應的時間。他的頸動脈在轉瞬之前就已經被切開了。
在場的每一個人都看不到揮槍的動作。而且隔著愛蕾雅她們的骸魔與士兵之間應該還有兩棟空房子的距離才對。
「接下來……」
骸魔在屍體旁扛起了長槍，仔細地打量著愛蕾雅她們。
演出宛如光速般的殺戮劇的槍兵之名，乃是斬音夏魯庫。
「妳們也不是這個國家的人吧，哪來的？」
「……」
「不說話啊，比死人還沉默呢。」
夏魯庫一邊開著玩笑，再次轉動長槍。
紅紙籤的愛蕾雅光憑氣勢便明瞭。那是比她至今見過的任何存在都更為強大，在戰士領域的次元上完全不同的對手。他只要有那個意思，無論逃跑或抵抗都是不可能的。
（只能搶先一步——讓祈雅說出「去死」。）
即使是以屍骸為材料製造的魔族，也有以詞術形成的暫時生命。「世界詞」的命令應該有效。但是，我能讓祈雅立刻說出這種話嗎？
這個骸魔的槍比話語的速度更快。她有辦法在對方沒發現的情況下做出指示嗎？
「我——」

帶著結巴的話音，祈雅開口了。

「是、是從伊他樹海道，來念書的。這個人是我的老師……所以，那個，是你救了我們……吧？謝謝。」

「……」

「可是……」

祈雅的碧眼望著再也不會說話的兩位士兵。

「可是，我沒想到你會殺了他們。」

夏魯庫稍微停止了動作。

「祈雅！」

「不是這樣嗎！我什麼都還沒做啊！交給我的話，一定能處理得更好！」

「咯咯、咯咯咯咯咯咯。」

骸魔顫動著肩膀，笑了。

「……是啊。那位小姑娘說得對。」

他重新扛起染血的長槍，指著一個方向。

「新公國的士兵在東側指揮避難。妳們快逃吧。那邊的火勢還不大。」

「……你……叫什麼名字？」

「我已經沒有生前的名字了。」

逃離與駭人槍兵的交戰後，兩人暫時躲入巷子裡。必須留意不能再撞上剛才那種狀況。

「……祈雅。妳還是跟老師一起逃走吧。我知道妳很擔心拉娜。但這下子妳就知道了吧？這種事……不是憑小孩的任性就能應付的。」

愛蕾雅彎下腰，輕撫祈雅的臉頰。少女點了點頭。

「……是啊。」

——祈雅什麼也不知道。不知道這個慘狀就是所謂的戰爭，不知道她要拯救的拉娜正是愛蕾雅要殺的對象。她連一點懷疑的想法都沒有。她是愚蠢的，未開化森林的森人——但是如果——

愛蕾雅想著。

（如果我像這個孩子一樣。）

過去的愛蕾雅……若能至少找到一位可信任的大人，將判斷交給他處理，從此不必在意世界的惡意，那會有多好。

（不對——那樣一定會讓我過著比現在更悲慘的人生。這個世界沒有什麼夥伴。我所有的只有自己的力量。我必須以我自己的手，掌握幸福……）

曾經是妓女的愛蕾雅母親是黃都貴族包養的情婦，卻得不到回報而離世。愛蕾雅不打算變成那樣。她用盡所有能用的手段，不惜負責暗殺與諜報等骯髒的工作，最後終於掌握了機會。

那就是「世界詞」。純粹且無敵，為了愛蕾雅而存在的力量。

她抬起頭，望進愛蕾雅的眼眸。

「……就算如此，我也要去救她。」

「祈雅……」

「我……絕對不要自己明明什麼都做得到，卻沒辦法幫助朋友。如果現在什麼也不做……長大之後我一定會後悔。」

祈雅的小小指尖握住了臉頰上的手。

「所以妳也一起來吧，『老師』。我會保護妳，我會讓妳看見我是正確的。人家就是想要妳一起來嘛……愛蕾雅！」

「……」

愛蕾雅閉上眼，思索著她自己也無法說明的某種想法。

沒有解決月嵐拉娜的理由。她已經無法回到新公國或黃都了。她已經沒有告訴別人愛蕾雅與「世界詞」有關的意義，那個機會也不會再出現。

若是繼續順著祈雅的任性舉動，或許就會讓別人發現「世界詞」實際存在。在她的戰略計畫中，那是完全沒有意義的行為。

「我是無敵的，所以想要變得幸福。」

手指傳來祈雅的體溫，以及微微的顫抖。

想要變得幸福。她一直都是這麼期望的。

「…………是啊，沒有錯。」

愛蕾雅露出微笑，撫摸著祈雅的金色頭髮。那雙年幼的碧眼隨之濕潤。

「妳反而讓我上了一課呢。祈雅是老師自傲的學生喔。」

跟隨探索布片的引導，穿梭在災禍之中。無論是天空或是地面，即使充斥著令人鼻酸的戰鬥，就像祈雅所說的，那些危害都無法影響到兩人。

一場戰爭開始，並因為超脫一般次元的恐懼，戰局將迅速走向止息。敗北也好，勝利也好。諷刺的是，那恰巧符合警戒塔蓮提倡的口號，證明以壓倒性的個人之力所進行的壓制是正確的。

「吶，愛蕾雅！這一切都會恢復吧……！城市能回到和平時的那樣吧！」

「這……」

「因為，拉娜喜歡的城市變成這副模樣……拉娜自己也碰到那麼慘的遭遇！她太可憐了！」

「是啊……沒有錯。」

她與祈雅的成長過程差異太大了。祈雅什麼也不懂。她所出生長大的伊他樹海道是逃過「真正的魔王」慘劇的少數邊境地區。她不明白慘劇與恐懼是發生後再也無法挽回的東西，也不懂這個時代。

「……要是大家都能恢復原樣就好了呢。」

◆

以新公國對梅吉市展開的砲擊為開端而爆發的一連串戰鬥，逐漸朝對黃都陣營有利的局面發展。

以一般的觀點來看，西多勿預測到梅吉市基地的機能被毀，事前就分散兵力的指示，以及原本應該因鳥龍兵的攻擊遭到全滅的梅吉市士兵，響應了靜寂的哈魯甘特發動反攻，這兩件事為戰況演變的主要因素。

黃都方在新公國原本的強項，也就是鳥龍兵防空網完成建構前，就迅速將戰爭推向本土決戰的階段。

然而顛覆戰局的最大要素，是遠遠超越新公國方預料的兩位修羅。

闖入戰鬥，擊敗大量鳥龍兵與統率個體雷古聶吉的最強冒險者——星馳阿魯斯。以及靠單獨一台就摧毀地面防禦線，讓後續軍隊得以進城的魔族兵器——濫回凌轢霓悉洛。

——如果是「彼端」的世界，不會允許能戰勝國家軍隊的個人存在。

就算是那些不被允許存在的超凡之人，以「客人」的身分漂流到的這個世界。在「真正的魔王」存活的二十五年裡，沉睡於世界各地的威脅也沒有覺醒。

但這一切都已經改變了。迷宮機魔摧毀了拿岡，燻灼維凱翁已死，而新任魔王自稱者讓超絕強者集合於這個利其亞新公國。

因為「真正的魔王」的恐懼而持續停滯的時代，透過其死亡而開始動了起來。

「我很喜歡那座噴泉耶。」

喜鵲達凱佇立在屋頂上，低頭看著頹傾碎裂的廣場噴泉。

城市西北方升起的黑煙，從靠近中央成塞的這個地點也清晰可見。星馳阿魯斯在混亂戰鬥之中放出的自動魔具火焰造成了無視都市構造的異常延燒。部分火勢還蔓延到了軍事設施。

朝空中望去，可以看到一隊鳥龍巡邏兵被切開，墜落的畫面。朝中樞區域持續前進的濫回凌轢霓悉洛不斷擊落空中的威脅。

「輸了啊。」

達凱望著天空，茫然地說著。

他點起一支捲菸。淡淡的煙順著新公國的風飄逝。滅亡的味道。

即使他擁有超凡的洞察能力，也無法事先預料到會有兩個能左右戰局的巨大威脅介入戰局。新公國的力量應該不算弱。在面對星馳阿魯斯時，非鳥龍兵的一般軍隊甚至連報一箭之仇都做不到吧。至於能擋住濫回凌轢霓悉洛的防衛線，就算使用「彼端」世界的技術也造不出那種東西。

視線中的尖塔發出了哀號般的摩擦聲，從底部開始崩塌。震動地面的碎裂聲緊接在後。即使在這股震動中，赤腳站立的達凱卻連一動也沒有動。

……最後，敵人現蹤了。

巨大的黑色步行腳從瓦礫夾縫伸出，踩碎了石地板。即使在暗夜之中也清晰可見的明亮紅色眼睛如惡夢般一眨一眨。

達凱將通話中的通信機丟到腳邊，轉身面對駭人的怪物。

「這裡的部隊已經撤退嘍，只剩我了。」

「這樣啊，感謝你這麼體貼。」

帶來死亡的蛛獸以少女的聲音回答。

「你也應該這麼做才對。」

「說什麼傻話……我怎麼可能做出那麼浪費的事呢？」

要士兵撤退，是為了不讓他們造成干擾。

他的劍具有柳葉刀般的刀身。拉茲荀托的懲罰魔劍——能夠搶先任何攻擊行動，絕對且最快的劍。是和他本人一樣違反「彼端」的常理而遭到放逐的器物。在轉移到這個世界之前，能和喜鵲達凱真正對戰的人根本不存在。

「——在這般有趣的世界，一切都屬於我啊。」

「嘻嘻……這樣啊。那麼你就在死前看仔細一點吧。」

突破音速的衝擊聲響起。達凱瞬間一揮懲罰魔劍，彈走殺人的絲線砲擊。驚人的張力強烈地震開了他的右臂。

此時巨物已完成突進。生物戰車赫魯涅潭以壓倒性的高速與重量撞毀了他所站立的樓房。

在毀滅的餘音中，迴盪著少女嘻嘻的笑聲。
「因為我會讓你徹底化為齏粉。」
達凱以最小的動作躲避了突進，落到地面上，觀察著敵人。
（……是魔族啊。和在拿岡看到的是一樣的東西。就和那些傢伙一樣，這個蛛獸怪物有著賦予其生命的核心──）
紅色凶光在暗夜中拖曳出軌跡，鎖定了達凱的所在地點。它不只有莫大的力量與速度。其感知能力也極為敏銳，讓它能鎖定飛行中的鳥龍進行精準狙擊。
八隻腳動作。達凱一手插在口袋裡，觀察著腳的運動方式。一隻腳開始迴轉的準備動作，下一隻腳跟上，然後是再下一隻腳。胸部的連接處滑動。頭部、顎部、腹部。他以超凡的知覺隔著裝甲理解了肌肉與神經的分布走向。
（「在軀幹裡」。）
他判斷有駕駛存在。人族至上的黃都之所以宣戰時願意派出這種如同凶威化身的魔族，原因就是這項戰力能以駕駛的有無「進行控制」。
空氣「咻」一聲響起。達凱挪了半步躲過。背後的石牆被斬絲截斷，緩緩朝斜向滑落。他沒拿劍的左手手指動了一下。
（得殺了這傢伙裡面的人。那麼，該怎麼做呢？）
下一記突擊進逼而來。他以仰躺的姿勢讓上半身往後倒。從八隻腳的內側，蛛獸的軀幹下方穿過，同時利用敵人的突進速度以魔劍揮出斬擊。

「……哈哈，喂喂。」

從刀上傳來了觸感可以感覺到，連一點傷痕都沒有。具有絕對先手速度的拉茲苟托懲罰魔劍的這一擊竟只輕輕滑過了裝甲表面。

「太硬了吧。」

「身手不錯嘛，劍士先生。」

魔劍對準的位置是腳的連接關節處。

「不過，你是贏不過我的喔。」

「……劍士。劍士啊。嗯……」

在錯身而過之際，達凱還做了另一項的攻擊嘗試。他將蛛獸先前發射的高硬度絲線綁成圈狀，想利用霓悉洛自己的突進力道扭斷其脖子。剛才的左手動作就是為了使出這招攻擊。

然而根據他的觀察，就連這麼做都沒造成有效的攻擊。即使亮著五顆紅色眼珠的頭部承受了被集中至一點的自身衝擊負荷，卻連歪都沒有歪一下。

（……劍士啊——）

霓悉洛駕馭的蛛獸頭部已經被砍掉了一半。

喜鵲達凱用盡可能的攻擊手段都無法破壞這個敵人的裝甲，那麼那道砍傷又是哪裡來的什麼人所造成的呢？

「啊啊，那裡……那個噴泉啊。」

達凱一邊移動到可以正對生物戰車的位置，一邊漫不經心地說著。

「我還挺中意的喔。我很喜歡景色或建築，因為那些都是偷不走的。」

絲線狙擊再次與他擦身而過。

「哈哈。」

達凱笑了。他觀察著敵人的狀況。

濫回淩轢霓悉洛的裝甲被濺溼。剛才的突擊撞毀了噴泉的水道。

接下來的突進有準備動作。雖然之前就看過這個動作，不過這一次卻有點不同。

（……她打算利用絲線嗎？）

突進軌道的前方舖設了絲線。她至今所射出的絲成了她的巢。即使避開第一次突擊，也可以利用絲線的反彈力從後方攻擊。具有充足的強度，能反彈巨大重量的蛛獸絲線也可以用來強化進行蹂躪的機能——

「好了……去死吧。」

就在戰車發動突進前一刻，達凱擺在背後的手下了指示。

「還不知是誰死呢。」

猛烈的強光落下。廢墟廣場與旁邊的地區化為了白晝。

「……嗚！咕……！」

突如其來從上方照射下來的光芒打中了霓悉洛，石板路冒泡沸騰。黑色步行腳沉入了熔化的大地。雖然她忍受著強烈的高熱試圖舉起腳爬出來，卻找不到立足點而繼續下沉。遭到燒灼的空氣發出滋滋聲，一切景物都化成了白與黑的陰影。

在交戰開始前達凱所做的通信是為了做好砲擊的準備。

那是新公國所擁有的最大火力武器——都市對都市砲擊用魔具「冷星」。

「…………咕。」

從砲擊用的尖塔打下的殺滅光線無情地持續照射在新公國的敵人身上。在一次的照射還沒結束前，少女的痛苦聲音就停止了。

「嘻，嘻……嘻，嘻嘻嘻。」

因為那聲音變成了笑聲。

步行腳下沉，冷卻的石板路碎裂。她以怪物級的臂力將自己的身體抬起來。

隨後絲線穿透了空氣，發動反擊殲滅了尖塔的砲擊手。

「『就憑這點東西』——」

其裝甲材質是名為星深瀝鋼的超常魔石。是一般的力量與熱能無法傷其分毫的材質。無論是刀刃、箭矢、砲擊都沒有效果。

超常的「冷星」也不會成為例外。

「你以為就能打倒我嗎？」

（……不妙啊。）

喜鵲達凱之所以察覺真正的危機，並不是因為「冷星」對她無效的事實。在砲擊的前一刻，他故意讓霓悉洛被噴泉的水濺溼。當她遭受光線砲擊時，內部的空氣將受熱膨脹，理應看到無敵的裝甲縫隙冒出泡泡。

但就算以達凱的超絕視力，卻完全沒觀察到那類的結果。

（完全密閉，連氣孔都沒有？裡面的傢伙到底是怎麼活下去的啊？）

裝甲沒有縫隙，意味著達凱所認知的弱點——能對軀幹內部駕駛造成有效傷害的手段「完全不存在」。

（無法讓她窒息，讓她沉到水裡也就沒有意義。魔劍的刀刃砍不進去。埋入地面也能自行脫離。無論是以絲線扭絞，攻擊關節，『冷星』的直接照射，全都沒有效——）

他只能承認對方不可能被破壞。

毫無疑問，那是凌駕於拿岡看到的迷宮機魔之上的魔族。這個世界的終極兵器超越了「彼端」的超凡之人的想像。

「說真的……哈哈。到底要怎麼砍啊？這種傢伙……」

「你很礙事。」

達凱垂下雙手，望著進逼至眼前的蛛獸。被切開的頭部裝甲剖面光滑如鏡。不知是否是魔石的裝甲也滲入了肉體內側，裡面的肉與神經就算被燒焦還是保持形狀。

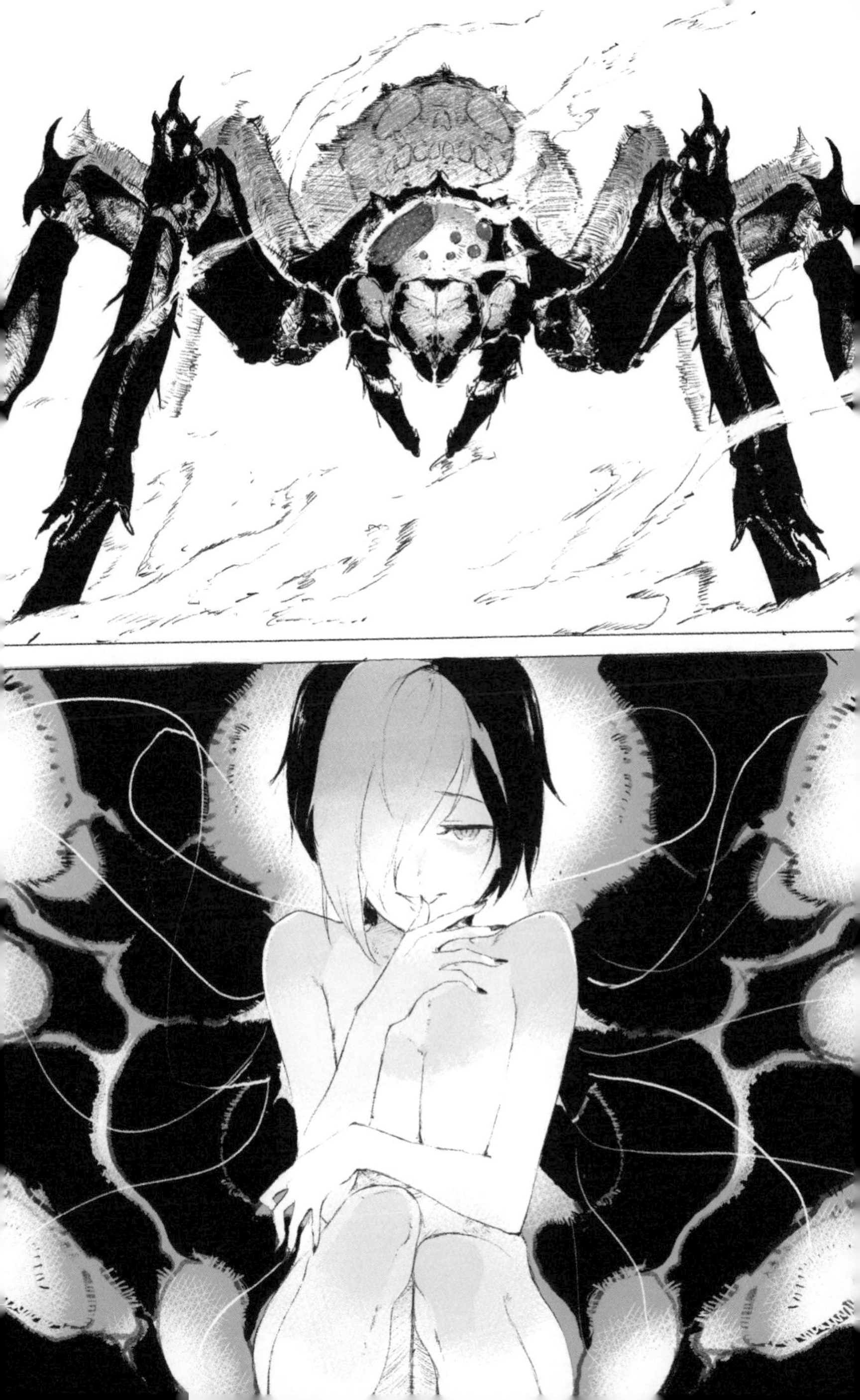

霓悉洛舉起了鉗足。達凱的眼睛看清了那不到常人一次呼吸時間的動作。觀察發出紅光的眼睛。觀察著。從側邊的攻擊橫掃而來。以最小的動作化解力量——

「……呃嗚！」

壓倒性的力量擊飛了達凱，讓他撞上廣場上燒剩的鐵柱。

承受衝擊的左臂之所以勉強沒有骨折，是因為力道被卸除了，那是身為「客人」的他擁有的超常功夫。一般人要是挨了這一下，早就因為承受完整衝擊而肢體四散了。

「……」

鮮血流過了達凱的一隻眼，他露出和善的笑容。

「……很好。」

真開心。喜鵲達凱很享受這個世界。在轉移到這個世界前，能和喜鵲達凱真正對戰的人根本不存在。

「很好，很好……那就試試看吧。」

「……你還活著嗎？」

少女的聲音中帶著納悶。如果剛才他能做到這種應對，那應該也能避開攻擊本身才對。換句話說，他是故意被打的。

「不知道為什麼……咳，雖然就是沒有人明白。」

達凱迴轉著手中的魔劍。敵人已近在眼前。

「但我可是盜賊啊……真的不是劍士也不是什麼醫師。」
「哦，那你似乎跟我很合得來呢。」
霓悉洛準備著下一波攻擊。她知道現在的達凱已經擺出迴避絲線攻擊的姿勢。用腳砸飛他的攻擊也沒有效果。那就只能壓死他或用兩隻鉗足夾死他。
「我也明明很想和人類打好關係，卻沒人能理解呢。」
「哈哈哈哈，這樣啊。終於和妳聊上天了。其實我真正擅長的是——」
接近。在他還沒說完話之前，巨物的腳就瞬間變得模糊。考慮到敵人的反應速度，必須做出來不急迴避的剎那一擊。
達凱穿過半空中。以超越肉體速度的極速行動。
「像這樣。」
（……絲線！）
霓悉洛這才發現，在之前的戰鬥中設置於戰場上的絲線反遭對方利用。他利用反作用力衝入霓悉洛的懷中。
「——偷取武器。」
蛛獸損傷的臉部。超凡的盜賊從那唯一的剖面處拔出了刀刃。
「或是『開鎖』。」
那不是拉茲苟托的懲罰魔劍，甚至不是長劍。不僅如此，那還只是達凱第一次使用的劍。

霓悉洛座機的臉突然被這麼一插，立刻拉開距離，試圖重整態勢。就算頭部遭到攻擊，也不會對不死戰鬥騎兵的活動造成任何影響。活動、感覺、攻擊都沒問題。

「……你……」

少女因那股感覺而慌亂。那是夜晚的風。

「……你做了什麼？」

她的肌膚感覺到了晚風。不是透過座機赫魯涅潭，而是「以自己的肌膚感受到這點」。

「……和我想的一樣，妳長得很可愛嘛。」

一切都沒有改變，她還能控制座機。運動機能沒有出現任何障礙。但是——

赫魯涅潭的座艙開啟，露出了裝在裡頭的霓悉洛本體。

「我思考過了。」

「……！」

超凡的盜賊身影就在眼前。霓悉洛正以人的肉體與跳上座機的敵人對峙。

「如果那是以生物製造的戰車，負責驅動的就是神經。開關駕駛艙口的方法是以神經傳遞指令給肌肉吧……既然如此，不是只要打壞它就好了嗎？」

喜鵲達凱的左手拿著一支平凡無奇的短劍。

「用從神經開始作用的根獸之毒。」

那是大海的希古爾雷的短劍。在初次見面，看到紅果被切開的那時——達凱將其中一支希古爾雷藏在體內的無數短劍「拿在手上觀察」。在眾人環伺的情況下，他以在場任何人都沒察覺的手法，偷走了必殺的毒劍。

能夠掌握神經分布，超脫世界常軌的觀察力。他透過觀察，確定劇毒可以透過神經侵蝕大腦的某個部分，造成開關機能失效而「解鎖」。只為了能在極近距離進行觀察，他還故意承受了一次攻擊。

柳之劍宗次朗所開出的些微傷口，對喜鵲達凱而言就是鎖孔。

死者體悟到自己的死期，霓悉洛笑了。

「嘻、嘻……嘻。你真的很會聊天耶。」

「我的話很有趣吧？」

「……也許吧。」

霓悉洛刺出背後的觸手，金屬端子直取對方脖子。

但早在那之前，絕對先手的懲罰魔劍已經砍下了少女的頭顱。

◆

「希、希古爾雷……被殺了。」

月嵐拉娜腳步不穩地攀著一座燒得焦黑的高塔，她害怕地呻吟著。新公國終於在廣大地表的盡頭找到了一位最強的人物。然而她卻看到更強大的存在輕輕鬆鬆地將大海的希古爾雷如同嬰兒般隨意碾死。

以拉娜的視點，那一幕看起來就像是「世界詞」的力量瞬間殺死了牠。

「哈、哈哈……」

她望向天空。以無敵為傲的雷古聶吉軍隊被僅僅一隻鳥龍逼到絕境，遭其殲滅。下手的就是超脫鳥龍種族的英雄——星馳阿魯斯。

塔蓮培育的利其亞士兵們也死了，在這座塔裡只剩下淒慘的屍體，無法說明他們到底遇上了什麼。

這些新公國的人是拉娜——黃都的敵人。她相信他們是遲早必須消滅的敵人。為了打倒他們取回和平，她直至今天之前都在執行危險的潛入任務。但是——

「竟然如此輕易就……」

他們是敵人。然而拉娜自己一直在近距離見識利其亞具有多麼強大、多麼可怕的戰力。立志成為最後魔王自稱者的他們所擁有的力量、意志，不該被如此輕易地踩碎。

人肉燒焦，死亡的惡臭於現場瀰漫。火災的，戰火的熱度。讓拉娜嬌小的身體不停地流汗，或是鮮血，還是兩者兼具呢？她自己也不知道。

「哈……呼、呼。」

拉娜終於爬上最後的階梯，拿到了她尋找的物品——「冷星」。死去的砲擊手身體被削去一半，卻還是握著它。她用力掰開死後僵硬的手。拿岡大迷宮長年累月積蓄了陽光的魔具。裡頭還填充著再發出一擊的力量。只要使用那個——

「……拉娜，妳在做什麼呢？」

一個責備的聲音從背後傳來，是紅紙籤的愛蕾雅。

將全能詞術的使用者，形同災厄本身的「世界詞」帶來這個利其亞的始作俑者。

「愛蕾雅……別管我啦。我、我來處理。」

拉娜以顫抖的聲音說著。

——非得這樣做不可。

現在這幅景象，正是塔蓮所擔憂的狀況。足以構成她與世界為敵的理由。

即使「真正的魔王」已死，這個世界上仍存在著不該存在之物。

「我要殺光他們。這種東西……太、太過分了。都是一群怪物。只要用「冷星」消滅掉這整個城市就行了！如果沒有人……沒有人來做這種事，就永遠不會結束！」

「拉娜……！」

不等愛蕾雅的下一句話，拉娜就扣下魔具的扳機。水晶鏡片發出白晝般的光輝。那是意圖完全炸掉包含拉娜在內的中央城塞與城市，朝正下方發射的轟炸。

強光，毀滅開始奔馳。

接著。

「『停止』。」

——接著，光停止了。

「冷星」的光芒漂浮在半空中，形成球體滯留在原地。

帶來毀滅的強光無法進行下一步動作，只能停留於半空中。這是世界法則遭到扭曲，不可能存在的景象。

「『散去』。」

年幼的少女只說了一句話，毀滅都市的光芒立刻炸開，沒有破壞任何東西就消散了。

「啊……啊，啊……」

拉娜因絕望與無力而倒在地上。

面對能「停止光」的強大權能，人類究竟該怎麼做才能與之對抗呢？

殺死等同於世界本身的「世界詞」……這個世上有人能做到嗎？

「冷靜一下，拉娜。妳大概是……太過害怕，導致精神不正常了。這不是我認識的拉娜……吶，好不好？」

那個無法理解的存在說出彷彿像普通少女會說的話。

擺出彷彿在擔心她的表情。

即使有著年幼森人的外型，那副模樣、那無盡的全能之力，就如同獲得形體的邪惡神性——

「都是因為發生這麼淒慘的事……」

她從塔上俯視城市裡的火災。
城市裡散布著無數的災厄與悲劇，那或許是超出年僅十四歲的祈雅所能想像的悲慘世界。
「……吶，愛蕾雅。妳說過，我的力量是為了讓人幸福的力量吧？」
「祈雅！」
愛蕾雅看起來想要阻止祈雅。
她似乎已經知道少女打算做什麼了。
「不可以，祈雅！不能展現力量——」
「『消失吧』。」
如她所說的事發生了。
蔓延至整個利其亞的火災、戰火，一口氣——平靜無風地消失。
一切誇張地恢復成夜晚的靜寂與黑暗。
這位超越人類智慧的可怕修羅，連引發災厄的事件本身都能像從未發生過似的抹除殆盡。
「……火災滅掉了，拉娜。這樣一來妳就不必再害怕。那個……其實……我什麼事都做得到……對不起，一直瞞著妳。沒辦法更早幫助妳的城市……」
「什、什麼鬼東西……什麼鬼東西啊，你們這些人……！」
「拉娜……！」

「拉娜，我們回去吧。」
愛蕾雅兩手環抱著不動的拉娜。
輕柔、溫暖的體溫傳了過來。那是人類生命的脈動。
「……愛蕾雅，妳——」
拉娜帶著又哭又笑的表情說道。過去曾是諜報部隊同事的女人，如今已是黃都二十九官。
為了得到力量而不惜對敵人落井下石。愛蕾雅就是藉此爬到如今的地位。
而她接近拉娜的理由就是——
「打算殺了我吧，沒錯吧？」
「……」
「我知道喔，妳無法動手吧？」
她的聲音沙啞，聽起來只像是細語般的恫嚇，但這樣就行了。
拉娜以「世界詞」聽不到的聲音，在愛蕾雅耳邊拋下最後的憎恨。
「如果妳真的要殺，早就可以殺了。但、但是妳……無法動手。因為妳在那個祈雅面前無法殺人吧……！」
一想到紅紙籤的愛蕾雅的冷酷無情，這種事就像笑話般滑稽。是在這惡夢深處般的狀況裡也值得一笑的笑話。
「妳只有在祈雅的面前……就算那傢伙是怪物，妳還是得當個漂亮溫柔的老師吧！愛蕾雅

『老師』！」

「……拉娜。」

愛蕾雅也悄悄地回答。她看著感到困惑與孤獨而幾乎要哭出來的祈雅。

發生了太多事。不過這下子一切都將結束了。

她就是為了殺死月嵐拉娜而來。

「老師怎麼可能——做出那種事嘛。」

◆

那扇門再度開啟時，剛好是她聽到城裡傳來火災的喧鬧聲不久後的事。悠諾的拘留所距離大火熊熊燃燒的西北部很遙遠，這點救了她的命。

「出來吧，遠方鉤爪的悠諾。」

「……達凱。」

「怎麼啦？我不是『照我說的』來幫妳了嗎？」

悠諾瞪著再次現身的故鄉仇人。在這個城市起火戰局極為混沌的這個狀況下，達凱卻是異常地平靜。

「都……都到了這種時候你還在說什麼……！你們的軍隊不是正在戰鬥嗎！還有時間讓我這種人逃走嗎？」

「那不是我的軍隊。」

達凱平靜地說著。

「無論哭還是鬧，結果也不會改變。我只是打算遵守之前的約定。畢竟妳是被希古爾雷牽連進來的，還有拿岡的事。況且就算是我這樣的惡徒，我也不會說謊喔。」

「別、別開玩笑了……！因為你很強，所以自己的城市被毀也無所謂嗎？不會悲傷痛苦嗎？不打算戰鬥到死嗎？」

——明明只是死了一個人，就已經讓我宛如置身於地獄之中。

國家滅亡、人民被燒死，失去各式各樣的牽絆。如果無法讓他嚐到同樣的痛苦，那不就永遠無法為被毀的拿岡報仇嗎？

「……算是吧，事到如今我也沒什麼感覺呢。雖然我確實很喜歡塔蓮妹妹。不過只要還活著，總會有其他的邂逅嘛。」

悠諾想起了「客人」的境遇。他們是被自己所出生的「彼端」世界斷絕關係之人。

無論是宗次朗或達凱。他們真的因為很強而對此感到無所謂嗎？他們是生於人類卻突然變異的超凡之人，即使與其他人族在一起，也總是自己一人獨強。

就像這次活下來的達凱。就算城市或國家毀滅，他們也都能獨自存活下去。那真的是悠諾所認為的強者特權嗎？「習慣了」毀滅與終結，對他們而言真的是一種拯救嗎？

達凱背對著她離去。悠諾的復仇即將在未完成的情況下結束。

「等一下，喜鵲達凱……！」

「怎麼啦，還有事找我嗎？」

「你說過，要復仇就趁『現在』對吧？」

悠諾舉起兩隻袖子對準他。

她能夠使用從袖子射出暗藏鐵鏃的力術。

她比同年齡的女孩更懂得植物學。

她還記得和琉賽露絲一同找到的星星。

因為她是被巨大的不合理之物毀滅的拿岡迷宮都市裡，最後生還的見習學者。

遠方鉤爪的悠諾所擁有的東西，就只剩下那個頭銜了。

她獨自一人，與遠遠搆不著的最強之人對峙。

「和我戰鬥。」

二十一 落日之時

「……卡黛，妳還不趕快逃，呆子。」

在即將淪陷的利其亞的其中一座尖塔中，雷古聶吉蹲在地上。他奄奄一息地聽取鳥龍的報告，下達命令直到最後一刻。卡黛擔心著嚴重燒傷的好友，卻被對方拒絕靠近。

「雷古聶吉。為、為什麼……這是雷古聶吉的血嗎？我無法相信雷古聶吉輸了……」

「利其亞完蛋了。塔蓮對我有恩。鳥龍們也……呵、呵呵呵，我一直守護著……我增加、支配、引導了那些無藥可救的垃圾，真爽快。」

雷古聶吉痛苦地笑了。牠自己不過是能輕易混入鳥龍群之中，又小又平凡的個體。

「可是，這樣……全部都白費了。啊啊，但是——最後……最後，是我贏了喔。卡黛。」

「……」

「我的寶物……呵、呵呵呵。」

雖然總是擺出凶惡的態度，雖然一直拒絕對方的觸碰，雷古聶吉仍一直待在眼盲少女的身邊。牠真正追求的不是國家，甚直不是族群的安寧。

牠一直不願承認，其實自己也想捨棄鳥龍群。要是能純粹以一隻鳥龍的身分和卡黛生活，不知道有多好。只要能在平靜之中聽著她的歌，雷古聶吉就滿足了。

「……快逃。在黃都軍來到這裡前……至少要讓妳逃走……這樣就，夠了……」

阿魯斯放走了雷古聶吉。牠應該認為自己已是不值一提的將死之兵吧。這也無所謂。那天做錯了選擇，成為愚蠢淒慘的輸家也沒差。

「最後是我贏了……星馳阿魯斯……活該啦。」

「……雷古聶吉。」

卡黛寂寞地笑了。就算手中沒有日記，她還是能回想起與牠度過的生活。她知道有個翅膀總是沾了血的人，幫助著沒有力量獨自活下去的少女。

她準備對即將死去的雷古聶吉說點什麼。

——此時大門敞開，一位拿著鳥槍，神情疲憊的士兵站在那裡。他的模樣看起來疲憊不堪，一點也沒有身為將軍的樣子。

「……不、不准動！……！」

闖入統率個體所在的房間的男子，其名為靜寂的哈魯甘特。

在混沌的戰局裡，其他的梅吉市士兵一個接一個掉隊，唯有豐富討伐鳥龍經驗的他一個人找到統率個體的位置，衝進了這裡。

穿過了在敵陣中混沌到極點的極限戰鬥，他所抵達的應該是中樞位置才對。

然而房裡的樣子卻讓他顯得很驚慌，足以讓那股豁出性命的努力與覺悟瞬間煙消雲散。

這裡不是什麼鳥龍的巢穴，只是一個少女所住的房間。

「怎、怎麼會……不可能……」

「……請問是哪位？」

少女——晴天的卡黛以無法視物的眼睛注視著第六將。在她身後因燒傷而奄奄一息的雷古聶吉則像是隨從般瞪著敵人。

「我、我是……黃都二十九官，第六將。靜、靜寂的哈魯甘特。應梅吉市市民的請求，討伐外敵……來到此地……！」

「……這樣啊。黃都……果然一切都結束了呢。」

卡黛搖搖晃晃地站起身。雖然那是一位不懂任何戰術的盲眼少女，但那副模樣，那頭長過頭的淺色頭髮，反而讓哈魯甘特倒退一步。

他希望這位少女只是被鳥龍囚禁的俘囚。

但是，他明白。就算其他任何人不相信，「拔羽者」哈魯甘特也明白。

就算是被捕食者與捕食者之間的關係，就算是不可能共存的大敵……

「不行。」

人類與鳥龍之間，還是有可能存在著情誼。

「不行，那樣不對。不好。那是虐殺人民的恐怖生物。根據身、身為人族的義務……非得殺掉牠不可。」

「雷古聶吉……雷古聶吉是我的朋友。是比起任何一個人，給予我更多幫助的重要朋友。」

「妳……妳還、還只是個小女孩啊！不該……不該背負如此殘酷的罪！從牠身邊讓開，拜託了。死了這麼多人。已經夠了。我、我也……其實我也不想殺人。所以求求妳……」

「……我都知道，只是裝做不知道而已。從很久前……我做了什麼，雷古聶吉是什麼——」

「不要說了……！」

雖然槍口對準了他所憎恨的鳥龍，哈魯甘特卻動不了。明明只要扣下扳機就行了，手指卻猶如結凍般沉重。

「你一直……是我的天使喔，雷古聶吉。」

「——那是人族的敵人，是鳥龍啊！」

「不准說，垃圾！垃圾又無能的愚蠢混帳！不准再對卡黛——」

衝上前的雷古聶吉伸出爪子，眼看著就要逼近哈魯甘特的頭——

「砰」一聲，鳥龍的喉嚨被射穿了。

子彈貫穿了在直線上的卡黛胸口。如果她沒站起身，或許就不會闖進彈道了。

那是來自敞開窗戶的狙擊。

「不准，汙辱——」

從遠方射出致命一擊的人，以誰也聽不見的話語低聲說著。

「——我的朋友。」

那是曾放了雷古聶吉一馬的鳥龍英雄。

為什麼星馳阿魯斯會來到利其亞呢？為什麼這位極度貪婪的冒險者最先出現在哈魯甘特所戰鬥的梅吉市上空？

哈魯甘特知道那個原因。他知道為什麼星馳阿魯斯在打倒燻灼維凱翁，搶光牠的寶物後，卻又為了殺死牠而回到了峽谷。

——幫助朋友，不是理所當然的事嗎？

看著眼前的血海，哈魯甘特愕然地跪倒在地。

「啊……啊啊啊啊……！」

他要殺的鳥龍統率個體與他應該保護的少女，現在卻雙雙癱倒在地。兩人的血互相混合，紅黑的色彩以令人絕望的速度在地板上擴散。

這副景象，為哈魯甘特——無能第六將的戰爭畫下句點。

「啊啊啊，阿魯斯……阿魯斯……！」

憤怒。
絕望。
悲嘆。
後悔。
自責。
他無法承受的一切全部交織在一起，哈魯甘特趴在地上大喊。
「阿魯斯——！你這個混帳——！」

◆

無數個回想在什麼也看不見的眼眸深處如幻燈片般閃過。那是在「真正的魔王」奪去一切的那天之後所發生的，專屬於她的故事。
自稱哈魯甘特的將軍為了找人來急救而離去，不過他一定不認為身受如此重傷的卡黛還能活到救援抵達吧。
她感覺到自己的心跳逐漸減弱。
手指在地板上摸索著，卡黛第一次摸到了死去的雷古聶吉。
「啊啊……雷古聶吉……」

看不見的眼睛流下淚水。卡黛已經發現了。但牠不讓她知道，不想破壞她的夢想，因此一直不讓她觸碰。

「你真的是烏龍呢……」

門板發出輕輕的推開聲。雖然看不見來者身影，她也知道那不是哈魯甘特。步伐很大的腳步聲駐足於卡黛的身邊。

她奄奄一息地詢問著：

「……是誰……」

低沉的聲音溫柔地回答：

「如果說是天使，妳會相信嗎？……我來迎接小姐了。」

那位男子彎下腰，撫摸卡黛的背。那是又大又溫柔的一隻手。

天使來了。自己在那天聽到的一定是天使的歌。

「這樣啊……謝謝你……天使……其、其實……我一直……有個願望……」

「嗯。任何人都有獲得拯救的權利。妳就儘管說出妳的願望吧。」

「媽媽她——」

直到最後的瞬間，卡黛一直唱著歌，唱著她讓雷古聶吉聽的歌。

死亡天使的刀刃靜靜地終結了她的痛苦。

◆

許多事都結束了。至少對警戒塔蓮是如此。

右手已經失去了感覺，不過劍尚未離手。她只靠一個人，就斬殺了不知多少突破防衛線攻進此地的黃都軍與梅吉市士兵。有可能是十人，也可能是二十人。

身披襤褸的傭兵站在她前往中央城塞的路上。是骸魔。

「……以魔王自稱者的結局來說很不錯嘛，塔蓮。」

「哼，是夏魯庫啊……你也辛苦啦。」

「沒什麼，我本來就沒在工作。」

「哦，看起來不像啊。」

夏魯庫的白槍一樣沾滿了鮮血。他處於全力阻擋名為宗次朗的怪物之後的狀態，也沒收到說好的酬勞。但最後只有他回到塔蓮的身邊。

「後悔打了敗仗嗎？」

「……怎麼可能。既然是我挑起了戰爭，戰敗後也該老實接受……不對，不是這樣。」

她靠在牆壁上，喘著氣露出自嘲的笑容。她感覺自己成為利其亞的領主之後，似乎就經常這麼笑。

「騙你的。其實……對於仰慕我的士兵、人民……對沒辦法讓卡黛獲得幸福，我感到很懊悔。為了還沒看到完成的理想而將所有人牽連進來，自己卻無法補償他們就死去，讓我很遺憾。」

「……這樣啊。」

「哼。我沒有資格成為帶來和平的王呢……因為我所待的世界一直都是戰場……」

「別在意那麼多。我的情況也是差不多吧，畢竟死後都變成這副德性了。」

「斬音夏魯庫。你想知道『真正的魔王』死去之地……『最後之地』的情報吧？」

「……」

「你不覺得奇怪嗎？誰也不知道『真正的魔王』是什麼樣的東西，我也不知道。而你也……從來不以言語說出口。大家明明都很清楚『真正的魔王』是多麼可怕的人。可是……我們一定遲早會被迫知道吧……」

塔蓮以劍支撐著自己，另一手則從懷裡掏出紙片交給夏魯庫。

「我不識字。」

「那就找別人唸給你聽。我派人探索了『最後之地』好幾次，調查部隊卻……全數遭到阻礙。看來那塊土地有不明怪物存在。是無人踏足之地……但是，也有少數地方能進行調查。」

「……」

「無論是勇者還是魔王的屍體，都還沒被找到。」

「……只要告訴我這些就足夠了。看來我得努力工作，多幫助妳一點才行呢。」

「我再怎麼樣也給不出更多報酬了。請你另謀高就吧。要是被人知道你曾經在我這種將軍的底下做事，對你一點好處也沒有吧。」

很快就會有人來送她上路了。雖然塔蓮不打算坐以待斃，但是她也不想讓斬音夏魯庫這樣的士兵被捲入這場敗仗。

「……王的資格啊。雖然我認為妳可以當個不算差的王呢。」

「哼，你錯了。」

塔蓮露出自嘲的笑容。

「是魔王。」

斬音夏魯庫頭也不回地離去了。他應該再也不會回來了吧。

◆

「嗚啊啊啊！」

這已經是第幾次了呢。擠出勇氣挑戰死亡的悠諾所揮出的拳頭毫無意義地揮空。說到底她根本沒學過搏鬥。

「……我說啊。」

達凱似乎打從心底無法理解悠諾為什麼要做出這樣的行動。

「妳要是再不逃，可能就會很麻煩嘍。」

「囉……嗦！呼，嗚，至、至少要……打中一拳……」

「哦，這樣啊……」

一陣輕快的打擊聲響起。那是悠諾的拳頭打中達凱臉頰的聲音。以少女的力氣，連搖動他的脖子都做不到。達凱聳了聳肩說：

「一拳啦。這樣就行了吧？我可是很難得奉陪到這種地步喔。」

「嗚、嗚嗚嗚……！」

悠諾蹲下去哭了起來。她的憎恨與悲痛對除了她以外的人不具任何意義，毫無價值。拿岡是如此，利其亞也一定是如此。

「我們不會再見面了吧，悠諾。」

達凱看也不看她一眼便準備離去。常人所無法觸及的超凡強者。悠諾根本追不上他，遑論奪走他的性命。

「……等、一下……」

想要阻止他而伸出的手碰不到對方，達凱卻依然停下了腳步。

他的前方、監牢的外頭，站著宛如亡魂的某個人。

「——唔。」

悠諾追不上他，無法殺死他。就算如此，她仍有一個讓對方受到報應的手段。

「這不是有個很有意思的傢伙嘛。」

劍豪的那張令人聯想到蛇的臉上浮現了左右不對稱的笑容。

「……從一開始，我自己……」

悠諾思考過，他或許能活過那場平原上的戰鬥。或許，他有可能及時趕到。達凱與她的實力差距過大，他或許不會殺了悠諾，而是接受了挑戰。

「根本就沒想過要打贏你啊……」

或許。

這是沒有任何把握，勝算極低的豪賭。可對於在這世上孤身一人的悠諾而言，卻有著賭上一切的價值。

「啊……妳兩隻袖子裡的鐵鏃。」

達凱看著鐵窗。這裡只是關押醉漢用的拘留所，空隙夠大了。

「我就覺得奇怪怎麼少了幾個。」

被獨自留在拘留所的悠諾透過窗戶縫隙，以力術射出鐵鏃。越遠越好，盡可能在各種地方留下痕跡。

她能射出的物體就只有自己研磨的這種鐵鏃。曾和她一同旅行過的宗次朗應該能看出插在物體上的鐵鏃來歷。並且沿著其劃出的直線痕跡，朝反方向追蹤。

——她的別名是，遠方鉤爪的悠諾。

「哈、哈哈哈哈……！有意思……！太強了！真的假的……！我，竟然被這種女孩，擺了一道！只要活著，就會碰到趣事呢……！」

達凱拍手大笑。那不是表面上的和善笑容，而是發自內心的笑。

接著，他轉身面向宗次朗。

「……啊，『客人』。我聽說過你的事嘍。是砍了蛛獸的劍士吧。你似乎有一把好劍呢。」

從宗次朗手中刀刃的形狀，看得出就是他在濫回凌轢霓悉洛的座騎上留下了斬痕。

如果這世上存在著一位男子能將任何攻擊都無法奏效的無敵防禦……連「冷星」都無法影響的那身裝甲切開，那麼除了這位男子以外別無他者。

「你倒不像是劍士呢。」

「不錯喔，我是第一次碰到一眼就能對我這麼說的人呢。」

達凱開心地笑了。他看起來就像是單純地期待著，期待知道同為超脫於世界「客人」的兩人，何者的實力比較高明。

「你不去暗殺塔蓮妹妹嗎？那才是你們的工作吧？」

CHUN

「跟那無關。我只是想砍人才來的。我的劍還沒砍過人，就算砍了也沒什麼意思——我找的是只存在於這個世界的某種東西。比起處理那個叫塔蓮的……跟著悠諾這傢伙，才『不知道會發生什麼事』。所以我來了。」

「……宗次朗。」

悠諾抓著自己衣服的袖子。

即使她總有一天要打倒這個男人——即使他是仇人。即使他是對其他事物漠不關心的可恨強者。至少對悠諾而言，宗次朗與達凱是不同的。「柳之劍」是憑一把劍就能終結她那走到盡頭之痛苦地獄的人。

「——廢話就別多說了，趕快來打吧。」

「不用急。反正總有一方會死。要不要先聊聊對『彼端』的回憶啊，宗次朗？」

「沒什麼好回憶的呢。食物難吃，每天都有人來殺我，老是在砍那些弱小的傢伙，等到回過神時就已經漂流到這種地方了。」

「嗯，我也是啦。死了這麼多人，卻沒什麼感覺。也沒想要回到『彼端』，或有任何惋惜……『客人』就是那種超凡之人吧。因為強過頭，所以總是孤獨一人。」

「你的說法聽起來簡直就像強過頭是『不好的事』呢。」

「哈哈，有那種看法的人挺多的喔。」

柳之劍宗次朗、喜鵲達凱。這兩人在詞術無法作用的「彼端」世界裡，究竟是多麼驚人的存在呢。戰鬥，不斷戰鬥，最後失去戰鬥對手——來到這個修羅世界。

「獨自一個人就是自由。所以呢……其實我很喜歡現在的我啊。如果被放逐到這個世界是有意義的，我想一定就是如此……」

「……殺了他。」

悠諾突然低聲說著。連悠諾自己都沒想到會這樣說。

失去一切就代表了自由。那也是宗次朗一開始對悠諾說過的話。

她非得認同這句話不可。就算那是找錯對象的恨意也好，是虛幻的可能性也好，為了拯救悠諾自己，她非得完成復仇不可。

悠諾自己也知道。那天，她真正該憎恨的對象應該是自己，有錯的是自己。因為悠諾很弱。她無法原諒自己，總是在責備自己。

但是那種正確的理論無法帶來拯救。

若在真正的自由裡，做出什麼選擇都能被原諒，那麼她想喊出那句話。

「殺了他……宗次朗！如果做什麼都是我的自由，那麼祈求你幫我『殺了他』也是我的自由吧！我知道這是毫無意義的邪惡願望。但已經沒有任何人可以責備我了吧！」

如果自己正是邪惡、弱小、不可原諒、該受責備的存在。

這種人，不就只能拜託其他「不是如此」的人了嗎？

這個世界也是如此，它一直祈求著。祈求自己以外的某個人……祈求弱小自己以外的「真正的勇者」，能夠打倒誰也無法擊敗的「真正的魔王」，結束那個時代。

「啊，既然如此，要不要幹掉這傢伙也是我的自由吧。」

「真是的。直到剛才我還一直想要妳早點逃走呢……不過敬請放心吧。」

達凱苦笑著，在掌中轉動著魔劍。

兩人都知道戰爭早就已經結束了。將生死賭在這種「對決」上，一點意義也沒有。

「在最後陪你玩一玩的時間倒是很充足。」

宗次朗舉起了劍。就像「彼端」的擊劍一樣，扭轉手腕將長劍的尖端對準前方，左手搭在劍柄末端。擺出奇特的舉劍姿勢。

另一方面，達凱則是不動聲色。在人類之間的近距離戰鬥中，體現終極後發先至的懲罰魔劍與達凱超凡的觀察能力，讓他完全不需要擺出姿勢。

一步。

宗次朗首先踏步衝向對方。

達凱的超凡視力連揚起的一粒沙塵都能看清。劍刃的軌道如同從那個舉劍姿勢判斷而來的突刺。宗次朗的一舉一動都像是照片般被觀察得一清二楚。連宗次朗以突刺當幌子，以劍刃遮住的死角，巧妙地隱藏劍柄末端的左手動作都被他看穿。

將他認知的景象、敵人的想法全部偷過來。基於觀察構築戰術。

達凱將沒拿著魔劍的左手揹到後方，等待著死亡的抵達。前一刻，瞬間。直到將剎那再進一步分割，無限趨近於零的那個時候。

（——來了。）

宗次朗的左手朝劍柄一敲。被撞離手的劍稍微伸長了攻擊距離。只差一點點。那個距離比懲罰魔劍的攻擊距離就多了一點點。達凱理解了以這種方式擾亂目測的企圖。

懲罰魔劍將逼至眼前的劍往上挑至空中。絕對先手的迎擊。朝下的劍往上砍出的速度是零。

同時，宗次朗的右手疊過左臂，抓住達凱舉著魔劍的右手。對所有攻擊都能取得先機，絕對最快的魔劍。但如果在與使用者做出反應的同一時間，握著劍的手本身遭到箝制——

同時的動作。那是連神經都沒有時間傳遞反應訊號給意識的絕技。

「我奪下嘍。」

右手的劍被抓住。達凱還是待在原地不動。他從一開始就沒動，只是等著宗次朗此時踏步逼近。

因為他的赤腳腳底暗藏著希古爾雷的劇毒短劍。

在進行思考前，他就以腳趾抓著劍，朝宗次朗的小腿前方劃去。

——但是他辦不到。

（哦，有一套，真厲害。）

達凱的腳背已經被宗次朗踏出的腳牢牢踩住。

第二把劍也被封鎖了。

「你的——那條命。」

「這樣啊。不過——」

超脫世界常軌的盜賊所擁有的真正價值乃是他的眼力。即使敵人是超強的劍士，他仍能預測，洞察未來。他所認知的景象、敵人的意圖全都會被看穿。

是達凱讓自己的手被握住，封住敵人的右臂。宗次朗此刻以自己的右臂鎖死了他的左手。雖然達凱擺出的不是能攻擊腋下動脈的姿勢，而且因為右臂遭擒也不能扭轉身體改變姿勢，但他仍有著能將肋骨連同內臟一起劈開的力量。

只要空無一物的左手裡有第三把劍就行。

從一開始，達凱就將左手揹在身後。

那隻左手握著劍柄。那裡是被挑上天空的宗次朗佩劍著陸位置。沒有以絕對最快的斬擊打碎劍刃，而是將之挑上天，就是為了這個意圖。

從第一輪交手的時候，喜鵲達凱就已經預料到整個過程了。

「搶奪可是我的專利呢。」

——第三把，就是敵人自己的劍。

盜賊的劍終於超越了柳生，砍中劍士的身體。

左手傳來斬擊的觸感。

然後他這才發現。

（——這傢伙。）

「唔。」

被砍中的宗次朗冷哼一聲。

兩手都握著劍的達凱領悟到了自己犯下的致命失誤。

（這傢伙的，這把……劍——）

刀劍的好壞，一眼就能看出來。這是品質非常低劣的拿岡市練習劍。

但是，怎麼可能？如果這把劍的強度就如同其外表的樣子，那就根本「不可能」劈開蛛獸的裝甲才對。

揮劍的達凱現在明白了。

這把劍沒有任何超常的能力，連砍斷肋骨都辦不到。代表著那是有宗次朗的體格，才可能用這把練習劍做到的斬擊吧。

右手遭到擒拿，逐漸被推向自己。

「我說過啦。我奪下了——你的命。」

「從一開始……『就不是魔劍啊』……！」

這片地表上存在著超常的魔劍。在箭矢與槍砲普及的這個世界，靠這個條件就能誕生出無雙的劍士。達凱的劍術全都是以魔劍的性能為前提。

——你似乎有一把好劍呢。

難道宗次朗一開始就把達凱的錯誤認知納入戰術之中嗎？難道達凱擺出戰鬥姿勢時，他那絕對先手的自信已經被徹底看穿了嗎？那麼甚至是偷劍反擊的計畫、達凱所使用的劍術理論，是否一切都在這個男人的掌握之中？

如果真是如此，即使同為「客人」，達凱與宗次朗之間到底有多麼遙遠的差距啊！達凱的觀察能力能看出多少這個男人的實力呢？

雖然超脫「彼端」法則的超凡之人會漂流到這個世界——但是根本沒有人能保證那是「什麼程度」的超凡吧。

連右手一起被抓住的魔劍緩緩被推了回來，達凱的思考已經無法推翻結論了。越是嘗試思考逆轉的策略、越想看透敵人的弱點，他就越是落入深淵。

連想都無法想像。究竟要怎麼做才能勝過這名男子。要怎麼做才能打贏他。

推不回去。明明雙方都握著同一把劍，劍本身卻好像選擇了宗次朗。

「哈哈……難以、置信……！」
「你說得一點也沒錯。」
想要戰鬥的對手。這個願望喚來了貨真價實的怪物。
「——你果然不是劍士嘛。」
被自己手中的魔劍所斬殺的盜賊，命絕於牢獄之中。

◆

「我見到令嬡了，塔蓮。」
死亡終於前來拜訪警戒塔蓮。那是一位身穿黑色祭司服，給人不祥印象的男子。
「黃都的刺客啊。卡黛她……」
「我想救她，不過已經來不及了。」
「這樣啊。」
男子坐上旁邊的椅子，望著塔蓮。那雙眼比一路拚死戰鬥至今的塔蓮更悲傷、更疲憊。
「……我為令嬡問妳一個問題。警戒塔蓮，為什麼要做這種事？」
「為了取代黃都統治世界——這樣的回答會讓你不滿意嗎？」

「依賴傭兵與鳥龍為戰力的國家不可能持久吧。這點常識連我這種外行人都明白。」
「誰知道呢。為政者被野心逼瘋的例子，歷史中隨處可見喔。」
「……我相信妳不是這樣的人。」
面對他要殺的對象，男子肯定地表示。
「這場作戰的指揮官是年紀尚輕的鍋釘西多勿。其實……打從一開始黃都的高層就與妳有所勾結吧。這場戰爭該不會是為了讓魔王死後對世界只剩下威脅的怪物們齊聚一堂，一起消滅而發起的吧？」
——這是預選。
西多勿所說的話裡，或許暗藏了比字面上更多的涵意。對黃都方來說那是確認該計畫是否可行的——預選。
「哼。如果確實是你說的那樣，那我就更不可能證實了。」
「或者說……其實是……這個想法連我也覺得很天真啦。」
庫瑟虛弱地笑了。
「——是為了令嫒嗎？」
「不是。」
不敗之將垂下眼簾，如此回答。為了卡黛而建立的世界。在這個利其亞新公國的外面，是鳥龍與人類無法共同生活的世界。

「你錯了。」

「……這樣啊。」

就算真是如此，此刻也成了永遠無法實現的夢想。警戒塔蓮輸了。

「這是最後的問題。我是聖騎士，可以聽人告解。如果妳有什麼遺言，我會聽妳說。」

「遺言啊……」

塔蓮閉上眼睛，卻想不出能說什麼。

她想要道歉的卡黛，已經不在這個世界上。

明明直到最後都待在與死亡為鄰的戰場上，自己卻從未考慮過死後要留下什麼。

她應該留下能支撐領民未來的什麼話嗎？或是讓黃都二十九官……過去的同胞們以她的敗北為經驗，用來正確引導世界的話語。

直到死前的那一刻，握有許多力量的將軍這才第一次發現她在這個世上還有好多事想做。

至少要說出這一句。她開口道：

「我們……需要勇者啊。」

「……」

那是宛如孩童般的願望。

「讓這個世界知道，比恐懼更強大的力量確實存在……引導人民希望的『真正的勇者』……」

「真正的魔王」死了，但是「真正的勇者」卻沒有出現。所以誰都不曾從恐懼之中獲得拯救。塔蓮真正想做到的，不是以壓制成就的和平。如果有一個象徵能讓被恐懼扭曲的世界恢復原狀，那就好了。

「……真服了妳。沒想到會從魔王自稱者的口中聽到這個詞。」

塔蓮拿起了劍。即使知道自己戰敗，她仍打算戰鬥到最後一刻。

唯獨於此刻，擦身之禍庫瑟不打算以盾接下那把劍。

「我也一直懷抱著恐懼啊，聖騎士大人。」

「這樣啊，那就好。我就幫令嫒實現……她死前的最後願望吧。」

擁有羽翼的白色天使落向塔蓮的脖子。她只要一擊就能殺害人類，卻不會帶來痛苦。

因為那是在戰場中死去之人原本不敢期望的，無比慈悲的死亡刀刃。

「——她要我救救她的媽媽。」

◆

以「冷星」的砲擊揭幕的利其亞新公國動亂，在天亮前就平息了下來。其大部分引以為傲的無敵兵力——尤其是七成的鳥龍兵，都在這場戰爭的漩渦中倒下。

除了火災以外，對市民造成的損害很小。受到消息管制，一連串的戰鬥被操作成塔蓮與烏龍軍的失控，以及遭到襲擊的部分梅吉市士兵的過度反應所造成。

由於以戰後處理的形式進行介入的黃都重新將利其亞納入領地，政治方面的趨勢也遲早將底定吧。

但是誰也不知道這場大火災突然熄滅的原因。沒有人正確地掌握到這場事變的檯面下還暗藏其他驚人的超凡強者們。

——接著，天亮了。

有一位女子在燒焦的城市外圍淒慘地逃跑，是月嵐拉娜。即使免於被紅紙籤的愛蕾雅奪去性命，她也只剩下這條命。無論是黃都或利其亞，她都無處可歸了。

「這就是……這就是『真正的魔王』死後的結果嗎……」

支配時代的過大恐懼產生了無法控制的力量。就像針對可怕病菌的免疫反應也會傷害到自己的細胞那樣。

在「真正的魔王」死去後，那種威脅至今仍存於地表。

目前，任何人……都無法想像，最強也是最凶惡的「個體」存在於世界上。

「誰、誰能打倒那種傢伙……我們還能怎麼做……」

她所徘徊的郊區一個人也沒有。有的只是沒被燒光的慘劇痕跡。

全能的「世界詞」、獨力摧毀無敵軍隊的「星馳」。
期望永無止盡戰鬥的「柳之劍」、殺害所有生命的「擦身之禍」。
只要「他們」還活著，總有一天整個世界都會變成這副景象。
「這樣一來，他們全部……不都是魔王嗎！恐懼到底何時才能結束！該死，啊啊啊……」
拉娜的雙腳一陣抽筋，當場摔倒在地。
她咳了一聲，嘔出大量黑色血液。
「咳、啊………啊啊，該死……」
老師怎麼可能——做出那種事嘛。
「什麼時候！」
嚴重的中毒症狀已經回天乏術了。
「是什麼時候中招的……！」
當出現在牢裡的愛蕾雅伸手碰到她的嘴時。愛蕾雅趁著希古爾雷發動攻擊，輕聲低語。為了讓知曉一切的月嵐拉娜無法回到黃都的本陣……在那個時間點就下手了。
「生術……緩效性的毒……！愛蕾雅……！」
拉娜痛苦地搔抓地面，她想要知道答案。不是自己為何而死的回答。地表上存在許多不可能打倒的怪物，連塔蓮建立的新公國都敗給了他們。
明明「真正的魔王」已死，未來卻依舊只有毀滅。

「該怎麼辦才好……我、我們到底該怎麼辦才好啊……該怎麼辦……」

漫長的夜晚過去了。全新的早晨降臨在破壞已離去的城市。

月嵐拉娜並沒有見到那天的到來，在目睹絕望的未來之前就已經死去。

二十二◆修羅

天亮之後，有一台馬車離開了動亂止息的利其亞。

雖然利其亞的大部分區域被捲入嚴重的火災與戰鬥，但在這個時間點，警戒塔蓮的死與新公國的垮台尚未被所有人民知道。

即使如此，仍有不少民眾選擇一大早就搭乘馬車離開這個魔王自稱者的國家。住家被燒燬，失去依靠的人們；或是逃離不安與恐懼的人們。

「——愛蕾雅。妳在嗎？」

在擠滿了人的馬車一角，祈雅虛弱地低語。那頭耀眼的金髮在灰色的人群中顯得十分黯淡。

「我在這裡喔。怎麼了嗎，祈雅？」

「吶，如果……完成在黃都的學業，回到伊他之後……我們再——」

「……」

「……不，沒事。」

環抱兩腿的祈雅透過車蓬的縫隙凝視著新公國。

她看著見繁榮的殘骸與黑煙。她第一次看到人類都市的毀滅。

「原本——我原本能拯救更多人。」

即使是絕對強者祈雅，在那晚戰爭中得知的事實也與坐在周圍的人們所知的差不多。身為森人的她，不可能知道黃都與新公國的對立。所以祈雅沒辦法阻止戰爭。就算以她的全能力量，也不可能直接復活逝去的生命。

「我明明是無敵的，明明什麼都辦得到……那種火災、戰爭……人們的受傷、死亡……無論面對任何悲傷與討厭的事物，我絕對、絕對能贏才對啊——」

「……這一切不是祈雅的錯。」

「我知道！」

她一定是——心中懷抱著後悔吧。那是在以其全能之力就能觸及整個小小世界，未曾使她遭受挫折的故鄉裡，她連一絲都無須體會到的想法。

（我也學到了。她依然有無能為力的時候。）

——於是紅紙籤的愛蕾雅變得比任何人都更加理解祈雅。

（「世界詞」絕非完美無缺的無敵。）

「世界詞」是只需一句話就能擊敗敵人，直接獲得勝利的結果，無法以理論分析的終極存在。

但在另一方面，祈雅這位少女並不是無條件遵從使用者，具有不會屈服於陰謀詭計的心靈，純粹行使力量的兵器。

在她參加比武對決之前，不能讓祈雅遇到「輸掉」的狀況。不能讓其他陣營看穿無邪少女的真面目。

正因為她是在戰鬥中無敵的存在，更必須有人在戰鬥以外的時間持續守護著她。

這項任務，在陰謀與背叛的世界生存打滾的紅紙籤的愛蕾雅能比其他任何人做得更好。

（只要我和祈雅在一起就能贏。無論面對多麼巨大的困難，無論得使用多麼骯髒的手段，我絕對……要讓「世界詞」不斷贏下去。）

這是當一切都獲得回報才能結束的戰鬥。無論是出身、謀略、背叛，一切都得獲得報償。

小小的少女突然不安地低聲說道：

「吶，愛蕾雅。妳沒有……生拉娜的氣吧？」

「我沒有生氣喔。為什麼這麼問。」

「因為妳們最後是用那種方式分離的……雖然拉娜做了那種事，但如果心中充滿了痛苦與悲傷，無論是誰……連我也會變得不知該如何是好。所以，如果妳因為那樣而和她吵架……」

清澈的碧眼凝視著愛蕾雅。對於全能與無敵的「世界詞」這號人物的形象，知道相關傳聞的人做過許多猜想。

然而愛蕾雅所遇到的她，比那些想像中的人物形象更單純與纖細，只是一位極普通的少女。

「沒辦法阻止利其亞的火災都是『我的錯』。所以我想在返鄉時，再回到利其亞……與她和好……」

「這是……」

不可能的事。天色已亮，毒應該早已流遍她的全身了吧。

「……好啊。老師也想這麼做。」

「那就約好嘍。」

利其亞的市區逐漸遠去。下次當她造訪此地時，這片領土將不再屬於新公國。盤旋於尖塔上的鳥龍身影也不會再出現了吧。

「……我這次一定會遵守和老師的約定，不使用力量。但是，我不能……當做沒看過這些令人難過的事件，不想糟蹋那些回憶。」

——妳的力量是讓人幸福的才能。

「老師教妳力量的正確使用方法吧。」

「……嗯。」

愛蕾雅輕輕握住了伸向她的小手。祈雅以握回去的力道向愛蕾雅傳達她早已遺忘的信賴。

「讓我們一起走下去吧，祈雅。」

兩人的旅途將會持續下去。

伴隨著那極為脆弱，卻又堅定的情誼。

◆

「嗨，守墓人。」

動亂的隔天，有道聲音朝在新公國教會後面工作的男人打了聲招呼。

隨之出現的是一位身穿黑祭司服，帶著描繪天使圖案大盾的聖騎士。然而他那毫無氣勢的表情和身上的氣質卻給人一種隱隱的不祥之感。

「需要幫忙嗎？」

「哦，多謝了。你看看這些傢伙。」

並排堆在墓地角落的棺木多得不得了，甚至還疊到第二層。

「都是昨天的嚴重火災和鳥龍的失控啦。尤其是士兵們死得特別多。真可憐。你看，這位大哥兩天前才剛辦過婚禮呢，就在這個教會。」

「……」

擦身之禍庫瑟向死者獻上了默禱。

他殺死警戒塔蓮，阻止了戰爭的爆發。

身為刺客的他得到鍋釘西多勿相當高的評價，獲得了報酬，以及能在選出勇者的御覽比武中出場的承諾。這場戰爭之所以能在蔓延到全世界前，就以可說是特例的速度於前期階段結束，原因正是庫瑟與娜斯緹庫極為迅速地殲滅利其亞軍的領導階層。

——但是在他潛入的過程中，究竟面對了多少敵意，奪去多少了人命呢？在庫瑟即將被殺之際，展現殺意的人就先被殺害。娜斯緹庫的刀刃自動地、無情地完成這個過程。

「那邊的……好像是梅吉市的士兵吧。」

「是啊。只要一死，就不分是利其亞人或梅吉人了。鳥龍也是啊，牠們直到昨天還是守護這個國家的士兵呢。我想幫牠們建個更正式的墳墓，而不是堆在廣場上燒掉。」

「呼嘿嘿。我也是這麼想……真的沒有人是死不足惜的。」

「就是說啊。」

男子一邊將棺木放到墓穴裡，一邊自言自語：

「——詞神大人在這種時候還是沒帶來拯救呢。」

「……」

在「真正的魔王」的時代裡，面對那個時代反覆發生的悲劇，所有人都是這麼想的。連「教團」的人們都這麼想。比利其亞動亂更嚴重、規模更龐大的慘劇，幾乎是每年、每月、每日都在發生。

面對悲劇卻無力抵抗的人們，不得不尋求能將這份責任強加於其上的某種東西。就連為了拯救這樣的人而存在的「教團」的教義，也無法戰勝「真正的魔王」製造出來的沉重悲劇。

詞神誰也拯救不了。

（說的沒錯。）

「教團」並沒有教導在人之上的某種偉大存在能拯救人。他們的教義原本就不是像民眾期望的那樣，倡導全能的救濟。
人的心中存在著盼望拯救他人的良心。這種善性才是詞神所賦予，用來拯救人的祝福。
（所以我必須出於自己的意志，救一人是一人……）
他朝背後教會的高聳屋頂上望去。只有庫瑟看得見的純白少女坐在那裡，以不具情緒與感情的眼睛沉默地注視著死者們。
（……盡我一切所能。）
靜歌娜斯緹庫。他從小時候就能看到那位天使的身影，卻猜不透她的內心。她在想什麼，又為什麼堅持拯救庫瑟這樣的男人，天使一句也不曾說過。
小時候曾聽她唱過令人心靈沉靜的歌曲，但她現在卻不再歌唱了。
……雖然如此，她偶爾還是會想對自己說說話。
庫瑟聽得到她的話語——「你想得到拯救嗎？」。
「該怎麼做……才能讓所有人得救呢？」
他將棺木放入墓穴，自言自語般地低喃。
庫瑟經常思考著。天使保護庫瑟的力量雖然是無敵的，她卻做不到殺人以外的事。只能用在殺戮上的力量，真的有辦法拯救人嗎？
如果是在為時代帶來黑暗的「真正的魔王」還在世的時候，殺掉那東西也許就能拯救所有的生命吧。

然而「真正的魔王」死後，和平仍沒有降臨於世界。即使殺死塔蓮能夠拯救原本將受苦的許多生命，但或許其實根本不可能存在殺了誰而能換來的和平時代吧。

「我當了很久的守墓人，偶爾也會思考大哥您說的這種問題。但是呢……人類只能拯救他人，到頭來卻無法拯救自己啊。」

「呼嘿嘿……是啊。你說的一點也沒錯──」

──我們需要勇者。

打敗「真正的魔王」，那毫無疑問是超越人類領域的偉業。據說某個淨化了二十五年來連綿不斷的恐怖時代，無人知曉長相，無人知其身分的人物確實存在於這個世界。

真正的勇者應該就不會像庫瑟那樣產生更多流血與悲劇，而是拯救所有人吧。

他應該能以正確的方式引導走向滅亡的「教團」吧。

（我想知道那傢伙的答案。）

他有必要找出勇者。

擦身之禍庫瑟並非勇者，而是「挑戰勇者之人」。

◆

遠方鉤爪的悠諾和宗次朗同行的時間並不長，但也對他有些認識。

他不喜歡車。在城鎮之間旅行時也不搭馬車，而是選擇了自己的兩隻腳。所以悠諾也配合他徒步移動。

「宗次朗，問你一個問題。雖然這個問得太晚了。」

走在從利其亞延伸出去的道路上，悠諾回頭說道：

「……那個時候，你選擇我真的沒問題嗎？雖然作戰已經成功了……那個，搞不好宗次朗參加御覽比武的事有可能因此取消喔……」

西多勿給宗次朗的命令應該是暗殺警戒塔蓮才對。雖然在任務結束後的報告中沒有被追究這點，然而對方很有可能以此在御覽比武的選拔之中對宗次朗做出不利的決定。

「妳問得真是太晚了。」

「是啊……真的是太晚了。」

追根究柢，擔心這件事的想法本身就有矛盾。

柳之劍宗次朗原本就只是剛好在拿岡毀滅現場的仇人之一。

「有什麼關係呢。能和達凱打一場，我也很開心啊。而且我只會做出我所選擇的行動，不會後悔。悠諾沒什麼資格對我說三道四吧。」

「……你們說的話一樣……喜鵲達凱也說過，別人怎麼看待自己都無所謂。」

所謂自由，乃是不讓自己的意志受到對他人的想法干涉。所以，必須與他人互助才能生存的弱者……被琉賽露絲和拿岡的過去回憶所束縛的悠諾，應該永遠都無法自由吧。

「——我果然還是沒辦法原諒你。」

「這樣啊，妳不原諒我喔。」

宗次朗只是轉動著蛇一般的渾圓大眼。在他背上的只是沒什麼特殊之處的拿岡練習劍。在拿岡毀滅的那個火焰之日，她根本沒辦法像這樣對具有絕大力量的「客人」回嘴。

但是，悠諾認為這些話不說不行。為了真正地完成那天的復仇，她遲早必須理解這位無法讓人理解的「客人」。

「我討厭那些改變我們世界的人對我們『看都不看一眼』……我討厭……我們這些人，我們的人生，都被當成可有可無、毫無價值的東西。就像宗次朗——」

悠諾明白，宗次朗信奉的價值觀只有一個，清楚又明瞭。

「你只對與自己廝殺的對手有興趣吧？」

「……」

他所認可的只有與遠超越常人，超脫常軌的自己同等的強者。所以，他一定也只會和那種人物締結關係吧。

每當柳之劍宗次朗遇到他在這個世界認可的少數人，就會強烈地期望殺死對方。他隨時都保持著沒有任何牽掛的放浪之人態度。

「這有什麼不對嗎？」

「不是對不對……或是錯不錯的問題……我就是因此而無法原諒你。」

像達凱和宗次朗那樣的自由，或許是一種很美妙的東西。她之所以無法認同他們，也或許只是無法違逆世界常理，只能抱著責任與牽掛的重負而活下去的凡人所產生的嫉妒。

「因為，世界才不是無所謂的東西。」

經過與達凱的對決後，她明白了一點。她所期望的復仇絕不能是單方面的行為。向對象施加報復的同時，如果那個人並未感受到他所踐踏之物的價值，並未因此後悔，那就沒有意義了。

將會終身伴隨著悠諾，永遠無法抹滅的那股恨意——希望讓她想要復仇的對象承認：這並不是她的自我滿足，也不是她找錯了對象。

「或許是那樣吧。」

宗次朗仰望著高高的太陽，茫然地低語。

「但是，我還不懂啊。在前一個世界時也是被趕出來了。我才來到這裡不久，什麼也不懂。我只知道怎麼揮劍，怎麼殺戮而已……」

「剛見面時，我說過了吧。」

悠諾走在宗次朗的前面。既然他選擇步行，那麼她也會毫不猶豫地跟著做。

她認為若要完成真正的復仇，不這麼做就不行。

「——我會幫你帶路。無論是見識這個世界……或是前往御覽比武。所以，宗次朗也告訴我吧。」

「告訴妳什麼？」

「呃，那個，像是……」

悠諾突然思考著。就像讓宗次朗了解這個世界，她也想知道關於宗次朗的那些她所不知道的知識。

「像是你來自的……『彼端』的事。」

◆

戰亂的一夜過去，鍋釘西多勿來到了利其亞新公國的戰後處理作業的最前線。往後連新公國這個通稱也將不再會有人使用了吧──失去魔王自稱者塔蓮後，從國家的角度來看，利其亞已經滅亡了。

黃都的年輕官僚在城市的瓦礫堆中找到了他尋找的對象。露出無頭的駕駛屍體、已經停止運作的漆黑蛛獸。

「……死了啊。」

西多勿在巨大的屍骸旁邊蹲下身。

「就算實際看到還是很難相信。若是死了，即使是我也沒辦法幫妳實現願望啊。」

破壞城市，消滅敵方主力鳥龍兵──無敵的機動兵器。西多勿要求濫回凌轢霓悉洛擔任的角色，就是宗次朗在進行暗殺任務的期間裡，持續吸引利其亞強者的巨大誘餌。

「抱歉了，霓悉洛。」

就算無法避免大量利其亞的人民被捲入霓悉洛的暴衝，就算知道想要與人類友好的少女願望千真萬確，黃都二十九官——立於人類政治頂點之人仍得隨時隨地衡量事物的利弊得失。

在對方發射「冷星」，開戰已無可避免的階段。西多勿之所以解放她以掃除新公國的各項戰力，就是判斷這是讓傷害減到最低的最佳方案。

「再一次成為人族的同伴啊——」

他站起身，獨自朝城市外圍走去。

他看到了因為失去房屋，或失去身為士兵的家人而哀嘆的人們。

雖然下那道作戰命令的負責人是鍋釘西多勿，他也沒有因罪惡而痛苦的時間。他的責任與義務不是補償過去，而是讓利其亞往後的未來變得更加美好。

……人之所以會受到悲劇的折磨，是因為沒有對抗悲劇的強大力量。而霓悉洛自願捨棄那份力量，期盼變得和自己曾踐踏過的人族一樣。

「人族並不是那麼美好的東西啊。」

走到郊區時，腳下的石板越來越稀疏，顯露出低矮的草原。

西多勿一隻手伸進了口袋。他需要前往一處盡可能不被其他居民與士兵看到……同時又能從天空看見的開闊地點。

「你果然還在。」

他停下了腳步。不用回頭也知道背後那個從天而降的存在之名。

「……你是黃都的將軍吧？」

三隻手的鳥龍發出了令人不意外的憂鬱嗓音。

「…………和哈魯甘特一樣的了不起人物。」

「我不是將軍，是文官。你是為了這個而過來的吧，『星馳』？」

西多勿從口袋裡掏出的物體，是一個由水晶鏡片組合而成，用途不明的器械。新公國自傲的最強魔具與決戰兵器──「冷星」。

「我知道你若是從那場騷動生還，就一定會來找這東西。要殺了我奪走它是沒關係，不過要不要來做個交易？」

「…………我沒興趣，不需要。我的目標不是什麼『冷星』。」

阿魯斯舉著鳥槍。西多勿這時才轉頭瞪著牠。

「那麼，你為什麼還要追著我？如果你從一開始就打算殺了我，不必特地降落，只需從空中打穿我的頭就行了。」

「……我知道喔。黃都……將有一場大型的御覽比武吧…………勇者……」

冒險者平淡地說道。

「選出『真正的勇者』的比武大賽。」

「是啊。」

在這個「真正的魔王」滅亡的時代，必須要找出能夠成為英雄象徵的勇者。討伐企圖成為世界唯一權威的魔王自稱者，在那場戰爭中挑選出宗次朗或庫瑟那類超乎想像的強者，全都是為了這個唯一的目的。

「…………讓我出場吧。我要和哈魯甘特戰鬥。」

「……呵，真讓我驚訝。其實我也正好要提起這個話題。」

擊殺與自己同為「客人」的對手，展現出超凡實力的宗次朗；潛入守備森嚴的中央城塞，解決目標塔蓮的庫瑟。他們都是大幅顛覆戰場常識的超凡之人。

即使如此，西多勿也發現到了一點。當時戰場上最駭人的存在，應該是這位單獨與整個軍隊交戰，卻還能在那場戰鬥中保留「真正實力」的鳥龍冒險者。

「你之所以鬧得那麼凶，是因為你知道沒有人能在一大群鳥龍兵中辨認出你吧？你計算到這點，還在尚未露出底牌的情況下，讓黃都二十九官願意擁立你——真是聰明的鳥龍。不愧是最強的冒險者。」

「…………答案呢？」

西多勿揚起嘴角笑了。

「我會擁立你。」

為了選出唯一一位「勇者」而舉辦的地表終極比武大賽——各位看倌想必已經知道了。

「你就是首位候補者。」

「這是第一個人的故事」。

二十三◇御覽比武

一年前。

距離王宮東邊不遠處，有著被當成臨時政府機關的中樞議事堂。與黃都其他建築物相比，這棟建築物更新、更醒目。過去在這片大地上分成三個王國相互爭鬥的人們，如今皆於此地齊聚一堂控制著政治。

不用說，那並不是一條輕鬆的道路。人民之所以願意捨棄原本國家的形態，勉強接受合併的道路，是因為眼前存在著「真正的魔王」的威脅。

人們一個接一個放棄了遭受恐懼與瘋狂侵蝕的都市。據說如今人族的生存圈還不到過去時代的十分之一。

但也因為如此，黃都有著前所未有的繁榮。

不同的文化圈相互融合，龐大的人口集中在剩下為數不多的都市。

黑暗的時代留下了能夠長出嶄新統一國家的幼苗。

——正因為如此，現在無論如何都必須找出勇者才行。

所剩的緩衝時間太短了。黃都第三卿——速墨傑魯奇邊聽取調查部隊的報告邊這麼想。

「……報告到此為止。沒有人能斷定自己確實是勇者。這次出場的大概依然是沽名釣譽的自稱者。」

「我明白了，退下吧……魔王自稱者的時代結束後，輪到勇者自稱者啊。」

「……屬下會繼續進行調查。」

傑魯奇扶了一下緊皺的眉頭前的眼鏡，獨自走在議事堂的走廊上。

他是純粹的文官，在黃都二十九官中保有的兵力從底下數上來比較快。不過他手下諜報部隊的精銳程度是二十九官之中第一的。

那支部隊持續行動了九個小月，至今甚至還無法掌握勇者的名字。他已經做出最合理的結論。任何人應該都會理所當然地歸結出那個答案。

然而，那卻是對於今後的世界不應該存在的可能性。

（——該不會勇者已經不為人知地死去了吧？）

發瘋，或是自殺。考慮到「真正的魔王」的力量，即使勇者能將其打倒，落入那種下場的可能性也相當高。

但是。

「你還是一臉憤怒的樣子呢，沒事吧？」

當他走過某扇門前時，一道粗獷的聲音傳來。傑魯奇帶著不悅的表情朝來聲的方向望去，伸出手指按著眉頭，轉換一下心情。

「……是尤加啊。沒什麼，就是每次的那件事罷了。至於我的臉，平時就是這樣吧……」

「也就是說，像往常一樣還沒找到勇者嘍。要不要找我談一談？」

那是一位體型圓滾滾，穿戴紅色輕型盔甲的巨漢。第十四將——光暈牢尤加。

他負責的領域與過去所屬的國家都和傑魯奇不同。但在充滿權謀詭計的二十九官中，傑魯奇認定他是少數值得信賴的男子。

「我想這應該不是適合找你談的問題。每個人各有不同的擅長，而你的工作是…………算了。你又去鎮壓叛亂分子了吧。所以才會穿著盔甲過來？」

「嗯～你說的沒錯。剛才砍死了兩個人，感覺很不舒服呢。明明與魔王軍的戰爭已經結束了，現在卻換成同樣是人族的敵人。」

「……魔王軍也和我們一樣是人族喔。」

「啊……嗯，沒錯。這是語病啦，嗯。你應該懂我的感覺吧？」

實際上，由於自告奮勇承擔肅清與鎮壓之類骯髒工作的尤加的努力，多少減輕了傑魯奇的精神疲勞。至少，比起到了這種時候還花力氣在討伐其他種族上的第六將哈魯甘特，尤加更該獲得優秀的評價。

這是擅長領域的問題。在找到真正的勇者——壓制叛亂的風潮前，必須要有人來爭取時間。

「尤加，關於那個勇者的事呢……等一下。」
傑魯奇正想繼續講下去，卻注意到了走廊對面來了一個人。
「第三卿？」
新出現的人影是位女性。她有著充滿知性的美貌，足以讓一般人對她產生好感。
「……你又在為勇者的事情費盡心思了呢。」
然而傑魯奇眉頭的皺紋變得更深了。她的名字是紅紙籤的愛蕾雅。
第三卿傑魯奇對於同為文官的這位第十七卿愛蕾雅抱持發自內心的厭惡。
「這件事跟妳無關。我聽過妳的士兵前陣子拷問利其亞士兵的傳聞了。像妳這種女人——」
傑魯奇尖銳的眼神移向了愛蕾雅的身後。
在陽光底下那濃厚陰沉的影子之中，有著大大的紅色眼瞳。
「妳把女王陛下帶出來，是打算對她灌輸什麼東西嗎？」
「……你說了很放肆的話呢。剛才女王大人親自指名我陪伴她散步。」
「原來如此。把女王陛下帶出來的這一段我就收回吧。」
「……」
「好啦好啦，這是在陛下面前，不可以吵架喔？您說是吧～陛下？」
尤加以一如往常的輕鬆態度，看著女王的眼睛笑了。
位置較低的那雙眼睛眨了眨，只回了一句。

「是啊。」

她是最後的王族。

那滑順的銀色長髮、人偶般端正的五官，彷彿彰顯著王族代代引進的優良血統——宛如一朵鮮花般惹人憐愛。

正統北方王國。一整個國家的王族在最初的六年持續阻擋了「真正的魔王」的侵略。卻在蔓延整個王國的恐懼與犧牲中，全數遭到暴民以革命為名處決殆盡。

中央王國。一整個國家的王族即使身染害死他們兒子的疾病，也仍竭盡心力治理人民，雖然打造了如今黃都的基礎，卻在還沒看到戰爭的結束就紛紛倒下。

西聯合王國。一整個國家的王族探索與「真正的魔王」和解共生的可能性，因此讓對方進入王都，與人民一同遭到虐殺。

在西聯合王國的虐殺風暴當中，只有一位女孩活了下來。那位世界上所存活的最後一位王族之名，乃是女王瑟菲多。年僅十歲。身邊常有昏暗的死亡之影跟隨。

女王平淡地問了。

「傑魯奇。勇者大人應該存在吧？」

「……他一定在，我期望如此。」

「那為什麼他不現身呢？」

「……目前還有未曾搜索的區域。他也不一定是人類。我會找遍全世界的。」

與她對話時，傑魯奇單膝跪地，眼睛與對方同高並回答。即使政治體系已轉為黃都二十九官所組成的議會制——三王國合併之後的這個黃都仍然是「王國」，不存在比詞神所選上的「正統之王」血脈更高的權威。

「愛蕾雅妳怎麼看？」

「……即使沒有什麼勇者，我們仍然有瑟菲多陛下。雖然女王陛下現在尚且無法處理政務……您未來也一定能成為治民之才。在下紅紙籤的愛蕾雅可以保證。」

——那樣不行。

的確，瑟菲多的聰明才智偶爾會讓傑魯奇驚訝。

即使只是看容貌或行為舉止，仍能確定她具有統率人民的王者資質。

但是，當年幼的她未來獲得實權時，一定會淪為傀儡政權。傑魯奇望向站在她身邊的愛蕾雅，看著身負殺害前第十七卿的嫌疑，流著低賤血脈的女人。

瑟菲多開口道：

「尤加，我也想聽聽你的意見。」

「嗯～我不太懂這方面的事呢。不過我想勇者露臉也應該不會有什麼不方便之處。」

尤加抓了抓脖子後面，悠閒地說道。以傑魯奇的眼睛高度，他可以看見尤加那微微露出的袖口處染上了被砍死的人民所濺出的鮮血。

「如果勇者真的存在，那他就是拯救我們所有人的大恩人了呢！」

女王圓睜著眼睛，稍微偏過了頭。

「如果是那樣，我們就把他找出來吧。只要賞賜給他名譽和報酬就可以了吧？」

「……可是目前我們已經提供非常充分的報酬了，本尊還是沒有出現。」

「有必要是本尊嗎？」

「……呃……您……的意思是？」

「不是本尊就不行嗎？」

「……」

……必須得是本尊，應該如此。

若是擁立了假勇者，例如只是讓第二將——絕對的羅斯庫雷伊冠上勇者之名，民眾或許就能被說服。

但是，萬一之後找到了真勇者，遭人提出了證據。民眾因此造成的懷疑會以什麼樣的形式爆發，傑魯奇實在無法估算。

「如果發出我們要找出勇者大人的公告，那位人士仍不願露臉……當決定好勇者之後他一定也不會現身吧。」

聽到幼小女王的話，愛蕾雅小聲地說：

「將我們正在尋找勇者的事，向人民宣傳……」

如果不是像之前那樣以間諜部隊搜索，而是發出盛大的告示通知，舉辦能一口氣吸引所有人民關注的巨大活動，讓這件事廣為周知。之後再有其他人主張自己是「真勇者」，也沒意義了。

「哈哈哈哈，那就乾脆集合傑魯奇那邊的勇者自稱者，讓他們在王城比一場武吧。勇者應該是最強的人吧？」

「……尤加。」

「哦，我說話太粗魯了，抱歉抱歉。」

「……不會，別在意。我才該說聲抱歉。」

傑魯奇再看了一次楚楚可憐的瑟菲多。

若是望進那紅色的虹膜，會讓人感覺彷彿陷入漩渦般的深淵。親眼看見城池淪陷，獨自活下來的國王眼中，至今仍殘留著毀滅的火焰。

「傑魯奇？」

「……沒事。我只是稍微想點事。女王陛下，我先告辭了。」

「好。保重喔，傑魯奇。」

如今浮現在他腦中的構想，不能透漏給任何人……連女王也不行。

速墨傑魯奇隨時都在想著，所剩的緩衝時間太短了。

為了往後，他需要勇者。需要結束「真正的魔王」的時代，與王族並駕齊驅的權威象徵。然後藉由那份勇者的權威，廢除女王瑟菲多。

在往後展開的新時代裡，維持過去那種王權政治是不可能的。具有被詞神所選上的「正統之王」血脈的人，除了瑟菲多外沒有別人。除非出現名為勇者的另一個偶像，人民遲早會尋求國王的統治。隨之到來的將會是充滿陰謀與對立的傀儡政權。

年幼的王無法統治合併過的這個王國，曾在魔王的威脅之前團結起來的人民會再次分裂、發生爭戰。叛離議會的第二十三將——警戒塔蓮在這點上應該也有著正確的看法吧。

（……必須有人站出來。必須得有人來成就這番事業。）

必須讓由人民選出的政治家經營目前靠著二十九位官僚運作的議會政治。廢除包含他在內的黃都二十九官這種由三王國之人組成的戰時體制。

並且將政體轉換成部分魔王自稱者採用的共和制國家。能做到這種事情的時代，就只有這個時候。

太多人死去。社會嚴重失去了和平。

不能再讓世界走回充滿戰亂與混沌的時代。

（必須有察覺這點的人來做這件事才行。）

勇者自稱者。如果他們擁有足以自稱為勇者的自傲力量——那麼他們遲早會化為與統一國家為敵的魔王自稱者。多位擁有力量之人自稱為「魔之王」的過去時代就是如此。

只要「真正的魔王」這個共通敵人還存在，他們就不會成為國家的威脅。但在那二十五年裡，產生太多想要打倒魔王的英雄了。

勇者只要一位就夠了。

為了開啟嶄新的時代，必須將他們全部一掃而空。

要有一個藉口。

（能做到那件事的——）

傑魯奇扶了一下眉頭前的眼鏡，獨自走在議事堂的走廊上。

他知道現在該做什麼了。

（——只有我。如今那就是必要的手段。）

以這種方式創造出的和平時代裡，將不會再有傑魯奇的位置吧。

他自己比任何人都明白這點。

——然後，一年過去。

令地表一切生命感到恐懼的世界之敵，「真正的魔王」被某人擊敗了。
那位勇者的名號與是否實際存在，至今仍無人知曉。
在恐懼的時代止息的今日，必須選出這個人。

——目前，擁有修羅之名的存在共有四名。
柳之劍宗次朗。
星馳阿魯斯。
世界詞祈雅。
靜歌娜斯緹庫。

後記

感謝您的關照，我是珪素。雖然這麼說，如果還在於書店之類的地方先讀到這篇後記，那應該就是尚未購入這本《異修羅》的人。對這樣的讀者，應該說「往後請多關照」才對吧。

因此我在這裡，就應該寫下讓讀過後記的人湧出購買欲望，甚至會想向親朋好友推薦這本美妙好書，對這個世界充滿幫助的情報才行。

那就是好吃的奶油培根義大利麵的做法。

各位對奶油培根義大利麵有著什麼樣的印象呢？應該有很多人的想法是不管如何先灑一堆起司粉，火候控制之類的手續特別困難，不知該怎麼處理放在冰箱用不完的鮮奶油，又放不久，只好加進咖啡了……這種充滿傷腦筋又麻煩的印象的料理。另外，各位一定知道這個小知識：其實在義大利本地根本就不會在奶油培根義大利麵裡加入鮮奶油。

我平時做的奶油培根義大利麵是稍微省錢的版本。首先關於起司的部分，就算是真正的義大利人在做奶油培根義大利麵時也一定會使用，所以最好還是先預備。但我建議不要買超市可以找到的圓筒容器的起司，而是找能在購物網站上買到，五百公克至一公斤的塊狀帕瑪森起司。一公斤四千日圓的價格雖然不低，但市面上的起司粉八十公克是四百日圓，換算下來一公斤就要五千日圓。起司原本就是耐久食材，只要存放方式恰當很容易就能保存半年。而且帕瑪森起司是種不只用在奶油培根義大利麵上，還能用於各種料理的美味起司。選擇買這種反而更賺。

至於培根，只要用一般超市能買到的塊狀培根或厚切培根就行了。沒必要硬要使用五花肉培根或豬頰肉培根那種不好找的肉。畢竟太貴了。由於不使用鮮奶油，這裡就省下了約三百日圓。

蛋就用普通的蛋。

準備好材料之後，就先煮義大利麵吧。麵煮軟一點比較適合奶油培根義大利麵。旁邊的瓦斯爐則放上平底鍋，多加一點油，用煎炸的方式處理四到五片厚培根。

在調理義大利麵與培根的時間裡，將一到兩大匙的切細帕瑪森起司放入準備裝盛義大利麵的容器中。接下來在同個容器裡打入蛋，蛋黃一份搭蛋白半份應該就剛剛好。我每次打蛋時都會丟掉一半的蛋白。因為這樣很浪費，還請各位讀者想想有什麼其他的用法。我所丟掉的那些蛋白一定也期望變成時尚的馬卡龍或其他什麼東西吧。

當思緒還在馬卡龍打轉時，培根應該差不多煎成香脆的褐色了。仔細把兩面都煎脆，等待義大麵煮好吧。

接下來，一般認為製作奶油培根義大利麵時最重要的是火候控制，其實我已經證明完全不需要在意這方面的問題。在裝了切碎的起司與蛋的容器裡直接加入一人份的義大利麵，同時加入培根（岔題一下，我曾經在做到這步時忘記加培根），充分拌勻。靠著剛煮好的義大利麵的餘熱與水氣，就能完成火候與濕度剛好的奶油培根義大利麵。很驚人吧。

用這種方式完成的奶油培根義大利麵，麵體將會完全沾上碎塊狀的蛋。而且由於起司不是磨碎而是切碎的，沒有完全融化的碎塊更能增添濃厚的風味。讓這道菜沒有使用鮮奶油卻能產生滑順的美妙風味。

而我會在用這種方式做好的奶油培根義大利麵上加粗粒黑胡椒加到滿意為止。並且一邊享用餐點，一邊對接受我的亂來要求，畫出混雜各式種族，充滿大量出場人物的美妙插圖的クレタ老師，以具有與作者同樣熱情，對劇情表現與結構給予正確建議的責任編輯長堀先生，還有聲援異修羅的各位讀者致上深深的感謝。

接下來，雖然吃完奶油培根義大利麵了，但事情還沒有結束。剛才的容器裡應該還留下一點醬汁才對。這時若是將存在冰箱裡的高麗菜、青椒或番茄之類的東西隨便切切拌進去，就能享受調味絕佳，讓人感到有些營養均衡的收尾用生菜沙拉了。

不過呢，我還沒有寫到這篇食譜最棒的地方。那就是吃完之後需要清洗的餐具與廚具非常少。製作與混合醬汁全部都是在餐具裡進行，所以餐具只需洗這一個就行了。而煎培根的平底鍋，可以連同培根出的油拿去用在別的料理上。之外還需要清洗的就只有菜刀、砧板，以及煮義大利麵的鍋子。

各位所閱讀的異修羅就是利用以這種方式補給的能量撰寫而成的。這是一部多位凶惡無比、具有無敵異能的最強主角毫不留情地互相殘殺的故事。在下一集將有更多修羅陸續到齊，並且於黃都展開淘汰賽。不過最強對最強，策劃謀略與異能與任何事都有可能發生的廝殺這些特色都不會有所改變。價格也是經濟實惠的一千三百日圓（註：此為日版狀況），還請各位在下一集之後也拿起來參考看看。

岔題一下，如果要實踐這篇後記裡的奶油培根義大利麵食譜，可以節省一公斤一千日圓的起司，三百日圓的鮮奶油，合計一千三百日圓的費用。至於這一千三百日圓可以拿來做什麼，在書店之類的地方閱讀這篇後記的聰明讀者們，應該非常清楚吧。

若是各位拿著這本書到櫃檯結帳，那就不是用「往後請多關照」的話敷衍，我也就能不必顧慮太多，直接說「感謝您的關照」了。感謝您的關照。

異修羅 II

權謀算計與暗中行動，
在戰鬥之前
分出勝負的
智謀之力。

此人
不知自身來歷，
只知凌駕英雄之
槍術。

此人具有
封鎖聽眾一切選擇，
舉世非凡的
演說與交涉才能。

眾人的意圖與陰謀在檯面下暗潮洶湧——

國家圖書館出版品預行編目資料

異修羅. 1, 新魔王爭霸戰/珪素作；蔡曉天譯. -- 初版. -- 臺北市：臺灣角川, 2020.12
面；　公分. -- (Kadokawa fantastic novels)

譯自：異修羅. I, 新魔王戦争
ISBN 978-986-524-144-5(平裝)

861.57　　109016625

Kadokawa
Fantastic
Novels

異修羅 I
新魔王爭霸戰

（原著名：異修羅 I 新魔王戦争）

2020年12月21日　初版第1刷發行

作　者：珪素
插　畫：クレタ
譯　者：蔡曉天

發行人：岩崎剛人
總編輯：蔡佩芬
編　輯：高韻涵
美術設計：吳佳昫
印　務：李明修（主任）、張加恩（主任）、張凱棋

發行所：台灣角川股份有限公司
地　址：105台北市光復北路11巷44號5樓
電　話：（02）2747-2433
傳　真：（02）2747-2558
網　址：http://www.kadokawa.com.tw
劃撥帳戶：台灣角川股份有限公司
劃撥帳號：19487412
法律顧問：有澤法律事務所
製　版：巨茂科技印刷有限公司
ＩＳＢＮ：978-986-524-144-5

ISHURA Vol.1 SHIN MAO SENSO

First published in Japan in 2019 by KADOKAWA CORPORATION, Tokyo.
Complex Chinese translation rights arranged with KADOKAWA CORPORATION, Tokyo.